OZAWA SEIJI SAN TO, ONGAKU NI TSUITE HANASHI O SURU
by Seiji Ozawa, Haruki Murakami

Copyright © 2011 Seiji Ozawa, Haruki Murakami
Korean translation copyright © 2014 Viche Korea Books, an imprint of Gimm-Young Publishers, Inc.
All rights reserved.

Originally Published in Japan by SHINCHOSHA Publishing Co., Ltd., Tokyo.
Korean translation rights arranged with Haruki Murakami, Japan
through THE SAKAI AGENCY and IMPRIMA KOREA AGENCY.

Cover Photo © ARAKI Nobuyoshi

이 책의 한국어판 저작권은 THE SAKAI AGENCY와 IMPRIMA KOREA AGENCY를 통해
Haruki Murakami와 독점계약한 김영사의 문학 브랜드 비채가 소유합니다.
저작권법에 의해 한국 내에서 보호를 받는 저작물이므로 무단전재와 무단 복제를 금합니다.

오자와 세이지 씨와 음악을 이야기하다

小澤征爾さんと、音楽について話をする

오자와 세이지 × 무라카미 하루키

권영주 옮김

비채

두 번째

카네기홀의 브람스 ₉₃

네 번째

구스타프 말러의 음악을 둘러싸고 175

"정해진 방식이 있는 건 아니에요. 그때그때 생각하면서 가르치죠." [319]

후기입니다 오자와 세이지 **359**

—

오자와 세이지 씨와 보낸
오후 한때

나와 오자와 세이지 씨가 만나 이야기하게 된 것은 비교적 최근 일이다. 한동안 보스턴에 살기도 했던 터라 음악 팬으로서 전부터 콘서트에는 자주 갔지만, 개인적인 친분은 없었다. 그러다가 우연히 따님인 세이라 씨를 알게 되면서 아버님인 세이지 씨와도 가끔 만나 대화를 나누게 되었다. 즉, 처음부터 일과는 무관한 마음 편한 관계였다.

그런 터라 이 인터뷰를 시작하기 전까지 오자와 씨와 음악에 관해 깊이 파고든 이야기를 해본 적이 한 번도 없었다. 마에스트로가 워낙 바빴다는 게 그 한 이유였을지도 모른다. 항상 음악에 흠뻑 젖어 생활하시기 때문이겠지만, 뵐 기회가 있어도 어느 쪽이냐 하면 술잔을 기울이며 음악 아닌 다른 이야기를 할 때가 많았다. 음악 이야기를 할 때도 대개 단편적인 이야기로 끝나곤 했다. 좌우지간 눈앞에 있는 과제에 집중하며 전력을 다하는 타입인지라 일을 벗어났을 때 숨을 돌릴 필요가 있을 것이다. 그렇기에 나도 되도록 내가 먼저 음악 이야기를 꺼내지 않으려 주의했다.

그런데 2009년 12월에 식도암이 발견되어 절제 수술—꽤 큰

10

수술이었다—을 받으면서 그뒤 당연히 음악 활동이 대폭 제한되었다. 음악 대신 요양과 끈기 있는 재활 치료가 오자와 씨에게 생활의 중심이 되었다. 그 때문인지 아닌지는 몰라도 만나면 조금씩 음악에 관해 이야기를 나누게 되었다. 물론 아주 양호한 건강 상태는 아니었지만, 음악 이야기를 할 때면 오자와 씨의 표정에 생기가 돌았다. 상대가 나 같은 문외한이어도 어떤 형태로든 음악과 엮이는 게 지금까지와는 반대로 기분 전환이 됐는지도 모른다. 또 내가 다른 분야 사람이라 오히려 마음이 편했다는 것도 조금은 있었을지 모른다.

나는 이럭저럭 반세기 가까이 재즈를 열심히 들었지만, 클래식 음악을 듣는 것도 못지않게 좋아한다. 고등학교 때부터 레코드를 모았고 시간이 허락하는 한 콘서트도 자주 갔다. 특히 유럽에 살 때는 클래식에 그야말로 흠뻑 젖어 살았다. 재즈와 클래식을 번갈아 듣는 게 예나 지금이나 내 하트와 마인드에 아주 효과적인 자극(또는 평안)을 준다. 어느 한 쪽만 들어야 한다면 어느 쪽을 택하건 인생이 꽤나 허전해질 것 같다. 듀크 엘링턴의 말처럼 세상에는 '멋진 음악'과 '그렇게 멋지지는 않은 음악', 이렇게 두 종류의 음악이 있는 것이지, 재즈가 됐건 클래식이 됐건 원리는 다르지 않다. '멋진 음악'을 들어서 얻는 순수한 기쁨은 장르를 초월하는 곳에 존재한다.

한번은 오자와 씨가 우리 집에 오셨을 때, 음악을 들으며 이런

11

저런 이야기를 나누다가 글렌 굴드와 레너드 번스타인이 뉴욕에서 브람스의 협주곡 1번을 협연했을 때 이야기가 나왔다. 그게 꽤 재미있었다. '이런 흥미로운 이야기를 그냥 없어지게 하다니 아깝다. 누가 녹음해서 글로 남겨야 한다' 하는 생각이 들었다. 그런데 그것을 글로 남겨놓을 **누구**로 내 머릿속에 떠오른 인물은, 염치없지만 상황이 상황인 만큼 나밖에 없었다.

내가 이야기를 꺼내자, 오자와 씨는 "좋아요, 지금은 마침 시간도 있겠다, 이야기합시다" 하고 기꺼이 수락해주셨다. 오자와 씨가 암에 걸린 것은 음악계에게도, 내게도(그리고 물론 오자와 씨 당신에게도) 매우 가슴 아픈 사건이었지만, 이렇게 음악에 관해 차분히 이야기할 수 있는 시간이 생긴 것은 병이 가져다준 몇 안 되는 '좋은 측면' 중 하나였을지도 모르겠다. 영어 표현에 있듯 그 어떤 먹구름도 뒤편은 햇빛에 반짝이게 마련이다.

다만 나는 옛날부터 음악 듣기를 좋아하기는 했어도 정식으로 음악 교육을 받은 것은 아니다. 문외한이나 다름없고, 전문 지식 같은 것도 거의 없다. 그러니 어쩌면 가끔 엉뚱한 소리, 실례되는 소리를 했을 수도 있다. 그렇지만 마에스트로는 그런 것에 전혀 구애되지 않는 분이라 내 말을 하나하나 진지하게 생각하고 대답해주셨다. 그런 점이 얼마나 고마웠는지 모른다.

내가 녹음기를 준비해서 대화를 녹음하고 직접 녹취를 풀어 원고 형태로 엮어서 오자와 씨께 보여드리고 손볼 부분은 손보시게 했다.

"그러고 보니 지금까지 이런 이야기를 정식으로 해본 적이 없군요"라는 게 원고를 읽고 마에스트로가 맨 처음 하신 말씀이었다. "참 세련되지 못하게 말하는군요. 이래서야 읽는 사람이 잘 이해할 수 있을지."

아닌 게 아니라 오자와 씨에게는 '오자와 어語' 같은 게 있는데, 그것을 일본어 문장으로 바꾸는 게 간단하지 않다. 제스처가 큰 데다 많은 사상이 노래의 형태로 표현된다. 하지만 그에 담긴 감정은 '말의 벽'을 넘어—다소 '세련되지 못한 말투'를 통해— 생생하게 전달된다.

나는 문외한이지만('문외한이라서'라고 해야 할까) 음악을 들을 때면 무심히 귀를 기울이며 그 음악의 멋진 부분만을 순수하게 취해 몸으로 받아들이려 한다. 멋진 부분이 있으면 행복하고, 별로 멋지지 않은 부분이 있으면 다소 섭섭한 마음이 든다. 여유가 있으면 멋지다는 것은 어떤 것인가, 별로 멋지지 않다는 것은 어떤 것인가에 관해 나름대로 생각해보기도 한다. 하지만 그외의 요소는 내게 그다지 중요한 의미를 갖지 않는다. 음악이란 기본적으로 사람을 행복하게 해주어야 한다는 게 내 생각이다. 음악이 사람을 행복하게 해주는 방법이나 경로는 참으로 다양해서, 그 복잡함이 내 마음을 아주 순수하게 사로잡는다.

13

오자와 씨 이야기를 듣는 데 있어 그런 자세를 최대한 유지하도록 유념했다. 바꿔 말하자면 호기심 왕성한, 그리고 최대한 정직한 문외한의 입장에서 듣도록 유념했다. 아마도 이 책을 읽는 분의 대다수가 나 같은 '문외한' 음악 팬일 테니까.

이런 말을 내 입으로 하려니 다소 주제넘은 것 같고 마음에 걸리지만 그래도 말하자면, 몇 번 대화를 거듭하는 사이에 나와 오자와 씨에게 몇 가지 공통점이 있지 않나 하는 생각이 들었다. 재능의 질량이라든지 업적의 수준, 기량의 크기, 유명한 정도 같은 요소는 일단 빼고 그저 '살아가는 방식에 공감되는 부분이 있다'는 뜻이다.

첫째는 우리 둘 다 일하는 것에 한없이 순수한 기쁨을 느끼는 듯하다는 점이다. 음악과 문학, 영역은 달라도 다른 어떤 일을 할 때보다도 자기 일에 몰두할 때가 가장 행복하다. 그리고 **그에 몰입할 수 있다**는 사실에서 그 어떤 것보다도 깊은 만족감을 얻는다. 그 일을 통해 결과적으로 무엇을 얻느냐 하는 것도 물론 중요하지만, 그와는 별도로 집중해서 일할 수 있다는 것, 시간을 잊고 그 일에 전념할 수 있다는 것, 그 자체가 다른 어떤 것과도 바꿀 수 없는 귀중한 보상이다.

둘째는 헝그리정신이라고 할지 지금도 젊었을 때처럼 초심을 잃지 않는 마음을 변함없이 갖고 있다는 점이다. 아니, 이 정도로

14

는 미흡하다, 더 깊이 추구하고 싶다, 좀더 앞으로 나아가고 싶다, 하는 게 일하는 데 있어, 또 살아가는 데 있어 중요한 모티프다. 오자와 씨의 언동을 보고 있노라면 좋은 의미에서(라고 할지) 탐욕스러움이 생생하게 느껴졌다. 자신이 지금 하는 일에 대해 납득은 한다. 자부심도 갖고 있다. 하지만 그렇다고 결코 만족하지는 않는다. 좀더 훌륭한, 좀더 심오한 것을 할 수 있을 터다 하는 감촉이 있다. 그리고 그것을 어떻게든, 시간이며 체력 같은 제약과 싸우며, 이뤄내겠다는 결의가 있다.

셋째는…… 고집이 세다는 점이다. 끈기가 있고, 터프하고, 그리고 고집스럽다. 자신이 하고자 하는 일은 누가 뭐라 하건 자신의 생각대로 밀고 나가야 한다. 그로 인해 자신에게 좋지 않은 결과가 닥쳐도, 설령 다른 사람에게 손가락질 당하고 미움 받는 한이 있더라도, 변명하지 않고 자기 행동에 책임을 진다. 오자와 씨는 원래부터 꾸밈없는 성격에 늘 농담을 입에 달고 살고, 그런 한편으로 주위를 세심하게 살피는 분이지만, 그런 우선순위는 매우 확고하다. 일관되고, 흔들림이 없다. 적어도 내 눈에는 그렇게 보였다.

지금까지 살아온 인생의 과정에서 다양한 사람을 만났고 경우에 따라 어느 정도 깊이 사귀기도 했지만, 이 세 가지 점에서 이 정도로 '그래, 정말 그렇지' 하고 자연스레 공감한 사람은 처음이었다. 그런 의미에서 오자와 씨는 내게 귀중한 사람이다. 이런 사

15

람이 분명히 세상에 있다고 생각하면 어쩐지 마음이 놓인다.

물론 다른 점도 많다. 예컨대 나는 오자와 씨처럼 자연스러운 붙임성이 없다. 물론 나도 세간에 대한 호기심은 어느 정도 있지만, 그게 겉으로 드러나는 일은 좀처럼 없다. 오자와 씨는 오케스트라 지휘자로서 당연히 일상적으로 많은 사람을 접하며 공동작업을 해야 한다. 아무리 재능이 있어도 무뚝뚝하고 성미가 까다로워서는 남들이 따르지 않을 것이다. 인간관계가 중대한 의미를 띤다. 마음이 맞는 동료가 필요할 테고, 사교적이고 영업적인 행동도 요구될 것이다. 청중도 소중히 여겨야 한다. 또, 한 사람의 음악가로서 후진 양성에도 신경 써야 한다.

그에 비해 나는 소설가인지라 일상적으로 사람을 거의 만나지 않아도, 입 다물고 살아도, 매체에 얼굴을 비치지 않아도 딱히 불편 없이(오히려 편하게) 생활할 수 있다. 공동작업이라 할 것도 거의 없고, 동료도 있으면 더없이 좋겠지만 특별히 필요한 것은 아니다. 혼자 집에 틀어박혀 글을 쓰면 충분하다. 죄송한 말이지만(어쩌면 아예 그런 것이 요구되지 않을 수도 있으나) 후진 양성 같은 생각은 머리를 스친 적조차 없다. 타고난 성격이 다른 것과 더불어 이런 직업에 따른 역할의 차이에서 오는 자세의 차이가 적잖이 있을 것이다. 하지만 근본적인 부분에서는—가장 근저에 있는 단단한 암반의 구성에는— 상이점보다 유사점이 더 많은 듯하다.

16

창작하는 사람은 기본적으로 이기적일 수밖에 없다고 말하면 꽤나 오만하게 들리겠지만, 어쨌거나 틀림없는 사실이다. 늘 주위의 눈치를 살피면서 풍파를 일으키지 않도록, 타인의 신경을 거스르지 않도록 무난한 결론만 생각하며 생활하는 사람은 어떤 분야가 됐건 창조적인 일을 할 수 없다. 제로의 지평에서 뭔가를 만들어내려면 개인적이고 심도 있는 집중이 필요한데, 개인적이고 심도 있는 집중은 많은 경우 타인과 협조하는 것과는 무관한, 굳이 말하자면 초인간적인 부분에서 진행되기 때문이다.

하지만 그렇다고 '난 예술가니까' 하며 에고를 무작정 전면에 내세웠다가는 정상적인 사회생활이 어려울 테고, 그 결과 발생할 각종 트러블은 창작에 불가결한 '개인적인 집중'을 도리어 방해할 것이다. 19세기 말이라면 또 몰라도 21세기인 지금 자아를 날로 드러내는 것은 그리 간단하지 않다. 그렇기에 창작을 직업으로 삼는 자는 각각 자신과, 그리고 자신을 둘러싼 환경과 현실적인 타협점 같은 것을 어디선가 찾아내지 않을 수 없다.

그러니까 무슨 말인가 하면, 나와 오자와 씨는 그 타협점의 구체적인 설정 방법은 상당히 다르지만 방향성은 대략 같지 않을까 하는 것이다. 우선순위를 매기는 방식은 서로 다르지만 우선**시키는 방법**은 상당히 비슷할지 모른다는 것이다. 그렇기에 나는 오자와 씨 이야기를 공감 이상의 감정으로 들을 수 있었다.

오자와씨는 정직하신 분이라 겉만 번드르르한 말씀을 하지 않

17

는다. 칠십대 중반을 지난 연세에도 '갓 태어났을 때 그대로' 같은 부분이 적잖이 남아 있다. 내 질문에 대해 대개의 경우 무척 솔직하게 많은 말씀을 해주셨다. 이 책을 읽으면 그 점은 독자 여러분도 알 수 있을 것이다. 그러나 하나 마나 한 이야기지만, 일부러 말씀하시지 않은 것도 많이 있었다. 오자와 씨 생각에 할 이야기가 아닌 것은 일체 말씀하지 않으셨다. 말하지 말아야 할 사정이 있고 이유가 있기 때문이다. 그게 어떤 사정인지, 이유인지 나도 대략 짐작이 가는 게 있는가 하면 짐작할 수 없는 것도 있었다. 하지만 어느 쪽이든 '말씀하지 않으신' 것도 포함해서 나는 오자와 씨가 하신(또는 하지 않으신) 이야기를 자연스레 공감하며 받아들일 수 있었다.

그런 의미에서 이것은 일반적인 인터뷰가 아니고, 소위 '유명인끼리'의 대담 같은 것도 아니다. 내가 여기서 원했던 것은—엄밀히는 중간부터 명확히 원하게 되었던 것은— 마음의 자연스러운 울림 같은 것이었다. 물론 오자와 씨 마음의 울림을 감지하고자 했던 것이다. 형태로 보자면 내가 인터뷰어고 오자와 씨는 인터뷰이였던 셈이니까. 하지만 동시에 내가 거기서 듣는 것은 때때로 내 마음의 울림이기도 했다. 그중에는 내가 이제까지 '이건 확실히 내 것이다'라고 자각한 게 있는가 하면, '저런, 내 마음속에 이런 울림이 있었나' 싶어 뜻밖이었던 것도 있었다. 다시 말해서 나는 이 대화를 통해 오자와 씨라는 인간을 발견하는 한편, 동시에 일종의 공진을 통해 나 자신의 모습도 조금씩 발견했을지 모른다. 그것은 말할 것도 없이 꽤 흥미로운 작업이었다.

예를 하나 들어보자. 가령 악보를 깊이 파고들어 읽는다는 게 구체적으로 어떤 작업인지, 진지하게 악보를 읽어본 경험이 없는 나는 세세한 데까지는 잘 알지 못한다. 하지만 오자와 씨가 하는 이야기를 듣다 보면, 어조에 귀를 기울이고 표정을 보다 보면, 그게 오자와 씨에게 얼마만큼 중요한 의미를 갖는 행위인지 생생하게 느낄 수 있다. 오자와 씨에게는 악보를 읽는 작업 없이 음악은 성립되지 않는다. 그것은 무슨 일이 있든 간에 납득할 수 있을 때까지 철저하게 추구해야 하는 부분이다. 이차원의 종이에 인쇄된 복잡한 기호들의 집적을 가만히 응시하고 그곳에서 자신의 음악을 자아내 입체적으로 만드는 것. 그게 오자와 씨의 음악 생활에서 기본 중의 기본이다. 그렇기에 아침 일찍 일어나서 혼자만의 공간에 틀어박혀 몇 시간씩 집중해서 악보를 읽는다. 까다로운 암호 같은, 과거에서 보낸 메시지를 해독한다.

나도 새벽 4시쯤 일어나 홀로 집중해서 일한다. 겨울이면 주위가 아직 캄캄하다. 여명의 조짐조차 없고 새소리도 들리지 않는다. 그런 시각에 다섯 시간이고 여섯 시간이고 책상 앞에 앉아 오로지 글을 쓴다. 뜨거운 커피를 마시며 무심히 키보드를 친다. 그런 생활을 이미 사반세기 이상 계속하고 있다. 오자와 씨가 집중해서 악보를 읽는 것과 같은 시간에 나는 집중해서 글을 쓴다. 하

19

는 일은 전혀 다르다. 하지만 집중의 깊이는 얼추 비슷하지 않을까, 속으로 상상한다. 늘 생각하는 일이지만, 그런 집중력 없이는 나라는 인간의 생활이 존재하지 않을 것이다. 만약 그런 집중력이 상실된다면 그것은 내 인생이 아니다. 그에 관해서는 오자와 씨도 비슷한 생각이 아닐까.

그렇기에 오자와 씨가 '악보를 읽는다'는 행위에 관해 이야기할 때, 나는 그 의미를 내 것이나 다름없이, 구체적이고 선명하게 이해할 수 있다. 비슷한 경험은 이밖에도 여러 번 있었다.

나는 2010년 11월부터 이듬해 7월에 걸쳐 다양한 장소에서 (도쿄에서 호놀룰루, 스위스에 이르기까지) 기회가 생기는 대로 이 책에 수록된 일련의 인터뷰를 진행했는데, 당시는 오자와 씨 인생에도 중대한 전환점이 되는 시기였다. 그 시기, 오자와 씨는 기본적으로 요양에 진력하셨다. 추가 수술을 몇 번 받고, 식도암 수술로 잃은 체력을 회복하기 위해 운동을 다니며 재활 치료에 힘쓰셨다. 나도 같은 스포츠센터에 다니던 터라 수영장에서 꾸준히 운동하는 오자와 씨를 보곤 했다.

2010년 12월, 오자와 씨는 뉴욕 카네기홀에서 사이토 기넨 오케스트라를 대동하고 극적인 부활 콘서트를 선보였다. 나는 애석하게도 그 자리에 있지 못했지만, 녹음을 듣기로 그야말로 혼이 담긴 훌륭한 연주였다. 그렇지만 그로 인한 육체적인 소모는 곁에서 보기에도 엄청났다. 그뒤 약 반년간 정양을 거쳐 올 6월에는 스위스 레만 호반에서 매년 열리는 '오자와 세이지 스위스 국제 음악 아카데미'에 주관자로 참가해 젊은 음악가들을 열심히 지도했다. 그뒤 제네바와 파리에서 아카데미 오케스트라를 이끌고 다시 지휘대에 섰다. 이 콘서트도 큰 성공을 거두었는데, 나는 그 과정을 처음부터 끝까지 곁에서 지켜보면서(열흘가량 오자와 씨와 행동을 같이했다) 오자와 씨의 몸을 아끼지 않는 분투에 감동하는 동시에 '이러다 또 몸 상하면 어떻게 하나' 걱정하지 않을 수 없었다. 거기서 태어난 음악은 참으로 훌륭하고 또 감동적이었지만, 그것을 가능케 한 것은 오자와 씨가 자기 안에서 마지막 한 조각까지 그러모은 에너지였다.

하지만 그런 모습을 보면서 한 가지 절감한 게 있었다. **이 사람은 그러지 않을 수 없다**는 것이다. 의사가 말린다 해도, 스포츠센터 트레이너가 말린다 해도, 친구들이 말린다 해도, 가족이 말린다 해도(물론 다들 말렸다) 이 사람은 그러지 않을 수 없다. 오자와 씨에게는 음악이 바로 인생을 살아가는 데 불가결한 연료이기 때문이다. 극단적으로 말해 이 사람은 체내에 신선한 음악을 정기적으로 주입하지 않으면 생명 자체를 유지할 수 없다. 자기 손으로 음악을 엮어내 그것이 힘차게 고동치게 하는 것, 그것을 사람들 앞에 '자' 하며 내미는 것, 그런 행위를 통해—아마도 그런 행위를 통해서만— 이 사람은 자신이 살아 있음을 진정으로 실

21

감하는 것이다. 그런데 어느 누가 하지 말라고 막을 수 있겠나? 나도 '오자와 씨, 지금은 일단 참고 쉬시면서 체력을 충분히 회복한 다음 연주 활동을 재개하는 게 좋겠습니다. 심정은 이해하지만 급할수록 돌아가란 말도 있잖습니까?'라 하고 싶었다. 어떻게 봐도 그게 상식적인 생각이다. 하지만 체력을 쥐어짜 지휘대에 올라선 오자와 씨를 보면 도무지 그런 말이 나오지 않는다. 그런 말을 했다간 결국 거짓말이 될 것이라는 느낌이 들었다. 간단히 말하자면 이 사람은 그런 상식적인 사고방식을 초월한 세계에서 살아가는 사람이다. 야생 이리가 깊은 숲속에서만 살 수 있듯이.

그렇지만 이 책에 수록된 인터뷰는 오자와 세이지라는 사람의 인간상을 깊고 예리하게 파고드는 게 목적이 아니다. 이 책은 르포르타주도 아니고, 인물론도 아니다. 나는 한 음악 애호가로서 오자와 세이지라는 한 음악가와 솔직하게, 되도록 허심탄회하게 음악 이야기를 하고 싶었다. 음악에 대해 각자 헌신하는 바(물론 수준은 전혀 다르지만)를 있는 그대로 부각시키고 싶었다. 그게 내가 애초에 이 책을 만들고자 했던 동기다. 그 부분에 있어서는 내심 그런대로 성공하지 않았나 생각하고 있다. 내 안에는 지금도 '오자와 씨와 함께 음악을 들으면서 꽤나 즐거운 시간을 보냈다'는 기억이 뚜렷하게 남아 있다. 그러니 '오자와 세이지와 보낸 오후 한때Afternoon with Seiji Ozawa' 같은 게 책 제목으로 가장 맞지 않을까 하는 생각이 든다.

그러나 읽어보시면 아시겠지만, 오자와 씨가 하시는 말 중에는 듣는 사람을 흠칫하게 하는 절실함이, 반짝이는 빛처럼 아무렇지 않게 흩뿌려져 있다. 말 자체는 일상적이고 지극히 자연스러운 문맥 속에 있는데, 날카로운 칼끝 같은, 더없이 예리하게 벼려진 영혼이 한 조각 깃들어 있다. 음악적인 표현을 사용하자면, 주의하지 않고 멍하니 듣다 보면 놓치고 마는 정밀한 '안소리' 같은 것이다. 그런 의미에서 이 사람은 쉽게 마음을 놓을 수 없는 인터뷰였다. 어딘가에 있을 내밀한 울림을 놓치면 안 된다는 긴장감을 늘 늦출 수 없었기 때문이다. 그 미묘한 신호를 놓쳐버리면 자칫하면 이야기 자체가 본래의 의미를 잃을 염려가 있다.

그런 의미에서 오자와 씨는 자기류自己流의 '자연아'이면서, 그와 동시에 심오하고 현실적인 지혜를 몸속에 갖춘 사람이기도 하다. 참을성 없는 사람이면서 참을성이 많은 사람이기도 하다. 주위 사람과 긍정적인 신뢰 관계를 유지하면서도 깊은 고독 속에 살아갈 수밖에 없는 사람이기도 하다. 그런 두 가지 면이 입체적으로 공존한다. 어느 한 면만 따로 빼서 강조하면 이 사람의 인간상을 왜곡하는 결과가 된다. 나는 그런 입장에서 오자와 씨의 발언을 되도록 공정하게 글로 재현하려 노력했다.

하지만 그와는 별개로 내가 오자와 씨와 함께 보낸 시간은 기본적으로 매우 즐거운 한때였다. 이 책을 통해 독자 여러분과 그

23

런 기쁨을 공유할 수 있기를 간절히 바란다. 그리고 이런 인터뷰를 장기간에 걸쳐 정기적으로 계속하는 데는 현실적으로 이것저것 애로가 있었지만, "그러고 보니 지금까지 이런 이야기를 정식으로 해본 적이 없군요"라는 마에스트로의 감상은 내게 그 어떤 것과도 견줄 수 없는 보수다.

나는 오자와 씨가 조금이라도 더 오래, 조금이라도 더 많이 '좋은 음악'을 이 세상에 가져다주시기를 진심으로 희망한다. '좋은 음악'은 사랑과 마찬가지로 아무리 많아도 지나치지 않으니까. 그리고 그것을 소중한 연료로 삼아 살기 위한 의욕을 충전하는 사람들이 세상에 이루 셀 수 없이 많으니까.

이 책을 편집하는 과정에서 오노데라 고지 씨에게 여러모로 도움을 받았다. 나는 음악적인 전문 지식이 많지 않은 터라 용어와 사실 관계에 관해 클래식 음악에 조예가 깊은 오노데라 씨에게 이것저것 조언을 구했다. 감사드린다.

무라카미 하루키

오ㅈㅇ오ㅈ쌍ㅇ
와ㅍ레ㅣ신
ㅇㅇㅇㅇㅇ강ㄷ
ㅁㄱ뉘ㅑㅣㅑ

첫
번
째

베토벤 피아노 협주곡
제3번을 둘러싸고

다음의 첫 대화는 2010년 11월 16일 가나가와 현에 있는 내 자택에서 나누었다. 우리 집에 있는 레코드며 시디를 틀어놓고 그에 관해 단둘이 무릎을 맞대고 이야기하는 형식으로 진행했다. 이야기가 산만해지는 것을 막기 위해 그때마다 테마 하나를 느슨하게 정해놓자는 게 내 계획으로, 첫번째는 베토벤의 〈피아노 협주곡 제3번 다단조〉를 중심으로 이야기하게 되었다. 굴드와 번스타인의 이야기에서 자연스럽게 그렇게 됐는데, 오자와 씨는 마침 이 곡을 우치다 미쓰코 씨와 12월(그 시점에서 다음 달)에 뉴욕에서 공연할 예정이었다.

결과적으로는, 애석하게도 비행기 여행으로 지병인 요통이 도진 데다 뉴욕을 덮친 심한 한파 탓에 폐렴까지 앓는 바람에 우치다 씨와의 협연은 이루어지지 않았다(대리 지휘자가 지휘봉을 들었다). 어쨌거나 이날은 오후에 세 시간 정도 협주곡 제3번을 중심으로 많은 이야기를 나눌 수 있었다.

중간에 먹는 장면이 나오는 것은 오자와 씨가 영양과 수분을 정기적으로 조금씩 섭취할 필요가 있었기 때문이다. 피로가 쌓이지 않게 적절히 휴식을 취해가며 대화를 진행했다.

우선 브람스 피아노 협주곡 제1번부터

무라카미 저번에 언제였나, 오자와 씨를 만나 이런저런 이야기를 하다가 1962년 글렌 굴드와 레너드 번스타인이 뉴욕 필 연주회에서 브람스 협주곡 1번을 연주했을 때 이야기가 나왔죠. 연주 전 번스타인이 청중 앞에 서서 '이건 내가 원래 하고 싶었던 스타일의 연주가 아니다. 미스터 굴드의 뜻으로 이렇게 됐다'고 변명처럼 짤막하게 발언했다는 그거 말입니다.

오자와 네, 난 그때 마침 그 자리에 있었거든요. 레니의 부지휘자로. 그런데 연주를 시작하기 전 레니가 갑자기 무대로 나와서 객석을 향해 뭐라 말하는데, 난 영어를 잘 몰라서 주위에 있던 사람들한테 '저거 지금 무슨 말을 하는 거야?' 하고 묻고 다녔어요. 어쨌거나 대충 이런 이야기였겠구나 하는 건 알았죠.

무라카미 그때 번스타인이 한 말이 마침 저희 집에 있는 실황 녹음 레코드에 들어 있더군요. 이겁니다.

오자와, 번스타인의 발언을 들으며 레코드에 첨부된 일본어판 해석을 읽는다.

오자와 맞아요, 이런 거였어요. 그렇지만 말이죠, 연주 전에 이런 말을 하는 건 별로 안 좋지 않나, 당시 그런 생각을 했어요. 지금도 그렇게 생각하지만.

무라카미 그래도 나름 유머가 있어서 청중은 얼떨떨해하면서도 꽤 웃는데요.

오자와 그렇죠. 레니는 말솜씨가 있거든.

무라카미 별반 험악한 분위기로 이야기하는 게 아니거든요. 그저 곡의 템포 설정 등이 자기 뜻이 아니라 굴드의 지시로 그렇게 됐다는 걸 미리 명확히 해두고 싶었다, 그런 것 같죠.

발언이 끝나고 드디어 연주가 시작된다.

무라카미 음, 확실히 템포가 유별나게 느린데요. 번스타인이 청중에게 변명하고 싶었던 마음도 모르지 않겠습니다.

오자와 이 부분은 명백히 하나 둘 셋, 넷 다섯 여섯, 하고 큰 두 박자죠. 그런데 레니는 여섯 박자로 지휘하거든. 두 박자로는 너무 느려서 늘어지니까. 여섯 박자로 지휘할 수밖에 없어요. 보통은 1 딴 딴, 2 딴 딴, 요는 하나…… 둘……로 지휘해요. 방법은 여러 가지 있지만 대체로 그렇게들 하죠. 그런데 그러면 늘어지니까 1 둘 셋, 4 다섯 여섯으로 갈 수밖에 없어요. 그 때문에 자연스럽게 흐르지 못하고 자꾸만 끊기는 거예요.

무라카미 피아노는 어떨지 모르겠군요.

오자와 피아노도 그럴걸요.

피아노 부분으로 이어진다.

무라카미 과연 피아노도 느리군요.

오자와 그렇지만 이건 이것대로 들을 만하단 말이죠. 다른 연

29

주를 모르면. 원래 이런 거라고 생각하면. 어째 느긋한 시골 음악 같고 말이에요.

무라카미 하지만 연주하는 쪽은 끌고 가기 힘들 것 같은데요, 이거.

오자와 그렇죠. 봐요, 여기쯤 되면 벌써 물음표가 떠오르지 않나요?

무라카미 이 부분(음이 강해지면서 팀파니가 들어온다) 오케스트라 소리가 벌써 꽤 따로 노는데요.

오자와 네. 그런데 이거 맨해튼센터 걸 녹음한 게 아니군요. 카네기 아닌가요?

무라카미 맞습니다. 카네기홀 실황이죠.

오자와 그래서 잔향이 적군요. 실은 이다음 날 맨해튼센터에서 정규 녹음을 했거든.

무라카미 같은 브람스 1번을요?

오자와 그래요. 그런데 그건 레코드로 발매되진 않았지.

무라카미 네, 안 된 것 같군요.

오자와 난 그 녹음 할 때도 있었거든. 부지휘자였으니까. 레니가 앞에서 발언할 때 '내가 지휘하지 않고 부지휘자 시킬 수도 있었다'고 하잖아요? 그게 바로 나예요(웃음).

무라카미 어쩌면 양측의 조정이 실패로 돌아가서 오자와 씨가 번스타인 대신 지휘봉을 들 수도 있었던 거군요……. 그렇지만 이건 이것대로 긴장감 있는 연주인데요.

오자와 그렇죠. 다소 세련되지 못했지만.

무라카미 이렇게 느리면 어느 순간 연주가 따로 놀게 될 것 같은데요.

오자와 그렇죠. 따로 놀기 일보 직전이네요.

무라카미 그러고 보니 굴드는 클리블랜드하고 협연했을 때도 조지 셀과 의견이 맞지 않아서 부지휘자가 지휘한 적이 있죠. 어느 책에서 읽은 적이 있습니다.

제1악장의 피아노 독주부.

오자와 유별나게 느리지만 굴드가 이렇게 치면 어째 납득되죠. 나쁜 느낌이 전혀 안 들어요.

무라카미 리듬감이 엄청난 거겠죠. 틀 안에서 음을 꾸려서 계속 끌고 나갈 수 있다고 할지.

오자와 흐름을 확실히 파악하고 있어요. 그렇지만 레니도 이거, 진지하게 하고 있어요. 집중해서 연주하는데요.

무라카미 하지만 이 곡, 보통은 좀더 열정적으로 확 하지 않습니까?

오자와 그렇죠, 좀더 정열을 담아서 말이죠. 이 연주엔 확실히 정열 같은 건 없어요.

피아노가 제1악장의 아름다운 제2주제를 연주한다.

오자와 이런 부분은 이 템포로도 괜찮아요. 세컨드 테마 부분. 제법 괜찮죠?

무라카미 좋은데요.

오자와 아까 같은 소리가 강한 부분은 긴장감이 없다고 할지, 어째 촌스럽지만, 이런 데는 들을 만하죠.

무라카미 레니도 집중해서 진지하게 하고 있다고 하셨는데, 그래도 저런 식으로 연주 전에 지휘자가 발언하는 건 좀 곤란하지 않나, 오자와 씨는 그렇게 생각하신다는 말씀이죠?

오자와 내 생각엔 그래요. 뭐, 레니니까 저래도 다들 납득하겠지만.

무라카미 음악은 괜한 선입견 없이 있는 그대로 듣는 게 좋다는 말씀이시군요. 그렇지만 레니 입장에선 누가 이 음악의 콘셉트를 정했는지 명확히 해두고 싶었을 테죠.

오자와 그렇겠죠.

무라카미 협주곡을 연주할 때 보통 지휘자와 솔리스트, 어느 쪽이 곡의 방침 같은 걸 결정하는지요?

오자와 협주곡의 경우, 보다 밀도 높게 연습하는 건 대개 솔리스트 쪽이에요. 지휘자는 한 이 주 전부터 연습을 시작하지만 솔리스트는 반년 전부터 착수하거든요. 이미지가 벌써 뚜렷하게 잡혀 있는 거죠.

무라카미 하지만 지휘자가 훨씬 더 지위가 높을 경우, 지휘자가 무조건 다 결정한다거나 하는 일은 없습니까?

오자와 그런 건 있을지도 몰라요. 가령 바이올린 하는 안네조
피 무터가 그렇죠. 그 사람은 카라얀 선생한테 발탁돼서 처
음에 모차르트, 그다음엔 베토벤 콘체르토를 녹음했는데, 그
게 진짜 압도적으로 카라얀 선생의 세계란 말이지. 그래서
가끔은 다른 지휘자로 해보자고 해서 선택된 게 나였어요.
카라얀 선생이 '이번엔 세이지하고 해봐라' 하셔서 내가 지
휘했죠. 랄로의 뭐였더라, 스페인 어쩌고 하는 곡……. 안네
조피 무터가 아직 열네 살인지 열다섯 살인지 그랬을 때.

무라카미 〈스페인 교향곡〉이죠. 저 분명히 그 레코드 있을 겁
니다.

레코드 장을 뒤적뒤적하다가 겨우 찾아낸다.

오자와 아, 그래요, 이거. 오랜만인데요…… 라디오 프랑스의
오케스트라(프랑스 국립 관현악단). 이런 걸 갖고 있다니. 대
단한데요. 난 이제 없는데. 전엔 집에 몇 장 있었는데 남 주기
도 하고 누가 가져가기도 하고.

카라얀과 굴드, 베토벤 피아노 협주곡 제3번

무라카미 카라얀과 굴드가 공연하는 베토벤 콘체르토 제3번,
오늘은 이 연주를 들려드리고 싶었습니다. 정규 녹음은 아니

33

지만 1957년 베를린에서 한 연주회 실황입니다. 오케스트라는 베를린 필.

제1악장. 오케스트라의 길고 중후한 서주가 끝나고 굴드의 피아노가 들어와 이윽고 둘이 어우러진다.

무라카미 이 부분, 오케스트라와 피아노가 안 맞는데요.

오자와 엇나가죠. 아, 여기도 다르게 들어가는군요.

무라카미 사전에 확실하게 맞춰놓지 않은 걸까요?

오자와 아니, 그거야 했겠죠. 그렇지만 이런 부분은, 독주자가 연주하는 부분은 대개 오케스트라 쪽에서 맞춰줘야 하는데…….

무라카미 당시의 카라얀과 굴드라면 격이 꽤 달랐겠는데요.

오자와 그렇죠. 1957년이면 아마 굴드도 데뷔하고 얼마 안됐을 때니까.

무라카미 뭐랄까, 여기 맨 처음 오케스트라의 도입부, 대단히 베토벤적이라고 할지, 확연히 독일적인 음이죠. 그렇지만 젊은 굴드 입장에선 그런 걸 조금씩 비껴서, 분해해서, 자기 음악을 구축하고 싶은 마음이 있거든요. 그런 양측의 자세가 잘 맞물리지 않는다고 할지, 여기저기서 조금씩 어긋난다고 할지. 그렇다고 딱히 나쁜 느낌은 없습니다만.

오자와 굴드의 음악은 결국 자유로운 음악이거든. 그리고 또 그 사람은 캐나다 사람이라고 할지, 북아메리카에 사는 비非

유럽 사람이니까, 그런 부분의 차이가 클지도 몰라요. 독일어권에 살지 않는다는 게. 그에 비해 카라얀 선생은 베토벤의 음악이란 게 이미 확고하게 자기 안에 뿌리를 내린 상태라, 초장부터 독일적이라고 할지, 틀이 딱 잡힌 심포니란 말이죠. 게다가 카라얀 선생은 굴드의 음악에 섬세하게 맞춰줄 마음이 아예 없고.

무라카미 카라얀은 자기 음악을 확실하게 하면서 남은 부분은 네가 적당히 알아서 해라, 하는 식이죠. 그 때문에 피아노 독주부라든지 카덴차에선 굴드가 그런대로 자기 세계를 만들어내거든요. 하지만 그 앞뒤가 어째 살짝 들어맞지 않는다는 느낌이 듭니다.

오자와 그렇지만 카라얀 선생은 그런 거 전혀 아랑곳하지 않는 것 같지 않나요?

무라카미 그렇죠. 완전히 자기 세계에 몰두하고 있습니다. 굴드도 처음부터 그 부분은 포기하고 자기 페이스로 연주하고 있고 말이죠. 카라얀이 수직 방향으로 음악을 만드는 옆에서 굴드는 수평 방향으로 시선을 준다고 할지.

오자와 그나저나 이렇게 들어보니 재미있는데요. 협주곡인데 이 정도로 솔리스트 생각을 안 하면서 심포니로 당당히 연주해낼 수 있는 사람은 많지 않아요.

35

굴드와 번스타인, 베토벤 피아노 협주곡 제3번

──────────

무라카미 이번에 들을 건 같은 베토벤 협주곡 3번인데, 카라얀과 협연하고 이 년 뒤인 1959년 연주입니다. 굴드와 번스타인, 뉴욕 필 단원을 중심으로 편성된 컬럼비아 교향악단의 정규 스튜디오 녹음이죠.

오케스트라의 서주. 돌담에 점토를 냅다 후려치듯 던지는 듯한 솔직함이 있다.

오자와 이건 카라얀 선생하고 전혀 딴판인데요. 심포니가 아니에요. 그나저나 오케스트라의 음이 뭐랄까, 참 고리타분하군요.

무라카미 전 지금까지 이 연주가 특별히 고리타분하다는 생각을 해본 적이 없지만, 카라얀의 소리하고 연속으로 들어보니까 아닌 게 아니라 고색창연한데요. 이쪽이 이 년 뒤에 녹음한 건데 말이죠.

오자와 영 고리타분한데요.

무라카미 고리타분하게 들리는 건 녹음 탓도 있을까요?

오자와 그 이유도 있을지 모르지만 그것만은 아니겠죠. 음, 마이크로폰을 악기에 너무 가까이 놓아. 미국은 말이죠, 옛날엔 다들 저런 식으로 녹음했거든요. 카라얀 선생 쪽이 더 전체를 녹음하죠.

무라카미 미국 청중은 박력 있고 잔향이 적은 소리가 취향이었을까요.

굴드의 피아노가 시작된다.

오자와 이쪽이 이 년 뒤?

무라카미 브람스 협주곡 소동이 있기 삼 년 전, 카라얀과의 협연 이 년 뒤입니다. 연주 분위기가 이 년 전과 확연히 달라졌죠.

오자와 네, 이쪽이 훨씬 글렌답군요. 아까보다 훨씬 편하고 여유 있어요. 그렇지만 음, 이런 말을 해도 될지…… 어째 카라얀 선생과 번스타인의 비교 같아지는데, 디렉션이란 말이 있죠. 방향성이에요. 그러니까 음악의 방향성. 그게 카라얀 선생의 경우엔 선천적으로 갖춰져 있단 말이죠. 긴 프레이즈를 만들어나가는 능력. 그리고 그런 걸 우리에게도 가르쳐줬어요. 긴 프레이즈를 만드는 법을. 그에 비해 레니는 천재 기질이라고 할지, 천성으로 프레이즈를 만드는 능력은 있지만, 자기 의사로, 의도적으로 그런 걸 만들어가진 않거든. 카라얀 선생은 확고한 의사를 가지고 의욕적으로, 집중해서 그걸 합니다. 베토벤을 할 경우. 또는 브람스를 할 경우. 그 때문에 브람스를 연주하면, 그런 의욕이 카라얀 선생은 정말이지 압도적으로 강해요. 경우에 따라선 미세한 앙상블을 희생하더라도 그쪽을 우선하고 말이죠. 우리 같은 제자들에게도 같은 걸 요구했고.

무라카미 앙상블을 희생하더라도…….

오자와 요컨대 세세한 부분이 다소 안 맞아도 어쩔 수 없다는
거예요. 굵고 긴 선 하나가 뭣보다도 중요한 거죠. 그게 바로
디렉션이란 거기든요. 소위 방향인데, 음악의 경우엔 거기에
'연결'이란 요소가 들어가요. 세세한 디렉션이 있는가 하면
긴 디렉션도 있어요.

오케스트라가 피아노 뒤에서 세 개의 상승음을 연주한다.

오자와 이 세 음, 이것도 하나의 디렉션이거든요. 여기 '라아,
라아, 라아' 하는 부분. 그런 걸 만들어갈 수 있는 사람이 있
는가 하면 안 되는 사람도 있어요. 살을 붙이는 부분 말이죠.

무라카미 번스타인은 그런 디렉션 같은 부분에 관해 별로 머
리로 계산하지 않고, 어느 쪽이냐 하면 본능으로, 몸으로 해
버린다는 말씀이군요.

오자와 그런 셈이죠.

무라카미 잘되면 좋지만 자칫 잘못하면 따로 노는 결과가 될
수도 있고요.

오자와 그렇죠. 그에 비해 카라얀 선생은 디렉션을 미리 확실
하게 정해놓고, 오케스트라에게도 그걸 확실하게 요구하거
든요.

무라카미 연주 전에 이미 자기 안에 음악이 완성되어 있군요.

오자와 그런 이야기죠.

무라카미 번스타인은 그렇지 않고 말이죠.

38

오자와 그 자리에서 본능적으로…… 같은 건 있을지 몰라요.

굴드가 독주부를 느긋하게 소화해낸다.

오자와 방금 그런 부분은 글렌이 참 자유롭게 연주하고 있죠.

무라카미 바꿔 말하자면, 아까 카라얀에 비해 번스타인은 독주자가 비교적 자유롭게 연주하게 해주고 자기는 어느 정도 그에 맞춰 음악을 만든다, 그런 말씀입니까?

오자와 그런 면은 있을 거예요. 적어도 이런 곡 차원에선. 하지만 브람스쯤 되면 그렇게 쉽지 않아서 문제가 발생한 게 아닐까요. 특히 그 곡(협주곡 제1번)에선 말이죠.

굴드가 독주부에서 프레이즈의 속도를 슥 늦춰 길게 늘인다.

오자와 방금 슥 느려졌죠. 이런 게 글렌이에요.

무라카미 리듬을 자유자재로 바꾸는군요. 이런 게 그 사람 문체겠지만, 반주하는 쪽은 쉽지 않을 것 같은데요.

오자와 물론 쉽지 않죠.

무라카미 그런 건 연습할 때 상대방의 호흡 같은 걸 파악해서 거기에 맞추는 겁니까?

오자와 그렇죠. 그렇지만 이 정도 급 되는 사람들은 무대에서도 바로 쉽게 맞출 수 있어요. 피차 그 부분은 계산하고 있으니…… 계산이라고 할지, 신뢰 문제죠. 난 완전히 신뢰받는 쪽이라 말이죠. 사람이 착실해 보이니까(웃음). 저쪽(독주자)에서 멋대로 할 때가 많아요(웃음). 그렇지만 그런 게 성공하

39

면 아주 재미있는 연주가 되거든. 음악이 자유롭게 들리고.

피아노의 독주. 하강 패시지. 이어서 오케스트라가 들어온다.

오자와 방금 내려갔잖아요? 그러고 나서 오케스트라가 들어오기 전에 글렌이 음 하나를 살짝 넣었죠.

무라카미 그건 무슨 뜻일까요?

오자와 지휘자에게 '여기서 들어와라' 하고 사전에 신호를 보내는 거예요. 악보엔 없는 악센트거든요. 저 악센트는 없어요.

피아노는 제1악장 끝 부분의 유명한 긴 카덴차로 들어간다.

오자와 이런 상태로 연주하고 있군요. 의자를 낮게 두고(의자에 푹 파묻히는 흉내를 낸다). 저걸 뭐라고 하지? 잘 모르겠지만.

무라카미 굴드는 당시 이미 인기가 있었습니까?

오자와 음, 있었죠. 나도 그 사람을 처음 만났을 때 굉장히 기뻤으니까. 그렇지만 악수도 안 해요. 늘 장갑을 끼고 있고.

무라카미 꽤나 괴짜죠.

오자와 나도 토론토 시절에 그 사람을 잠깐 알고 지냈으니까 웃기는 이야기가 아주 많아요. 그 사람 집에도 놀러갔고…….

무라카미 주▶이 뒤, 유감스럽게도 공개할 수 없는 에피소드 몇 개가 이어졌다.

카덴차 끝머리. 페이스가 휙휙 바뀐다.

무라카미 이 부분, 완전히 자유자재로 소리를 내는데요.

오자와 그렇죠. 정말 천재적이에요. 충분히 납득할 수 있고

40

말이죠. 사실은 악보에 나와 있는 것하고 꽤 다르게 연주하는데, 그런데 그게 이상하게 들리지 않아요.

무라카미 악보에 없다는 건, 카덴차나 독주 부분만이 아니라…….

오자와 그래요, 그 부분만이 아니라. 그 점이 훌륭한 거죠.

제1악장이 끝나 일단 턴테이블 바늘을 든다.

무라카미 솔직히 말씀드려서 전 고등학교 때 굴드와 번스타인의 이 레코드를 듣고 다단조 협주곡이 좋아졌거든요. 1악장도 좋아하지만, 2악장에서 오케스트라 연주를 굴드가 아르페지오로 받쳐주는 부분이 있는데, 거기도 아주 좋습니다.

오자와 목관이 나오는 부분 말이군요.

무라카미 네. 여느 피아니스트 같았으면 그냥 반주하는 느낌일 텐데, 굴드는 꼭 대위법으로 정면에서 들이대는 분위기가 나거든요. 그 부분이 옛날부터 어쩐지 좋단 말이죠. 다른 피아니스트 연주와 전혀 판판입니다.

오자와 그런 건 어지간히 압도적인 자신감이 있다는 뜻이겠죠. 어디 들어볼까요. 내가 마침 이 곡을 공부하고 있거든요. 이번에 우치다 미쓰코 씨와 이 곡을 하게 돼서요. 뉴욕에서 사이토 기넨 오케스트라하고.

무라카미 그거 기대되는데요. 어떤 연주가 되려나요.

레코드를 뒤집어 제2악장을 튼다. 그전에 둘이 뜨거운 호지 차를 마시고 떡을 먹는다. **41**

무라카미 그런데 2악장, 지휘하기 어렵지 않습니까?

오자와 어렵죠. 네, 어려워요.

무라카미 유난스레 느리게 느껴진단 말이죠. 아름답긴 하지만.

피아노 독주. 이어서 오케스트라가 조용히 들어온다.

무라카미 아까처럼 오케스트라 음이 경직되지 않았죠.

오자와 그러게요, 훨씬 좋아졌는데요.

무라카미 아까는 어깨에 힘이 들어가 있었을까요?

오자와 그럴지도 모르죠.

무라카미 제1악장은 소리에서 긴박감이 느껴지는 게, 어쩌면 처음에는 독주자와 지휘자의 대결 구도 같은 게 있었을지도 모르겠습니다. 이런저런 연주를 듣다 보면 이 곡의 제1악장 도입부가 대결 모드냐, 협조 모드냐로 꽤 명확히 나뉘죠. 루빈스타인과 토스카니니의 1944년 실황 녹음은 그야말로 싸우는 것 같던데요. 들어보셨습니까?

오자와 아니, 못 들어봤어요.

목관악기가 연주하는 부분에 굴드가 아르페지오를 곁들인다.

오자와 여기 말이죠? 하루키 씨가 말한 데가.

무라카미 네, 여기입니다. 반주인데도 터치가 참 명확하고 의도적이거든요.

오자와 이거 전혀 반주가 아니군요, 글렌의 머릿속에서는.

굴드가 프레이즈를 마치고 잠깐 여백을 두었다가 다음 프레이즈로 넘어간다.

오자와 방금 거기 말이에요. 여백을 둔 데. 이건 완전히 글렌이 자유롭게 연주하는 겁니다. 저런 식으로 여백을 두는 게 그 사람의 가장 큰 특징이죠.

이어서 아름답고 정교하게 어우러지는 피아노와 오케스트라.

오자와 이 언저리는 완전히 굴드의 세계인데요. 굴드가 완전히 주도권을 잡고 있어요. 그 왜, 동양 사람은 '여백'이 중요하단 말들 하잖아요? 그렇지만 서양음악도 굴드 같은 사람은 그런다는 말이죠. 누구나 다 그러는 건 아니고, 보통 사람은 애초에 안 해요. 그렇지만 굴드 같은 사람은 그게 가능하거든.

무라카미 보통 사람은 안 합니까?

오자와 그래요. 하더라도 이렇게 자연스럽지 않지. 이런 식으로 확 자기 쪽으로 끌어당기는 힘이 없어요. 여백을 들인다는 건 결국 확 끌어당기는 거잖아요? (동양이든 서양이든) 차이가 없어요, 명인이 하면.

무라카미 오자와 씨는 지금까지 이 곡을 녹음한 게 루돌프 제르킨과 하신 협연뿐이죠?

오자와 그래요, 제르킨하고 했을 때 한 번뿐이군요. 제르킨하고는 협주곡 전곡을 했죠. 원래는 그뒤 브람스 협주곡도 전곡 할 예정이었는데, 병으로 세상을 떠나는 바람에.

무라카미 아쉬운데요.

오케스트라가 긴 프레이즈를 조용히 연주한다.

무라카미 이렇게 느린 속도로 길게 끌어가려면 오케스트라가 힘들지 않습니까?

오자와 힘들죠.

피아노와 오케스트라가 느린 템포로 어우러진다.

오자와 아, 방금 거기 안 맞는데.

무라카미 확실히 흐트러졌죠.

오자와 이 부분, 좀 너무 자유로울지도 모르겠군요. 나도 방금 (박자를) 세고 있었는데, 좀 너무 자유로울지도 모르겠는데요.

무라카미 아까 카라얀과 굴드의 연주도 꽤 어긋나는 데가 있었고 말이죠.

유난히 느린 템포의 피아노 솔로.

무라카미 하지만 이 2악장을 늘어지지 않게, 지루하지 않게 칠 수 있는 피아니스트는 그렇게 많지 않죠.

오자와 그건 그렇죠.

제2악장이 끝난다.

오자와 난 이 협주곡을 바이런 재니스란 피아니스트하고 처음 했었어요. 시카고 래비니아ᐅ무라카미 주▶매년 여름 시카고 교외에서 열리는 음악 축제. 시카고 교향악단 멤버가 주축이다에서.

무라카미 바이런 재니스, 그러고 보니 있었죠.

44

오자와 그다음이 알프레트 브렌델. 이 사람하고 잘츠부르크에서 베토벤 3번을 했고, 그다음이 우치다 (미쓰코) 씨였던가? 그리고 그다음으로 제르킨하고 한 거예요.

제르킨과 번스타인, 베토벤 피아노 협주곡 제3번

무라카미 3번 협주곡을 한 장 더 들어보실까요.

오자와 그럽시다.

제1악장이 시작된다. 도입부, 빠른 템포의 오케스트라.

오자와 느낌이 또 확 다르군요. 참 빠른데요. 어이구, 이런, 빠르기도 하지. 완전히 내달리는군요.

무라카미 거친가요?

오자와 거친 것도 그렇고, 내달리는군요.

무라카미 앙상블도 안정감이 없는데요.

오자와 네, 안정감이 없어요.

오케스트라의 서주가 끝나고 피아노가 맹렬한 속도로 치고 들어온다.

오자와 양쪽이 기세는 맞는군요.

무라카미 둘 다 좌우지간 내달리고 보자는 것 같죠. 그런데 미끄러집니다.

오자와 지휘자는 이거 분명히 하나, 둘로 지휘하고 있어요.

45

하나 둘 셋 넷이 아니라. 다시 말해서 네 박자가 아니라 두 박자가 된 거예요.

무라카미 템포가 너무 빨라서 두 박자로 할 수밖에 없다는 뜻입니까?

오자와 옛날 악보에 두 박자로 인쇄된 게 있거든요. 지금은 네 박자로 쓰인 게 맞는다고 하지만. 그런데 이 연주 첫머리는 명백히 두 박자잖아요? 그러니까 미끄러지는 것처럼 들리는 거죠.

무라카미 곡의 속도에 따라 네 박자로 할지, 두 박자로 할지 결정한다는 말씀인지요?

오자와 그래요. 어느 정도 느리게 가려면 아무래도 네 박자가 되게 마련이에요. 현재의 연구로는 이 곡, 네 박자가 옳다는 모양이거든요. 그렇지만 내가 공부하던 때는 두 박자, 네 박자, 둘 다 된다고 했죠.

무라카미 그건 몰랐는데요. 지금 들으시는 건 제르킨과 레너드 번스타인, 뉴욕 필의 협연입니다. 녹음은 1964년, 굴드와 녹음하고 오 년 뒤군요.

오자와 이건 좀 너무한데요.

무라카미 뭐가 이렇게 급한 걸까요?

오자와 정말 너무하군요.

46 **무라카미** 루돌프 제르킨은 피아노를 이렇게 정신없이 치는 사

람이 아닐 텐데요. 이 시대엔 이런 연주가 유행이었을까요?

오자와 1964년이면…… 그럴지도 모르죠. 당시는 고음악의 영향을 받은 연주 스타일이 주목 받았는데, 그런 연주는 대개 템포가 빨랐거든요. 잔향이 적고, 현악기 활도 짧고 말이죠. 그런 부분이 있었을지도 몰라요. 이건 정말이지 '일기가성─氣呵成'이란 표현이 딱 맞는군요. 아주 비독일적이에요.

무라카미 뉴욕 필이 특히 그런 경향이 있는 걸까요?

오자와 베를린 필이나 빈 필에 비하면 아무래도 독일적인 맛이 떨어지죠.

무라카미 보스턴은 또 다르죠?

오자와 맞아요. 보스턴 쪽이 마일드합니다. 보스턴은 이런 연주를 안 해요. 오케스트라가 싫어할걸요.

무라카미 시카고는 뉴욕에 가깝고요?

오자와 가깝죠. 클리블랜드는 이런 연주를 절대 안 하고. 클리블랜드는 어느 쪽이냐 하면 보스턴에 가까워요. 좀더 온건하죠. 이렇게 난폭하게는 안 해요. 하지만 오케스트라야 그렇다 치고, 이 피아니스트가 제르킨이라는 게 믿기지 않는데요. 확확 미끄러지는군요.

무라카미 카라얀 식의 베토벤 세계가 있어서 번스타인 입장에선 거기에 저항하고 싶은 마음이 있었던 걸까요?

오자와 그런 부분은 있었을지도 몰라요. 그렇지만 레니는 베

47

토벤 심포니 9번 최종 악장이 엄청 느리거든요. 레코드로는 안 나왔을지 몰라도 난 텔레비전에서 봤어요. 잘츠부르크에서 한 건데. 그러니까 베를린 필 아니면 빈 필이었을 텐데, 그때는 '이건 좀 아니지' 싶을 정도로 느리지 뭐예요. 마지막에 사중창이 있잖아요, 거기서.

좌우지간 독일음악을 하고 싶었다

무라카미 오자와 씨는 먼저 뉴욕 필에 있다가 그뒤 베를린으로 가신 겁니까?

오자와 그래요. 베를린 뒤 뉴욕 필에서 레니의 부지휘자를 하다가, 그뒤 카라얀 선생이 다시 베를린으로 불러주셨거든. 거기서 데뷔했어요. 처음 돈 받고 지휘한 게 베를린이에요. 이시이 마키하고 보리스 블라허의 오케스트라 작품, 그리고 베토벤 심포니를 지휘했죠. 1번이었던가, 2번이었던가.

무라카미 뉴욕에는 얼마나 계셨는지요?

오자와 이 년 반. 1961년, 62년, 63년 도중까지 있었군요. 64년엔 베를린 필을 지휘하고 있었어요.

무라카미 내는 소리가 확연히 다르죠, 당시 뉴욕 필과 베를린 필은.

48

오자와 완전히 다르죠. 지금도 다르고. 이만큼 커뮤니케이션이 발달하고, 오케스트라 연주자들의 교류도 활발해지고, 문화가 글로벌화된 지금도 전혀 딴판이에요.

무라카미 하지만 1960년대 초반 뉴욕 필은 소리가 특히 강하고 공격적인데요.

오자와 그래요, 요는 레니의 시대죠. 그 사람이 녹음한 말러도 얼마나 강한지. 그나저나 지금까지 이렇게 미끄러지는 연주는 들어본 적이 없군요.

무라카미 아까 들은 굴드와의 협연도 미끄러지지는 않지만 소리는 꽤 경질이었죠. 미국 청중한테는 그런 소리가 먹혔을까요?

오자와 글쎄요, 그건 아닐 것 같은데.

무라카미 소리가 극단적으로 다른데요.

오자와 오케스트라는 지휘자에 따라 소리가 달라진다는 말 있잖아요. 그런 경향이 가장 강한 게 미국 오케스트라거든.

무라카미 유럽 오케스트라는 별 차이가 없다?

오자와 베를린 필이나 빈 필은 지휘자가 바뀌어도 자기들 색을 거의 고수하죠.

무라카미 그렇지만 뉴욕 필은 번스타인이 그만두고 나서 이런저런 사람들이 상임으로 왔잖습니까. 메타라든지, (쿠르트) 마주어라든지.

49

오자와 불레즈도 있었고.

무라카미 그때마다 딱히 오케스트라 소리가 바뀌었다는 인상은 없는데요.

오자와 그렇죠, 바뀌었다는 느낌은 별로 없죠.

무라카미 다른 지휘자로 뉴욕 필 연주를 몇 번 들어봤는데 썩 좋지는 않더군요. 왜 그런 걸까요?

오자와 레니는 말이죠, 연습하면서 오케스트라를 확실하게 훈련하는 타입이 아니었거든.

무라카미 자기 할 일 하느라 바빠서 말입니까?

오자와 음, 글쎄요. 천재 타입이라고 할지, 오케스트라를 훈련하는 재주는 별로 없는 사람이었어요. 교육자로서는 뛰어났지만 훈련에 잘 맞는다고 할 순 없을지도 모르죠.

무라카미 그렇지만 오케스트라는 소설가의 문체 같은 것 아닙니까? 그럼 자기 문체를 확고하게 수립하고 싶은 게 자연스러운 감정일 것 같은데요…… 연주 레벨은 요구했을 테죠?

오자와 그야 물론 그렇죠.

무라카미 그건 아까 말씀하신 디렉션 문제와 연관되는 겁니까?

오자와 음, 그것도 있지만, 방법을 훈련하지 않았거든요.

무라카미 방법을 훈련하지 않았다는 건 무슨 말씀이신지요?

오자와 악기를 연주하는 법. 레니는 앙상블 방법에 관해 별로 주의를 주지 않는 사람이었어요. 카라얀 선생 쪽이 그런 걸

50

많이 했고.

무라카미 앙상블 방법이란 건 구체적으로 어떤 건가요?

오자와 앙상블을 어떻게 하느냐 하는 거죠. 그런 걸 가르치지 않았다고 할지, 가르칠 수 없는 사람이었어요. 천성으로 한달지, 천재적이랄지.

무라카미 눈앞에서 실제로 오케스트라가 소리를 내는데, 그에 관해 '넌 이렇게 해라' '넌 저렇게 해라' 하는 실무적인 지도를 못 했다는 뜻입니까?

오자와 구체적으로 말하면 말이죠, 유능한 사람은, 아니, 프로 지휘자는 오케스트라에 지시를 내리거든요. 지금 이 순간엔 이 악기를 들어라, 자, 지금은 이 악기를 들어라, 하는 식으로. 그럼 오케스트라의 소리가 딱 맞아들어요.

무라카미 단원 모두가 그때그때 한 악기를 집중해서 듣는다는 말씀이군요.

오자와 그래요. 지금은 첼로를 들어라, 지금은 오보에를 들어라, 하는 거죠. 카라얀 선생은 그걸 정말 천재적이라 할 만큼 잘했거든. 연습할 때 확실하게 말해요. 레니는 오케스트라를 그런 식으로 훈련하는 게 불가능한 사람이었고. 불가능하다고 할지, 그런 것에 관심이 없었겠죠.

무라카미 그렇지만 자기가 내고 싶은 소리는 물론 머릿속에 있는 거죠?

51

오자와 당연히 있죠.

무라카미 그런데 지도해서 그 소리를 만들어가는 걸 할 수 없었다?

오자와 네. 그게 참 이상한 게, 레니는 아주 뛰어난 교육자란 말이죠. 예컨대 하버드 대학에서 강연을 하게 됐다 하면 완벽하게 준비해서 아주 좋은 강연을 하거든. 워낙 유명하고 훌륭한 강연이라 책으로도 나왔는데 말이죠. 그런데 오케스트라에 대해서도 같은 걸 하느냐 하면 그게 아닌 거예요. 오케스트라에 대해선 전혀 '가르치는' 태도가 아니에요.

무라카미 흠, 이상하군요.

오자와 우리 같은 부지휘자에 대해서도 마찬가지였어요. 우리는 레니를 스승으로 생각하면서 가르침을 받고 싶어한단 말이죠. 그런데 레니의 말로는 그렇지 않다는 거예요. 너희는 내 동료다 하는 거죠. 그러니까 눈에 띄는 게 있으면 자기한테도 주의를 줘라. 나도 너희한테 주의를 주겠지만, 너희도 나한테 그래 달라. 그런 미국인다운, 좋은 미국 사람의 평등 지향 같은 면이 있었어요. 시스템 속에서는 일단 보스라고 돼 있지만 자기는 스승이 아니다, 하는 거죠.

무라카미 전혀 유럽적이지 않군요.

오자와 전혀 딴판이죠. 그런데 오케스트라에 대해서도 똑같은 자세다 보니 훈련시키는 걸 할 수 없는 거예요. 한 가지를 훈련시키는 데 품이 너무 많이 들어요. 또 그런 평등주의 같은 걸 관철시키다 보면, 지휘자가 단원한테 화내는 게 아니라 단원이 지휘자한테 화내면서 덤벼드는 사태도 발생하거든. 난 그런 장면을 몇 번 본 적이 있어요. 농담을 섞어 가며 그러는 게 아니라 정면에서 진지하게 말대답을 해요. 여느 오케스트라에선 있을 수 없는 일이죠.

나도 꽤 한참 지나서 사이토 기넨 오케스트라를 시작한 뒤로 비슷한 일이 있었어요. 사이토 기넨 오케스트라는 대다수가 나하고 옛날부터 같이 일했던 사람들이에요. 지금은 그런 사람들이 많이 줄었지만. 그래서 처음 십 년간은 다들 나한테 자기 의견을 거침없이 말했거든요. 그런 분위기였다는 말이죠. 그런데 그게 싫다는 사람들도 있었어요. 다른 데서 온 사람은 그런 분위기에 적응을 못 하고. 그런 식으로 하다 보면 매번 시간만 더 걸리지 않느냐 하는 거죠. 마에스트로가 그런 의견에 일일이 귀 기울일 필요가 없다고 말하는 사람도 있더군요. 난 내가 먼저 다른 사람들 의견을 구하곤 했는데 말이죠.

그렇지만 레니는 그렇게 동료들이 자발적으로 모인 악단이 아니라 초일류 프로 상설 오케스트라가 상대였던 셈이거든요. 그런 걸 평등주의로 대하려고 했으니 이 일 저 일 생겨서 결국 연습에 필요 이상으로 시간이 걸리는 상황을 한두 번

53

본 게 아니에요.

무라카미 말을 잘 안 듣는다?

오자와 레니는 '굿 아메리칸'이 되고 싶었던 거겠죠. 그게 어느 시점에 '과유불급'이 됐는지도 몰라요.

무라카미 하지만 그런 명분은 명분이고, 자기가 추구하는 소리가 실제로 나오지 않으면 불만이 쌓일 것 아닙니까?

오자와 난 그렇게 생각해요. 다들 그 사람을 레니, 레니, 하고 이름으로 불렀어요. 나도 세이지라고 불렸지만, 그 사람 경우가 더 철저했죠. 그런데 개중엔 착각하는 사람도 있어서 '헤이, 레니, 그건 아니지' 같은 소리를 하는 단원도 나오거든. 그런 게 이어지다 보면 연습이 좀체 앞으로 나아가질 못해요. 연습이 예정대로 끝나질 못하게 되는 거예요.

무라카미 그런 게 좋게 작용할 때는 다들 흥에 겨워 좋은 음악이 나오지만, 나쁘게 작용하면 상당히 거칠어질 것 같군요.

오자와 그렇죠, 음악에 통일성이 없어져요. 가끔 그런 일도 있었어요. 그런데 사이토 기넨 초기에 날 세이지, 세이지, 하고 부르는 사람하고 오자와 씨, 마에스트로, 그렇게 부르는 사람이 섞여 있었거든. 그때 아아, 레니 때도 이런 식이었을까 싶더군요.

무라카미 카라얀 선생은 그런 게 전혀 없었다?

54 **오자와** 선생은 타인의 의견을 아예 듣지 않아요. 자기가 추구

하는 소리와 오케스트라가 내는 소리가 다르면 좌우지간 오
케스트라가 나쁜 거예요. 원하는 소리가 나올 때까지 몇 번
이고 반복시키죠.

무라카미 아주 명확하군요.

오자와 레니 경우엔 말이죠, 연습 중에 다들 그렇게 잡담을
해요. 난 그게 늘 안 좋아 보였거든. 그래서 보스턴에선 연습
중에 누가 떠들면 그쪽을 슥 쳐다보곤 했어요. 그럼 사담을
삼가니까. 그런데 레니는 그런 걸 안 했어요.

무라카미 카라얀 선생은 어땠습니까?

오자와 난 카라얀 선생이 그런 부분을 엄격하게 통제하는 줄
알았거든요. 그런데 꽤 만년이 돼서 이야기지만, 베를린 필을
이끌고 일본에 왔을 때 말러 9번을 연습하는 거예요. 하지만
그건 일본이 아니라 베를린으로 돌아가서 연주할 곡목이었
거든. 즉, 다음 날 할 게 아닌 곡을 연습한 셈이에요. 그러니
단원들도 영 흥이 나지 않죠. 난 그때 홀에서 연습을 듣고 있
었는데, 글쎄 다들 잡담을 하더군요. 선생이 연습을 중단하고
주의를 주는 동안 다들 낮은 소리로 떠들어요. 그랬더니 선
생이 날 향해 큰 소리로 이러더군요. "세이지, 연습 중에 이
렇게 시끄러운 오케스트라를 본 적 있나?"(웃음) 그런 걸 뭐
라고 대답하겠어요.

무라카미 그 무렵엔 통솔력이 예전만 못 했는지도 모르겠군

55

요. 베를린 필하고 이것저것 트러블도 있었던 것 같으니까요.

오자와 마지막엔 화해하고 호전됐지만, 그전엔 관계가 좀 안 좋았죠.

무라카미 오자와 씨는 연습하시는 걸 보면 오케스트라에 세밀한 표정 같은 걸 곧잘 지시하시던데요. '여기는 이러이러한 표정으로'라든지.

오자와 글쎄요, 그런가. 잘 모르겠군요.

무라카미 그렇지만 보스턴 교향악단은 지휘자에 따라 소리가 꽤 바뀌죠.

오자와 바뀌죠.

무라카미 오랫동안 뮌슈가 상임 지휘자로 있다가 라인스도르프로 바뀌고, 그다음이 오자와 씨였던가요?

오자와 라인스도르프 뒤에 스타인버그가 있죠.

무라카미 그랬죠.

오자와 내가 지휘자가 되고 나서 삼사 년 지나 소리가 달라졌어요. '인 스트링'이라고 독일적인 연주 방식으로 바뀌었죠. 활을 깊이 긋는 겁니다. 그럼 묵직한 소리가 나거든요. 그때까지 보스턴의 소리는 어쨌든 가볍고 아름다웠어요. 프랑스 음악이 중심이었으니까. 뮌슈와 몽퇴의 영향이 컸죠. 몽퇴는 음악감독은 아니었지만 자주 왔으니까요. 라인스도르프도

56

그렇게 독일적이지는 않았고.

무라카미 그러다 오자와 씨 대에 들어서 소리가 달라졌다?

오자와 난 독일음악을 꼭 하고 싶었거든요. 브람스와 베토벤, 브루크너, 말러, 그런 음악을 꼭 하고 싶어서. 그래서 현악기를 인 스트링으로 연주하게 했어요. 반대하던 악장은 결국 그만두고 말았죠. 실버스타인. 그 사람은 부지휘자이기도 했는데, 그렇게 켜는 걸 싫어했거든. 음이 지저분해진다고. 꽤 강하게 반대했는데, 결국 지휘자는 나였으니까 그 사람이 그만둘 수밖에 없죠. 그뒤 독립해서 유타 교향악단 음악감독이 됐답니다.

무라카미 그렇지만 오자와 씨는 파리 오케스트라도 맡으시지 않았던가요? 둘 다 가능하다는 말씀입니까?

오자와 아니죠, 난 카라얀 선생께 배웠으니 기본은 역시 독일음악이에요. 그렇지만 보스턴에 가면서 뮌슈도 워낙 좋아하고 해서 프랑스음악을 곧잘 하게 된 거예요. 라벨 전곡, 드뷔시 전곡, 그런 것도 했죠. 녹음도 했고. 프랑스음악은 보스턴에 간 뒤로 익힌 거예요. 선생께 그런 건 전혀 못 배웠는걸. 〈목신의 오후〉는 했지만.

무라카미 저런, 그렇군요. 전 오자와 씨가 원래 프랑스음악이 장기이신 줄 알았습니다.

오자와 아니, 그때까지 전혀 안 했어요. 베를리오즈도 그때까

57

지 해본 게 〈환상〉 정도인걸요. 나머지는 전부 레코드 회사에서 해달라고 해서 하고, 뭐 그런 식이었죠.

무라카미 베를리오즈는 어렵지 않습니까? 전 듣다 보면 가끔 뭐가 뭔지 알 수 없을 때가 있는데요.

오자와 어렵다고 할지, 음악이 크레이지해요. 뭐가 뭔지 알 수 없는 면이 있죠. 그러니까 동양 사람이 하기에 잘 맞는지도 몰라요. 내가 하고 싶은 걸 할 수 있고. 예전에 로마에서 〈벤베누토 첼리니〉란 베를리오즈의 오페라를 했는데, 정말이지 마음대로 다 하겠더군요. 청중도 그걸 좋아해주고.

무라카미 독일음악은 그럴 수 없다?

오자와 그렇죠. 그리고 베를리오즈의 레퀴엠 같은 게 있잖아요? 뭐였더라, 맞다, 〈죽은 이를 위한 대미사곡〉, 팀파니를 여덟 세트나 쓰는 거. 그게 완전히 내 마음대로, 자유자재로 할 수 있었던 곡이었어요. 보스턴에서 처음 하고 그뒤 여기저기 가서 꽤 많이 했죠. 뮌슈가 죽었을 때 잘츠부르크에서 그걸 연주했군요. 그 사람이 만든 오케스트라 드 파리를 지휘해서, 그 사람을 추모하는 뜻에서.

무라카미 그럼 보스턴에서 오자와 씨가 프랑스 음악을 많이 했던 건 오자와 씨가 원해서라기보다 레코드 회사 쪽에서 요청해서 그랬던 거군요?

오자와 그래요. 그리고 오케스트라도 프랑스 음악을 하고 싶어했고. 프랑스 전문으로 내세우고 싶어했거든. 그래서 내 입장에선 '이런 거 태어나서 처음 해본다' 하는 곡이 많았답니다.

무라카미 독일에 계실 때는 독일음악이 압도적으로 많았고요.

오자와 그렇죠. 카라얀 선생은 거의 독일음악만 했어요. 뭐, 난 버르토크 같은 것도 어쩔 수 없이 하긴 했지만.

무라카미 그렇지만 보스턴에 취임하면서 시간을 들여, 인 스트링을 도입해서 독일음악을 연주할 수 있는 환경을 갖추었다?

오자와 네. 그랬더니 텐슈테트, 마주어, 그런 독일 지휘자들이 보스턴 심포니를 좋게 보고 매년 객원으로 와줬답니다.

오십 년 전 말러에 푹 빠졌다

———————————

무라카미 말러는 언제부터 하셨습니까?

오자와 말러는 레니의 영향으로 좋아하게 됐어요. 내가 부지휘자로 있었을 때 마침 말러 교향곡 전곡을 녹음하고 있었거든요. 그래서 옆에서 보면서 배워 토론토와 샌프란시스코에 가고 나서 바로 전곡 연주를 했죠. 보스턴에 와서도 전곡을 두 번 했고. 내가 토론토와 샌프란시스코에 있을 때만 해도 말러의 전 교향곡을 연주하는 지휘자는 레니 말고 아무도 없

59

었거든.

무라카미   카라얀도 말러는 잘 안 했죠.

오자와   카라얀 선생은 오랫동안 말러를 거의 안 했어요. 덕분에 난 카라얀 선생이 시켜서 베를린에서 말러를 꽤 여러 번 지휘했죠. 빈 필에서도. 처음엔 그런 식으로 꽤 집중해서 말러를 했어요. 마침 지금 빈 필이 일본에 와 있는데, 병만 안 났으면 원래는 내가 말러 9번을 지휘할 예정이었는데 말이죠. 브루크너 9번하고.

무라카미   대단한데요. 중노동이겠습니다.

오자와   결국 이번 일본 공연에서 브루크너 9번은 연주했지만 말러 9번은 안 했어요. 내가 회복한 뒤를 위해 남겨놓겠다고요.

무라카미   재활 치료를 열심히 하셔야겠는데요.

오자와   그러게요(웃음). 아무튼 당시 난 말러에 미쳐 있었어요. 벌써 오십 년도 더 된 이야기지만.

무라카미   그래서 사이토 기넨 오케스트라도 자연히 독일음악이 중심이 됐군요.

오자와   네. 사이토 기넨에서 프랑스 걸 한 건 베를리오즈 〈환상〉을 삼 년 전에 한 게 처음이군요.

무라카미   풀랑크의 오페라를 하셨죠.

오자와   맞아요, 두 개 했죠. 오네게르도 했고. 그 사람은 스위스 사람이고 프랑스 사람이 아니지만, 프랑스 음악 같은 거니까. 그렇지만 사이토 기넨은 뭐니 뭐니 해도 브람스가 좋아요.

무라카미 아주 좋죠.

오자와 그건 사이토 (히데오) 선생의 가르침도 있고, 또 외국에 있었던 사람들도 이러니저러니 해도 독일 쪽에 있었던 사람이 많거든요. 베를린이니 빈, 프랑크푸르트, 쾰른, 뒤셀도르프, 평소엔 그런 데 있다가 마쓰모토에 모이는 케이스가 많아요. 미국에 있던 사람도 있지만.

무라카미 사이토 기넨 오케스트라는 소리의 질이 보스턴 심포니와 비슷하죠.

오자와 네, 비슷하죠. 아주 비슷해요.

무라카미 실크 같은 소리라고 할지, 바람이 잘 통한다고 할지, 자유롭다고 할지. 다만 제가 보스턴에 살면서 보스턴 심포니 연주회를 찾아다녔던 건 1993년부터 1995년까지, 오자와 씨의 보스턴 시대 끝 무렵인데, 어딘지 모르게 소리가 꽉 조여진 인상이 있더군요. 농밀해졌다고 할지, 그랬습니다. 예전에 들었을 때하고 분위기가 꽤 달랐다고 할까요.

오자와 그런 건 분명히 있었을지도 몰라요. 당시 난 정말 필사적이었거든요. 오케스트라의 정도精度를 조금이라도 높이려고 좌우지간 온갖 노력을 다 했어요. 세계 10대 오케스트라에 들어야 한다, 그런 게 있어서 말이죠. 또 내 입장에서는

61

조금이라도 훌륭한 객원 지휘자가 보스턴에 와주기를 바랐거든요. 그러려면 오케스트라의 질을 높여야 하니까. 많은 지휘자가 보스턴 심포니를 잘 봐줘서 객원으로 와주곤 했어요. 젊은 층에선 사이먼 래틀, 아까도 말했던 텐슈테트, 마주어, 그리고 고악기를 하는 호그우드도.

무라카미 그러다가 일본으로 돌아와서 오자와 씨가 지휘하는 사이토 기념 오케스트라를 들었더니 아아, 바람이 잘 통하는구나, 전보다 가뿐해졌구나 싶더군요. 밀도에 관한 건 잘 모르지만, 인상으로는 예전 보스턴 심포니를 방불케 하는 데가 있던데요.

새로운 스타일의 베토벤 연주란?

무라카미 하나 더 여쭙고 싶은 건 베토벤 연주에 관해서입니다. 전에는 베토벤 하면 푸르트벵글러처럼 일종의 정형 같은 게 있었죠. 카라얀도 대체로 그 스타일을 이어받았고요. 그런데 어느 지점에 와서 사람들이 그런 베토벤 상像에 지쳐 새로운 베토벤 상을 모색하려 들기 시작했단 말이죠. 1960년대쯤에. 굴드의 접근도 그중 하나란 생각이 들거든요. 틀은 틀이라 치고 그 안에서 자유롭게 음악을 움직이자 하는. 온갖

요소를 일단 해체하고 분해해서 다시 새롭게 조립하는 듯한. 하지만 그런 움직임이 다양하게 있었는데도, 이렇다 할 새롭고 명확한 포맷 같은 건—즉, 정통 독일적인 연주에 대항할 수 있는 연주 스타일은— 좀처럼 수립되지 않았죠.

오자와 맞아요.

무라카미 그런데 최근 들어서 그 부분에 변화가 생긴 것 같거든요. 일단 소리가 옅어진 경향이 있죠.

오자와 그래요. 예전처럼 현악기를 대규모로 편성해서 농후한 무게 있는 소리로 브람스를 하듯 베토벤을 하는 건 줄었죠. 역시 고악기 쪽 사람들이 나왔다고 하는 영향이 크지 않을까요.

무라카미 그런 건 있겠죠. 현악기 수가 줄었고, 그러면서 필연적으로 콘체르토에서도 피아노가 그렇게 소리를 크게 내려고 애쓰지 않아도 되게 됐습니다. 포르테피아노가 아니어도, 현대 피아노도 포르테피아노 같은 연주를 도입하게 됐어요. 즉, 음이 작고 전체적으로 옅어져서, 그만큼 연주자가 폭 좁은 다이너미즘 속에서 비교적 자유롭게 움직일 수 있게 된 거죠. 그러면서 베토벤의 연주 스타일에 변화가 생긴 겁니다.

오자와 심포니는 아닌 게 아니라 변했죠. 커다란 묶음으로 탄탄하게 음악을 만든다기보다 속 내용을 확실하게 들려주는 스타일로 바뀌었어요.

63

무라카미 안소리가 들린다는 말씀이군요.

오자와 그렇죠.

무라카미 사이토 기넨의 베토벤이 딱 그런 느낌입니다.

오자와 사이토 선생이 그러셨으니까요. 그래서 내가 베를린 필을 지휘하면 그런 비판을 많이 받았어요. 베를린 필의 소리가 옅어졌다고 말이죠. 카라얀 선생도 자주 그런 말씀을 하셨고요, 초기에. 종종 놀리곤 하셨죠. 말러 1번을 처음 베를린에서 지휘했을 때 선생이 콘서트에 오셨는데, 그때 내가 전부 큐를 보냈거든. 큐는 아시는지? 일일이 지시를 내린 거예요. 여기서 들어오란 지시를. 넌 여기서 들어와라, 넌 여기서 들어와라, 하는 식으로. 그런 걸 하다 보면 어쨌거나 바쁘단 말이죠.

무라카미 그럴 것 같군요.

오자와 그랬더니 카라얀 선생이 그러시는 거예요. 세이지, 내 오케스트라에 대해 그런 것까지 할 필요는 없다. 넌 전체를 지휘하면 그걸로 충분하다. 그런 말씀을 하시더군요. 그렇지만 내가 그렇게 하면 바람이 잘 통하게 되거든요. 지시를 내리면 개개의 연주자가 바람이 잘 통하게 돼요. 전체를 지휘하는 것도 확실히 중요하지만, 세세한 부분을 하나하나 짚어 나가는 것도 중요하죠. 콘서트가 끝나고 다음 날 아침식사 때 선생께 그런 주의를 받았습니다. 꾸중을 들었어요. 일일이

64

큐를 보내지 말라고. 그런 건 지휘자가 할 일이 아니라고. 그래서 그날 밤 콘서트 때, 선생이 오늘은 안 오시겠지만 혹시 오시면 어쩌나 하고 벌벌 떨면서 지휘했던 기억이 있군요. 결국 안 오셨지만(웃음).

무라카미 전에는 오케스트라가 한 덩어리로 소리를 내면 그만이었군요.

오자와 그래요. 녹음도 마찬가지였죠. 카라얀 선생도 베를린에 좋아하는 교회가 있어서 거기서 녹음하곤 했어요. 파리에 와서도 교회처럼 소리가 왕왕 울리는 홀을 지정해서 거기서 녹음했고요. 살 와그람이라고, 옛날 큰 댄스홀 같은 곳인데요.

무라카미 교회와 댄스홀(웃음).

오자와 그런 잘 울리는 장소에서 녹음하는 게 주류였어요. 잔향이 몇 초라느니, 그런 걸 강조하고 말이에요. 소리를 하나의 전체로 파악하는 경향이 있었던 거죠. 뉴욕에서도 정규 녹음은 맨해튼센터에서 했는데, 여기도 잘 울리는 홀이었거든. 당시는 아직 실황 녹음이 유행이 아닐 때라, 그런 왕왕 울리는 데를 골라서들 녹음했어요.

무라카미 보스턴의 심포니홀도 소리가 그렇죠.

오자와 그래요. 다만 전에는 거기서 녹음할 때 객석을 절반 빼내고 그 위치에서 연주했거든. '왕왕'을 깨끗이 내기 위해서. 그러다가 내 때 돼서 무대 위에서 실지에 맞는 소리를 내

65

는 걸 중시하게 된 거예요.

무라카미 안소리가 들리도록?

오자와 그것도 있고, 실제 오케스트라 소리에 가깝게 연주를 들을 수 있거든요. '왕왕'은 빼고 소리를 들려주는 거예요. 잔향을 되도록 짧게 줄이는 거죠.

무라카미 아까 들은 굴드와 카라얀은 그러고 보니 잔향이 꽤나 풍성했죠.

오자와 카라얀 선생은 늘 녹음 엔지니어한테 까다롭게 요구하세요. 이런 소리로 녹음해달라고. 카라얀 선생은 그런 소리의 틀 안에서 프레이즈를 만드니까요. 그런 울림 속에서 프레이즈의 기복이 뚜렷이 나타나도록 음악을 만들어요.

무라카미 목욕탕에서 노래 부를 때처럼?

오자와 나쁘게 말하면 그렇죠.

무라카미 사이토 기넨은 어떤 데서 녹음하시는지요?

오자와 그냥 보통 극장(나가노 현 마쓰모토 문화회관)에서 합니다. 그러니까 소리가 경질이라고 할지, 잔향이 별로 없어요. '왕왕'이 없죠.

무라카미 그러니까 세밀한 소리의 움직임까지 들을 수 있는 거고요.

오자와 맞아요. 다만 그게 너무 과해서 좀더, '왕' 정도는 있으면 좋겠는데 말이죠. 하지만 그런 괜찮은 홀이 잘 없어요,

일본엔. 현재 제일 좋은 데는 거기군요, 스미다 구 트리포니 홀. 거기가 지금 도쿄에서 녹음하기에 가장 좋을 거예요.

무라카미 현대의 베토벤 연주 이야기로 돌아와서, 현을 줄이는 것과 동시에, 아니, 줄이지 않아도 어쨌든 소리를 옅게 한다는 말씀입니까?

오자와 소리를 분리한다고 할까요. 소리의 알맹이가 들리게 하는 겁니다. 그런 게 요새 풍조 아닐까 싶군요. 이거 분명히 고음악 연주 영향이죠.

무라카미 베토벤 시대의 오케스트라는 지금보다 현이 적었을까요?

오자와 물론 그랬겠죠. 그러니까 3번 〈에로이카〉도 지휘자에 따라선 현을 확 줄여서 하기도 해요. 제1바이올린이 여섯 명이라든지. 난 그렇게까지 하지 않지만.

이머질의 피아노, 고악기 연주의 베토벤

무라카미 고악기로 연주한 베토벤 협주곡 3번을 들어보죠.

이머질(포르테피아노)과 타펠무지크 바로크 관현악단(브루노 바일 지휘)의 연주. 1996년 녹음.

오자와 이건 잔향이 강한데요. 봐요, 여기, 앞 소리가 사라지

67

기도 전에 다음 소리가 들어오죠. 이런 거 보통은 있을 수 없거든요.

무라카미 아닌 게 아니라 잔향이 강하군요.

오케스트라 서주부의 삼연음.

오자와 여기 말이죠. 카라얀 선생이라면 '딴, 따안, 따아아안' 하거든요. 디렉션을 줘서. 그렇지만 이 오케스트라는 그저 '딴, 딴, 딴' 하는 겁니다. 달라도 한참 달라요. 이건 이것대로 재미있지만.

무라카미 악기 소리가 독립적으로 들린다는 말씀이죠?

오자와 그렇죠. 봐요, 여기 오보에가 선명히 들리잖아요? 그런 방식인 거예요.

무라카미 실내악에 가깝군요.

오자와 바로 그거예요. 이런 연주도 충분히 수긍이 가죠.

무라카미 사이토 기넨도 이런 경향이 있지 않습니까?

오자와 그래요. 좌우지간 다들 잘도 떠들거든, 악기가.

무라카미 이런저런 미세한 부분에서 소리의 울림이 이제까지 있던 오케스트라들하고 꽤 다르던데요.

오자와 다만 이 오케스트라 연주는 자음이 안 나오는군요.

무라카미 자음이 안 나온다?

오자와 각 소리의 첫머리가 없다는 말인데요.

무라카미 ……아직 잘 이해를 못 했습니다.

68

오자와 음, 뭐라고 설명하면 좋을까. '아아아'는 모음만 있는 소리죠. 거기에 자음이 붙으면 가령 '따까까'라든지 '하사사' 같은 소리가 되거든요. 요컨대 모음에 어떤 자음을 붙이느냐 하는 거예요. '따'나 '하' 같은 소리를 첫머리에 붙이는 건 쉬워요. 하지만 그뒤에 이어지는 소리가 어렵단 말이지. '따따따' 하고 자음이 이어지면 멜로디가 뭉개지지만, 그걸 '따라-라-' 하느냐 '따와-와-' 하느냐에 따라 소리의 표정이 달라지거든요. 음악적으로 귀가 발달했다는 건 그런 자음과 모음을 컨트롤할 수 있다는 뜻이에요. 이 오케스트라는 말에 자음이 안 나오는군요. 불쾌한 느낌은 없지만 말이죠.

무라카미 그런 뜻이군요. 그렇지만 이거 만약 잔향이 없었으면 소리로서 좀 힘든 부분도 있을지 모르겠는데요.

오자와 맞아요. 그래서 그런 홀을 골라 녹음했을지도 모르죠.

무라카미 고악기 연주는 듣다 보면 재미있고 신선하다 싶지만, 정말 바로크음악 같은 거 말고는 잘 안 듣습니다. 베토벤이나 슈베르트는 특히. 그보다 고악기 연주의 영향을 간접적으로 받은 듯한 현대악기 오케스트라 쪽을 더 많이 듣는군요.

오자와 네, 그런 건 있을지도 몰라요. 그런 의미에서 지금은 재미있는 시대예요.

69

다시 굴드에 관해 이야기하다

무라카미 굴드의 연주에서 흥미로운 건, 베토벤 연주에도 대위법적 요소를 적극적으로 도입한다는 점입니다. 단순히 오케스트라와 조화롭게 음을 맞추는 게 아니라 적극적으로 음악을 엮어 긴장감을 자아내거든요. 그런 베토벤 상이 신선하더군요.

오자와 정말 그렇죠. 하지만 이상한 사실은 글렌이 죽고 나서 그런 자세를 이어받아 발전시키려는 사람이 안 나왔다는 점이에요. 정말 안 나오더군요. 그 사람은 역시 천재였던 걸까요? 영향을 받은 사람은 있을지 몰라도 그 사람 같은 인물은 나오지 않았어요. 뭣보다도 그만큼 용기 있는 사람이 없는 거겠죠. 내 보기엔.

무라카미 이런저런 의도를 담아 연주하는 사람은 있어도 거기에 진정한 필연성이랄지, 실체가 따르는 경우는 많지 않죠.

오자와 우치다 미쓰코 씨는 그쪽이라고 할지, 그런 면에선 용기 있는 사람이에요. 아르헤리치도 그런 부분이 있고.

무라카미 여자가 그런 부분은 더 나은 걸까요?

오자와 맞아요, 여자가 더 과감하죠.

무라카미 발레리 아파나시에프란 피아니스트가 있는데요.

오자와 모르는 사람이군요.

무라카미 러시아 현대 사람인데 이쪽도 꽤나 의도가 있는 피아니스트입니다. 이 사람도 이 협주곡 3번을 쳤는데, 그게 꽤 재미있단 말이죠. 이지적인 데다, 개성적이고, 정열적이기도 해요. 그런데 듣다 보면 중간에 지치는 겁니다. 2악장은 이게 얼마나 느린지요. '알았다, 그만 됐다' 같은 기분이 듭니다. 생각을 너무 많이 한다고 할지. 그런데 굴드는 그런 면이 없거든요. 이상하리만큼 느려도 꼭 끝까지 확실하게 들려줍니다. 도중에 싫증나게 하지 않아요. 내적인 리듬 같은 게 어지간히 강한 거겠죠.

오자와 여백을 두는 그 방식이 참 대단하죠. 오늘 오랜만에 굴드를 듣고 새삼 그런 생각이 들었어요. 뭐라고 해야 하나, 배짱이라고 할까요. 타고난 겁니다. 연출해서 하는 게 아니에요, 분명히.

무라카미 독특하죠. 비디오를 보면 허공에 손을 들어 손가락으로 소리에 미세하게 비브라토를 주고 하잖습니까? 실제로 비브라토가 나는 것도 아닌데.

오자와 좌우지간 특이한 사람이었어요. 처음 만났을 당시 난 아직 신인인 데다 말도 아주 못 했거든요. 지금 생각하면 정말이지 아쉽군요. 말이 됐으면 이런저런 이야기를 할 수 있었을 텐데. 말이 됐으면 브루노 발터하고도 이야기가 가능했을 거라고요. 글렌과 좀더 여러 가지 이야기를 못 한 걸 생각

71

하면 아쉽습니다. 레니야 워낙 친절한 사람이라 내 서툰 영어에 맞춰줘서 꽤 길게 이야기하곤 했지만 말이죠.

제르킨과 오자와 세이지, 베토벤 피아노 협주곡 제3번

무라카미 이쯤 해서 제르킨과 오자와 씨의 협주곡 3번(1982년 녹음)을 들어볼까 하는데, 괜찮으시겠습니까?

오자와 문제없어요, 전혀.

무라카미 자기 연주를 레코드로 듣는 걸 싫어하는 사람도 있으니까요.

오자와 괜찮아요. 들은 지 꽤 오래돼서 어떤 연주였는지 벌써 기억이 안 나는군요. 지금 들으면 무겁지 않으려나요, 우리 연주는?

무라카미 아닙니다. 무겁다는 느낌은 없던데요, 전혀.

오자와 글쎄, 어떠려나.

레코드에 바늘을 얹는다. 오케스트라의 서주.

오자와 첫머리는 꽤 얌전하군요.

온화한 도입부. 이어서 소리에 점점 강약이 붙는다.

오자와 이런 게 디렉션이에요. 방금 그거, 네 개 음, 딴딴딴딴, 이게 이 곡의 첫 포르티시모예요. 그런 건 정확히 (의식해서

72

계획적으로) 하는 거죠.

오케스트라가 고조되어 전면으로 불쑥 나오는 부분.

오자와 여기는 더 세게 해야 하는데요. 디렉션을 더 확실히 줘야 해요. 이게 아니라 따아, 따아, 따 – 안(악센트를 강조한다) 하는 식으로. 더 용기 있게 해야 하죠. 물론 '용기 있게' 같은 말은 악보에 없지만, 그걸 읽어내야 해요.

오케스트라가 음악을 더욱 명확하게 구축해가는 부분.

오자와 봐요, 이런 식으로 디렉션은 돼 있어요. 그나저나 용기가 좀 부족하군요.

피아노가 들어온다.

무라카미 제르킨은 꽤 음을 움직이는데요. 적극적으로 표정 articulation을 부여하는군요.

오자와 그렇죠. 그 사람은 알고 있거든요. 이게 이 곡을 연주하는 마지막 기회일 거라는 걸. 죽기 전에 이 곡을 녹음하는 일은 이제 없을 거라는 걸. 그래서 자기가 생각하는 대로 하자, 하고 싶은 대로 하자, 그런 마음이 있는 거예요.

무라카미 번스타인하고 했던 긴장된 느낌의 연주하고 분위기가 확연히 다른데요.

오자와 기품 있죠, 이 사람 소리는.

무라카미 하지만 이 연주에 관해서는 오자와 씨 쪽이 어쩌 훨씬 진지하게 느껴집니다.

73

오자와 그런가요. 아하하하.

무라카미 제르킨은 자기가 원하는 대로 음악을 만들고 있죠.

피아노 뒤로 현악기의 스피카토(활을 튀기는 주법)가 있는 부분.

무라카미 여기 좀 느리지 않습니까?

오자와 그러게요, 둘 다 약간 지나치게 신중하군요. 제르킨이나 나나. 좀더 생기 있게 해도 되는 곳인데요. 수다 떠는 것처럼.

카덴차가 시작된다.

무라카미 전 제르킨의 이 카덴차 연주가 개인적으로 꽤 좋습니다. 어쩐지 등짐을 지고 비탈을 올라가는 것 같은 게, 전혀 유창하지는 않지만 더듬더듬하는 게 호감이 느껴진단 말이죠. 괜찮을까, 무사히 올라갈 수 있으려나 하고 걱정하면서 가만히 듣다 보면 점점 음악이 몸에 스며듭니다.

오자와 요새 사람들은 다들 거침없이 연주하니 말이죠. 하지만 이런 것도 좋군요.

손가락이 순간 엉킬 뻔하다.

무라카미 방금 거기는 좀 위험했죠. 그렇지만 이런 것도 좋은데요.

오자와 아하하하. 네, 방금 그건 아슬아슬했군요.

카덴차가 끝나고 오케스트라가 슥 들어온다.

무라카미 여기 들어오는 부분을 들으면 아주 미묘하게 긴장

됩니다.

오자와 네, 그렇죠. 여기 팀파니 괜찮지 않나요? 이 사람, 정말 잘하거든. 빅 파스라고, 사이토 기넨 초기부터 그 사람이 팀파니를 맡아서 삼 년 전까지 이십 년 가까이 있었답니다.

제1악장이 끝난다.

오자와 끝에 가선 꽤 좋아졌군요.

무라카미 저도 그렇게 생각합니다. 잘 들어맞게 됐죠.

오자와 카덴차, 아닌 게 아니라 좋은데요.

무라카미 들을 때마다 확 지치는데, 그래도 좋습니다. 인품이 잘 드러나 있어요.

오자와 죽기 몇 년 전쯤 연주였죠?

무라카미 녹음이 1982년이고 제르킨이 죽은 게 91년이니까 죽기 구 년 전이군요. 이 녹음을 했을 때는 일흔아홉 살이었습니다.

오자와 여든여덟 살에 죽었군요.

무라카미 이 녹음에 관해서는 어느 쪽이 템포 같은 걸 결정했습니까?

오자와 그야 물론 제르킨 쪽이 선생이니까, 이쪽은 그 사람이 정한 대로 어김없이 따랐죠. 연습할 때부터 일관되게. 첫 투티도 완전히 선생 방식에 내 쪽에서 맞췄고요. 완전한 어컴퍼니먼트의 지휘자예요.

무라카미 리허설도 많이 하셨는지요?

오자와 이틀쯤 착실히 하고, 본 공연을 하고, 그러고 나서 녹음을 했죠.

무라카미 제르킨 씨가 먼저 이것저것 결정한 셈이군요.

오자와 제일 중요한 건 곡의 캐릭터인데, 그건 저쪽에서 정했어요. 하지만 지금 이렇게 다시 들어보니까 나도 용기가 부족했군요. 좀더 과감하게 상대했어야 했는데요. 이런 명확한 곡이니까 좀더 적극적으로 나섰어야 하는 걸, 뭐랄까, 사양은 아닌데…….

무라카미 듣는 사람 입장에선 사양 같은 분위기를 어딘지 모르게 느꼈습니다만.

오자와 그래요, 아닌 게 아니라 내가 너무 설치면 안 된다는 마음은 있었어요. 그렇지만 지금 이렇게 들어보니 선생은 저렇게 자유롭게, 원하는 대로 음악을 하고 있으니까 이쪽도 그에 맞춰 좀더 자유롭게 해도 됐을 걸 그랬다는 생각이 드는군요.

무라카미 선생은 어째 고전 라쿠고 같은 경지로 자유롭게 하는군요.

오자와 손이 좀 엉켜도 그런 거 신경 쓰지 않고 유유히 하죠. 아까 '위험하다'고 했던 부분, 정말 위험했잖아요? 그렇지만 그게 또 맛을 더해준다는 말이죠. 저쯤 되면.

76

무라카미 이 레코드를 처음 들었을 때, 제르킨이 연주하는 피아노의 액션이라고 할지, 터치가 예전에 비해 아주 미세하게 느려서 그게 영 신경 쓰였거든요. 그런데 몇 번 듣다 보니까 이상하게 차츰 걸리지 않게 되더군요.

오자와 맛이 나죠. 거침없이 연주하는 것보다 이쪽이 되레 재미있을 수도 있어요.

무라카미 루빈스타인이 팔십대에 들어서 바렌보임의 지휘(런던 필)로 녹음한 베토벤 피아노 협주곡 전집도 그랬죠. 예전에 비하면 터치가 **살짝** 한 박자 느리지만, 음악이 풍요로워서 그게 점점 신경 쓰이지 않게 됩니다.

오자와 그러고 보니 루빈스타인이 날 참 아껴줬는데요.

무라카미 그건 몰랐는데요.

오자와 삼 년쯤 했나, 그 사람 반주를 하면서 세계 여기저기를 돌아다녔어요. 내가 아직 토론토에 있을 때니까 꽤 오래전 일이지만요. 그 사람이 스칼라에서 오케스트라와 함께 리사이틀을 했을 때도 내가 반주했고. 스칼라 오케스트라를 지휘해서. 그때 뭘 했더라? 차이콥스키 협주곡하고, 그리고 모차르트 아니면 베토벤 협주곡 3번 내지 4번. 스테이지 후반은 대체로 차이콥스키였거든, 그 사람은. 가끔 라흐마니노프도 했지만. 아니, 쇼팽 협주곡이었나? 라흐마니노프가 아니라……. 네, 여기저기 다니면서 함께 연주했죠. 늘 날 데리고

77

가췄어요. 파리에 있는 그 사람 집에서 미팅을 하고, 연주 여행을 떠나서…… 그래 봤자 스칼라에서 일주일이라든지, 그런 여유 있는 일정이었지만요. 샌프란시스코에도 갔어요. 그 사람이 좋아하는 곳에 가서 그곳 오케스트라와 연습하고 리허설을 두세 번 하고, 그러곤 연주하는 겁니다. 그동안 꽤나 맛있는 걸 얻어먹었군요.

무라카미 그때그때 오케스트라가 다른가요. 어렵지 않습니까?

오자와 웬걸요, 그런 것에도 익숙해졌으니까요. 폼팔이 지휘자. 꽤 재미있어요. 그걸 한 삼 년쯤 했나요. 지금도 똑똑히 기억나는 건 카르파노란 이탈리아 술이군요. 푼테 메스 카르파노라고 하는데, 이걸 가르쳐준 사람이 루빈스타인이랍니다.

무라카미 놀 줄 아는 사람이군요.

오자와 정말 그래요. 그런데 줄곧 같이 데리고 여행 다니던 여자 비서가 있었거든. 키가 훌쩍 크고 늘씬한 사람. 부인은 슬퍼했지만 말이죠. 하여간 그 사람은……. 그렇지만 여자들한테 인기 많았어요. 그리고 식도락가여서 밀라노에서도 아주 고급 음식점에 가서 자기를 위해 특별 요리를 만들게 하곤 했죠. 우리는 메뉴 같은 거 볼 것도 없이 그냥 그 사람한테 맡겨두면 돼요. 그럼 특별 요리가 나오는 거지. 그래, 세상엔 이런 사치도 있단 말이지 싶어서 감탄했답니다.

무라카미 그런 점은 제르킨 씨와 상당히 다르군요.

78

오자와 전혀 딴판이에요. 그야말로 정반대. 제르킨 씨는 그저 한없이 진지한, 시골 아저씨 같은 사람. 신실한 유대교 신자였고 말이죠.

무라카미 아들인 피터가 오자와 씨와 친하죠?

오자와 피터는 젊었을 때만 해도 아버지한테 엄청나게 반항했거든. 문제가 꽤 심각했죠. 그래서 내가 부탁을 받은 거예요, 피터 아버지한테. 피터를 잘 봐달라고. 그래서 그 친구가 열여덟 살쯤 때부터 친하게 지냈답니다. 보아하니 제르킨 선생이 날 신뢰했는지, 세이지한테 맡겨두면 괜찮을 거다, 하는 식이었어요. 그래서 피터하고 초기에 꽤 같이 시간을 보냈어요. 지금도 친하지만 당시엔 토론토나 래비니아, 그런 데 매년 가서 같이 연주하곤 했죠. 베토벤의 바이올린 협주곡을 피아노로 편곡한 것 같은 걸 많이 했군요.

무라카미 그거 레코드로 나왔죠. 뉴 필하모니아 협연으로.

오자와 아아, 그러고 보니 나왔던가요. 그런 특이한 곡은 그 전에도 그뒤로도 한 적이 없어요.

무라카미 루빈스타인하고 녹음은 안 하셨죠.

오자와 그래요. 난 당시 한참 젊었을 뿐더러 계약한 레코드 회사도 없어서 녹음 같은 건 거의 안 했어요.

무라카미 베토벤 피아노 협주곡을 사이토 기넨으로 새로 녹음하면 좋겠는데요. 그런데 그러고 보니 이 사람이 좋겠다

79

싶은 피아니스트가 갑자기 안 떠오르는군요. 이미 전집을 낸 사람도 많고 말이죠.

오자와　그 사람은 어때요, 크리스티안 지메르만?

무라카미　그 사람은 번스타인과 함께 베토벤 협주곡 전곡을 했거든요. 빈 필이었던가? 아니, 전곡이 아니군요. 도중에 번스타인이 죽는 바람에 일부는 자기가 지휘도 겸했는데, 좌우간 전곡을 했습니다. 디브이디로도 나왔고요.

오자와　그러고 보니 난 빈에서 그 사람이 번스타인하고 같이 브람스 피아노 협주곡을 하는 걸 들었군요.

무라카미　그건 몰랐는데요. 그렇지만 베토벤 협주곡은 거의 완전히 번스타인 페이스의 음악이더군요. 지메르만의 피아노도 단정하고 훌륭하지만 억척스레 밀고 나오는 사람이 아니라, 역시 결과적으로 오케스트라가 음악 전체를 컨트롤한다는 인상이었습니다. 지메르만은 번스타인하고 마음이 맞는 것 같았습니다만.

오자와　난 보스턴 시절에 지메르만하고 친해져서 말이죠. 그 사람도 보스턴을 좋아해서 보스턴에 집을 사서 살겠다는 이야기도 나왔었어요. 나도 좋은 생각이라고 강력하게 권했고. 그래서 두어 달 여기저기 집을 보러 다녔는데 적당한 집이 영 없어서 그래서 결국 포기했죠. 그 사람은 스위스도 아니고 뉴욕도 아니고 보스턴에 살고 싶다고 했는데요. 이웃에

80

폐 안 끼치고 피아노를 자유롭게 칠 수 있는 집이 그렇게 쉽게 찾아지지 않더군요. 어쨌든 참 아깝게 됐어요.

무라카미 센스 있고 지적인 피아니스트죠. 아주 오래전에 일본에 왔을 때 공연에 갔었습니다. 아직 한참 젊을 때라 베토벤 소나타가 참 풋풋했죠.

오자와 그렇게 생각하니까 정말 같이 베토벤 협주곡 전곡을 녹음하고 싶은 피아니스트가 영 안 떠오르는데요. 이미 녹음한 사람을 빼면.

우치다 미쓰코와 잔덜링, 베토벤 피아노 협주곡 제3번

무라카미 이제 드디어 우치다 씨 연주를 들어보죠. 3번 협주곡. 전 이 2악장 연주가 뭣보다도 좋거든요. 시간이 별로 없으니 변칙이지만 2악장부터 들어보실까요.

조용하고 단아한 피아노 독주로 시작된다.

오자와 (곧바로) 소리가 참 깨끗하죠. 이 사람은 정말 귀가 발달했어요.

이윽고 오케스트라가 발소리를 죽이듯 살며시 들어온다.

무라카미 오케스트라는 콘세르트헤바우입니다.

오자와 홀도 좋은데요.

피아노가 그에 어우러진다.

오자와 (깊이 감탄한 듯) 일본에서도 정말 훌륭한 피아니스트가 나왔군요.

무라카미 이 사람 터치는 명확하죠. 강한 음도, 약한 음도 둘 다 또렷하게 들립니다. 모호한 부분이 없이 확실하게 쳐요.

천천히 여백을 두면서 피아노 솔로가 이어진다.

오자와 여기 말이죠. 여백을 슥 뒀잖아요? 이거, 굴드가 아까 여백을 둔 곳하고 같은 데거든요.

무라카미 그러고 보니 그렇군요. 여백을 두는 방식이라고 할지, 음의 자유로운 배치 방식이 어딘지 모르게 굴드를 방불케 하는데요.

오자와 네, 확실히 비슷하군요.

더할 나위 없이 정교한 피아노 독주가 끝나고 오케스트라가 훌쩍 들어온다. 절묘한 음악. 둘이 동시에 신음한다.

오자와 으음.

무라카미 으음.

오자와 정말 귀가 발달했어요, 음악적인 귀가, 이 사람은.

얼마 동안 피아노와 오케스트라의 어우러짐이 이어진다.

오자와 방금 세 개 전, 음이 안 맞았죠. 미쓰코 씨, 화났겠군요 (웃음).

82 공간에 수묵화를 그리는 듯한 한없이 아름다운 피아노 독주. 단정하면서도 용기 넘치

는 음의 연속. 음 하나하나가 사고하고 있다.

무라카미 여기 이 부분이 몇 번을 들어도 좋단 말이죠. 아무리 천천히 쳐도 긴장이 전혀 끊어지지 않습니다.

피아노가 끝나고 오케스트라가 들어온다.

무라카미 여기 들어오는 거, 쉽지 않은 것 같군요.

오자와 여기는 좀더 잘 들어와야 하는데.

무라카미 그렇습니까?

오자와 좀더 잘할 수 있어요.

제2악장이 끝난다.

오자와 (감탄에 차서) 아니, 이건 대단한데요. 미쓰코 씨, 훌륭합니다. 이거 언제쯤 한 녹음이죠?

무라카미 1994년입니다.

오자와 십육 년쯤 전이군요.

무라카미 그렇지만 언제 들어도 전혀 오래됐다는 인상이 없어요. 기품이 있고 싱싱한 게.

오자와 이 2악장은 이것 자체가 특별한 곡이에요. 베토벤 중에도 이런 건 이것밖에 없는 것 같단 말이죠.

무라카미 이 정도로 음악을 끌고 나가려면 엄청난 힘이 필요할 것 같군요. 피아노나, 오케스트라나. 특히 오케스트라가 들어오는 게 옆에서 봐도 까다로운 것 같은데요.

오자와 들어오는 게 쉽지 않죠. 이건 정말이지, 호흡이 여간

83

힘든 게 아니에요. 현악기도 목관악기도 지휘자도 전원 호흡이 같아야 하는데, 이게 간단하지 않거든. 아까 슥 들어오지 못한 것도 그 부분이죠.

무라카미 리허설에서 '여기는 이런 타이밍에 들어온다' 하고 일단 맞춰놔도 본 공연에선 그것과 다른 흐름이 생겨버리는 것 같은 일도 있겠습니다.

오자와 물론 있어요. 그렇게 되면 당연히 오케스트라가 들어오는 것도 확 바뀌죠.

무라카미 공백이 있어서 거기에 맞춰 슥 들어올 때 연주자는 다들 지휘자를 보는 거죠?

오자와 그래요. 최종적으로 한데 모으는 건 나니까 다들 나를 봐요. 예컨대 아까 그 부분, 피아노가 '띠—…' 하고 들어와서, 잠깐 쉬고, 오케스트라가 슥 들어오죠. 그때 '띠—·야따—' 하고 '띠—… 야따—'는 큰 차이가 있단 말이죠. 아니면 이렇게 이음매 없이 스르르 '띠이—얀띠—' 하고 표정을 주면서 들어오는 사람도 있고. 그러니까 아까처럼, 영어로 말하자면 '스니크 인(숨어들다)'하듯이 들어왔다간 실수할 위험이 있어요. 오케스트라의 호흡을 하나로 딱 맞추는 건 여간 어려운 일이 아니거든요. 악기에 따라 자리도 다 다르지, 피아노 소리도 다르게 들리고 말이지. 그러니 호흡이 어긋나기 십상이에요. 그런 실패를 피하려면 지휘자가 이렇게 '띠이—

84

얀띠-' 하고 표정이 풍부한 방식으로 들어오는 게 좋아요.

무라카미 표정이나 몸짓으로 여백을 지시하는군요.

오자와 그렇죠. 표정이나 손놀림으로 길게 여백을 둘지, 짧게 둘지 지시하는 겁니다. 그것만으로 꽤 많이 달라져요.

무라카미 지휘자는 어떻게 하자는 판단을 그때그때 즉석에서 하는 겁니까?

오자와 음, 뭐, 그렇죠. 계산해서 한다기보다, 어느 정도 지휘 경험을 쌓다 보면 여백 두는 법을 알게 돼요. 그런데 말이죠, 그런 게 어떻게 해도 안 되는 지휘자가 의외로 있거든. 그런 사람은 아무리 오래 해도 실력이 늘지 않아요.

무라카미 눈빛으로 의사소통하는 경우도 있습니까?

오자와 물론 있어요. 그리고 그런 걸 할 수 있는 지휘자는 연주자한테 사랑받죠. 연주자 입장에서도 편하거든. 이 2악장만 해도 지휘자가 대표가 돼서 어떤 식으로 들어갈지, 하아 하고 들어갈지, 핫 하고 들어갈지, 아니면 좀더 모호하게, 감정을 실어서 "(하)…" 하고 들어갈지, 분명하게 정해놔야 해요. 그리고 그걸 다른 사람들한테 전하고. 뭐, 마지막 방법은 다소 위험하지만 말이죠. 그렇지만 모두에게 위험성을 확실하게 알려놓고 그러고 나서 슬쩍 들어가는…… 그런 방법도 있긴 해요.

무라카미 말씀을 들으면 들을수록 오케스트라를 지휘한다는

85

게 간단한 일이 아닌데요. 혼자서 소설 쓰는 게 훨씬 편할 것

같습니다(웃음).

**레코드
마니아에
관해**

오자와 있죠, 이런 말 하면 문제일 수도 있지만, 난 원래 레코드 마니아 같은 사람들을 별로 좋아하지 않았어요. 돈 있고, 좋은 장치를 갖고, 레코드를 많이 모으는 사람들. 난 옛날에 돈은 없었지만 그런 사람들 집에 간 적이 있거든요. 그럼 푸르트벵글러니 뭐니 그런 레코드가 쫙 갖춰져 있는 거예요. 그렇지만 그런 사람들은 어쨌거나 다들 바쁜 사람들이니까 집에 있을 여가도 많지 않단 말이죠. 그러니 음악도 들은 게 얼마 없어요.

무라카미 돈 있는 사람은 대개 바쁘니까요.

오자와 그렇죠. 그렇지만 하루키 씨하고 이야기하면서 내가 제일 감탄한 건 하루키 씨가 음악을 아주 깊이 있게 듣는다는 거였어요. 내가 볼 때 하루키 씨는 (레코드를 많이 모으기는 했어도) 소위 마니아적인 방식으로 듣는 게 아니군요.

무라카미 그렇다기보다 전 한가하고 대체로 집에 있기 때문에 고맙게도 아침부터 밤까지 음악을 들을 수 있거든요. 그

87

냥 수집만 하는 게 아니라.

오자와 레코드 재킷이 어떻다느니 그런 부분에만 관심 있는 게 아니라 음악을 확실하게 듣는다는 말이죠. 내 입장에선 그런 점이 이야기하면서 재미있었어요. 처음엔 글렌 이야기로 시작해서 내내 말이죠. 이런 것도 제법 나쁘지 않은걸 싶었어요. 그런데 얼마 전 도내 모ⵐ 대형 레코드 가게에 볼일이 있어서 갔는데, 얼마 동안 거기 있으면서 이것저것 보다 보니까 그런 거에 대한 혐오감 같은 게 또 도졌지 뭐예요.

무라카미 도졌다는 말씀은, 레코드라든지 시디 같은 물건이라고 할지, 상품에 대한 혐오감이 말씀입니까?

오자와 그래요, 그런 걸 까맣게 잊고 있었거든. 이젠 관계없는 일이라고. 그런데 예전에 싫었던 기분이 레코드 가게에 있는 동안 갑자기 되살아난 거예요. 하지만 하루키 씨는 음악가가 아니겠다, 입장을 따지자면 뭐, 어느 쪽이냐 하면 마니아에 가깝잖아요?

무라카미 그렇죠. 그저 레코드를 수집해서 듣는 것뿐이니까요. 물론 콘서트도 자주 가긴 하지만 직접 음악을 하는 건 아니니까, 어쨌거나 딜레탕트적이게 되죠.

오자와 물론 나하고 보는 방식은 이것저것 다르지만, 내가 이렇게 하루키 씨하고 이야기하면서 재미있다 싶은 건 그 차이의 성질이란 말이죠. 그게 내 입장에선 아주 재미있었고, 어

88

오자와 세이지 씨와 음악을 이야기하다

떤 의미에선 뭐랄까, 배우는 점도 있었어요. 배우는 게 있었다고 할지 '그래, 이런 식으로 볼 수도 있구나' 싶다고 할지, 그런 게 나한테는 신선한 체험이었어요.

무라카미 그렇게 말씀해주시면 감사하죠. 전 레코드로 음악 듣는 기쁨으로 살아가는 인간이라 말입니다.

오자와 그래서 레코드 가게에 있는 동안 생각했는데, 난 이 대화란 걸 마니아를 위해서 하고 싶진 않아요. 마니아한테는 재미없지만 음악을 정말 좋아하는 사람들한테 읽다 보면 재미있는 걸 만들고 싶군요. 나는 그런 지침으로 하고 싶어요.

무라카미 알겠습니다. 되도록 마니아가 읽으면 재미없을 걸로 만들죠(웃음).

이런 흥미로운 대화를 주고받고 난 뒤 여러모로 생각해봤는데, 나는 옛날부터 레코드를 모으는 것에 기쁨을 느끼는 부분이 있었고, 그런 의미에서는 분명히 오자와 씨가 말하는 '레코드 마니아'와 어느 정도 통하는 면이 있을 수도 있다. 나 스스로는 딱히 마니아라고 생각하지 않지만, 원래 뭘 하면 끝장을 보는 성격이다 보니 역시 어느 정도 물건에 집착하는 경향은 있다. 예컨대 나는 십대 때 줄리아드 현악 사중주단이 연주하는 모차르트 〈하이든 세트〉 K421(라단조)을 아주 좋아해서 한동안 그것만 내리 들었다. 그래서 K421이라고 하면 지금도 자연히 줄리아드 현악 사중주단의 예리한 연주가 들리고, 재킷이 머릿속에 슥 떠오른다. 그런 각인이 존재한다. 그게 내게 하나의 기준이 되어버리는 경향도 있다. 예전에는 레코드가 비싸서 레코드 하나하나를 열심히, 아껴서 들었던 터라, 의식 속에서 음악과 물건이(어느 정도 감상적으로) 일체화된 경우도 없지 않다. 그리 자연스러운 일은 아닐지 몰라도, 나는 스스로 음악을 연주하지 않았던지라 음악을 접하는 방법이 그것 말고 없었다. 돈이 조금 생긴 뒤로는 다양한 레코드를 사서, 또는 열심히 콘서트를 보러 다니면서 같은 음악을 다른 연주자로 비교해서 들어보는—즉, 음악을 상대화하는— 기쁨을 알게 되었다. 그렇게 해서 나는 내게 있어서의 음악을 하나하나, 시간을 들여 이루어왔다.

반면, 오자와 씨처럼 악보를 읽는 것을 중심으로 음악과 관계하다 보면 음악이 보다 순수하고 내적이게 될 것이다. 적어도 형태가 있는 물건과 쉽사리 결부되거나 하지는 않을 것이다. 그 차이는 꽤 큰 것일 수도 있다. 음악과 그런 식으로 관계한다는 것은 꽤나 자유롭고 폭 넓은 방식이겠다고 상상해본다. 번역이 아니라 원문으로 문학을 읽을 수 있는 즐거움, 자유로움과 조금은 비슷할지도 모르겠다. 쇤베르크는 '음악이란 소리가 아니라 관념이다' 같은 말을 했는데, 보통 사람은 그런 식으로 듣기가 영 쉽지 않다. 그런 식으로 들을 수 있다는 게 부러운 마음은 물론 있다. 그렇기에 오자와 씨는 내게 "스코어를 읽을 수 있게 공부해보지 그래요?" 하고 권하신다. "그럼 음악이 훨씬 재미있어져요"라면서. 나는 옛날에 피아노를 잠깐 배웠으니 간단한 악보는 읽을 수 있지만, 브람스의 심포니 같은 복잡한 악보는 턱도 없다. 마에스트로는 "하루키 씨 같으면 좋은 강사를 만나 몇 달만 배우면 금세 읽을 수 있게 될 거예요" 하고 독려해주시는데, 그렇게까지 하기는 쉽지 않다. 언젠가 도전해보고 싶은 마음은 있지만 그게 언제가 될지 알 수 없다.

그렇지만 언젠가 실제 인터뷰를 시작하기 전 잡담의 일환으로 이런—나름대로 솔직한— 대화를 나눈 덕에, 오자와 씨와 나의 음악에 대한 자세의 근본적 차이 같은 것을 나도 더욱 정확하게, 말하자면 입체적으로 이해할 수 있게 되었다. 상당히 중요한 의

91

미를 지니는 인식이었다고 생각한다. 프로와 아마추어를 가르는, 또는 만드는 이와 감수感受하는 이를 가르는 벽이란, 이제 와서 내가 말하기도 뭐하지만, 상당히 높다. 특히 상대방이 초일류 프로라면 그 벽은 터무니없이 높고 또 두꺼워진다. 하지만 우리가 음악에 관해 정직하게 이야기를 나누는 데 그게 꼭 방해가 된다고 볼 수는 없지 않을까. 적어도 나는 그렇게 생각한다. 음악이란 것은 그 정도로 저변이 넓고 속이 깊기 때문이다. 벽을 통과하는 유효한 통로를 찾아내는 것, 그게 무엇보다도 중요한 작업이 된다. 어떤 종류의 예술이 됐건 자연스러운 공감이 있는 한, 통로를 반드시 찾아낼 수 있을 테니까.

카 네 기 홀 의

브 람 스

다음의 두번째 대화는 2011년 1월 13일 도쿄 도내에 있는 무라카미의 작업실에서 두 시간에 걸쳐 나누었다. 오자와 씨는 일주일 뒤 허리 내시경 수술을 받을 예정이었다. 계속 앉아만 있으면 허리에 부담이 가는 탓에 가끔 일어나 방 안을 천천히 걸어다니며 말씀하셨다. 간간이 영양을 섭취하는 것도 필요했다. 전해 12월 뉴욕 카네기홀에서 사이토 기넨 오케스트라와 한 일련의 공연은 아시다시피 압도적인 성공을 거두었지만, 그에 따른 대가로 육체적 부담이 역시 상당했던 모양이다.

카네기홀에서의 감동적인 콘서트

무라카미 뉴욕 카네기홀에서 지휘하신 브람스 교향곡 제1번 실황 녹음 시디(데카/유니버설 UCCD-9802)를 들었습니다만 이거 참, 훌륭하더군요. 생명력 넘치고 구석구석까지 꽉 찬 연주였습니다. 사실 전 1986년 오자와 씨가 보스턴 교향악단과 함께 일본에 오셨을 때도 이 브람스 1번을 들었거든요, 도쿄에서.

오자와 그랬군요.

무라카미 이십오 년도 더 됐지만, 그때 연주도 근사했습니다. 소리가 한없이 아름다운 게 음악이 눈앞에 선명하게 떠오르더군요. 아직도 그 울림이 귀에 남아 있을 정도로 말이죠. 그렇지만 솔직히 말씀드려서 이번이 더 대단하다는 느낌이었습니다. 특별한 **뭔가**가 있다고 할지, 다른 데서는 찾아볼 수 없는 일기일회—期—會 같은 긴박감이 넘쳤습니다. 큰 병을 앓으셨으니 역시 체력은 저하됐을 텐데 혹시 그게 음악에 영향을 미치지는 않을지, 사실 좀 걱정이었는데요.

오자와 아니, 그건 오히려 반대예요. 지금까지 속에 쌓여 있던 게 왁 뿜어져나왔어요. 그전까지 시간은 한참 남아돌지, 음악을 하고 싶어도 할 수 없지, 여름 연주(마쓰모토 음악제)도 그렇게 하고 싶었는데 몸이 따라주지 않지…… 그런 마음이 속에 쌓여 있었으니까요.

또 나 대신 오케스트라가 알아서 척척 나가준 것도 있어요. 카네기 연주 전 보스턴에서 연습에 꼬박 나흘을 썼는데, 오케스트라가 내 체력에 맞춰서 연습 시간표를 꽤 세밀하게 조정해줬거든. 프로 오케스트라로선 있을 수 없는 방식으로 해준 거예요. 가령 이십오 분 연습하고 십오 분 쉰다든지, 이십 분 연습하고 십 분 쉰다든지, 그런 식으로 날 배려해서 특별히 조금조금 나눠서 해줬어요. 심포니홀을 쓸 수 없어서 보스턴 음악원conservatory의 좁은 교실 같은 데서 했는데요.

무라카미 브람스 1번은 사이토 기넨 오케스트라와 마쓰모토 음악제에서도 하셨죠?

오자와 그래요. 브람스는 네 개 교향곡을 전부 했군요. 그렇지만 1번은 제일 초기에 했으니까 벌써 십몇 년 전이 되려나.

무라카미 그럼 오케스트라 멤버도 그때와 꽤 다르겠군요.

오자와 네, 많이 다르죠. 거의 다 다르다고 할 만큼 바뀌었을지도 모르겠군요. 현악기는 아직 어느 정도 남아 있지만 관악기는 어떨지. 글쎄요, 기껏해야 한두 명 남아 있는 정도 아닐까요.

무라카미 관악기로 말하자면 이번 호른 주자, 아주 좋던데요.

오자와 맞아요, 훌륭하죠. 바보라크란 사람인데, 정말 천재적이에요. 현재 세계에서 가장 뛰어난 주자 아닐까요. 체코 사

97

람인데요, 그 사람이 아직 뮌헨에 있을 무렵에 처음 만났는데 그뒤 베를린 필 제1주자(수석)가 돼서 사이토 기넨에도 자주 와주죠. 맨 처음 온 게 나가노 올림픽이 열린 해였던가. 1998년이었죠? 그해 동계 올림픽이 개최되던 때 베토벤 9번을 하면서 그 사람한테 제4호른을 맡겼어요. 제4가 솔로가 제일 많거든. 그때가 처음이었죠. 그 이래로 계속 와주는군요.

무라카미 호른 솔로가 기억에 남았습니다.

오자와 훌륭해요. 그 사람은 지금 사이토 기넨과 미토(실내 관현악단) 둘 다 와주는데, 나하고 마음이 아주 잘 맞죠. 지금은 베를린을 그만두고 체코로 돌아갔단 말을 들었는데요.

무라카미 이 카네기 실황 녹음 시디는 물론 라이브 음반입니다만 잡음을 걷어냈는데요. 처음 들었을 때 하도 잡음이 없어서 놀랐습니다. 어, 이게 라이브? 싶었죠.

오자와 그렇겠죠. 이렇게 조용한 건 있을 수 없으니까. 청중의 기침 소리 같은 걸 없앴어요. 콜록콜록, 에취, 그런 소리. 그리고 연습 때 녹음한 걸로 때우는 거죠.

무라카미 어쩌 비화 같아졌는데, 요컨대 기술적인, 국소적인 보완이군요.

오자와 그래요.

무라카미 그렇지만 4악장 서주부에는 단순한 노이즈 문제가 아니라 연주와 관련된 이유로 예외적으로 두 군데 약간의 교체가 있었다고 합니다. 전 오자와 씨께 특별히 오리지널을 듣고 부분적으로 편집된 버전과 비교해서 '어디가 다른지 맞혀봐라' 하는 숙제를 받아서 밤 새워 열심히 들어봤는데요 (웃음).

제4악장 서두 부분부터 시디를 튼다(퍼스트 에디션). 오자와 씨는 그동안 곶감을 먹어 필요한 영양을 섭취한다. 팀파니 이연타 부분(트랙4, 00:02:28~).

무라카미 이 다음이죠?

오자와 그래요, 여기.

호른이 솔로로 서주부 테마를 분다. 조용하고 깊이 있는 호른의 음색.

오자와 이게 바보라크예요.

무라카미 쭉쭉 뻗어나가는 아름다운 소리인데요. 호른은 합해서 몇 명입니까?

오자와 네 명인데, 이 부분을 부는 건 두 사람이에요. 그렇지만 동시에 부는 게 아니라 한 소절씩 중간에 잠깐 겹치면서 교대하죠(00:02:39, 00:02:43). 호흡하는 동안 공백이 생기지 않게 브람스가 그렇게 지시하는 거예요.

호른 솔로가 끝나고 플루트가 같은 테마를 연주한다.

오자와 자, 여기서부터 플루트의 솔로예요. 자크 존이란 사람인데, 십 년쯤 전 보스턴에 수석 플루트로 있었죠. 지금은 스위스에 살면서 가르치고. 이것도 둘이 교대로 불거든요. 먼저

99

제1플루트(00:03:13). 이어서 여기서 제2로 바뀝니다
(00:03:17). 여기서 또 제1로 바뀌고요(00:03:21). 브람스는
그런 세밀한 것까지 빠짐없이 지정해요. 호흡 소리가 안 들
리게 하려는 거죠.

무라카미 여기서 플루트 솔로가 끝나고 이번엔 관악기 합주
로 테마를 연주합니다(00:03:50~).

오자와 트롬본 셋, 바순 둘, 더블 바순도 들어와요.

트롬본은 이 악장에서 처음 등장한다. 흡사 만반의 준비를 갖추고 때를 기다렸다는
듯. 차분하고 축전祝典 같은 느낌의 장중한 관악기 합주를 지나 마치 구름 사이로 솟아
오르듯 짤막한 호른 솔로가 이어진다(00:04:13~).

무라카미 여기까지가 두 에디션의 다른 점이죠.

오자와 지금 듣는 건 제1고稿군요.

무라카미 네, 제1고. 이쪽 판에선 호른이 꽤 위세 좋게, 선명하
게 전면으로 쑥 나온다는 인상을 받습니다.

오자와 그래요, 그에 비해 개고改稿된 시디는 호른 소리가……

무라카미 더 뒤로 물러나 있습니다.

오자와 용케 알았는데요.

무라카미 열심히 비교해서 들었으니까요(웃음). 뒤로 빠지면
서 소리도 무뎌지고 수수해졌습니다.

오자와 그래요, 이 호른 연주는 좀 너무 생생하다고 해서 이
부분을 다른 때 녹음한 것하고 교체해서 새로운 버전을 만들

100

었어요. 실은 여기, 교체한 부분이 하나 더 있는데요.

무라카미 그건 몰랐군요.

숨을 훅 들이쉬듯 짧고 아름다운 침묵이 있은 뒤 현이 천천히 저 인상적이고 유명한 테마를 연주한다(00:04:52〜). 이 곡의 하이라이트. 호른 솔로가 중심이 되는 서주부는 주요 테마 도입에 매우 중요한 역할을 다한다.

무라카미 그럼 이번엔 개고된 쪽 연주를 들어볼까요. 팀파니를 연타하는 데서부터 시작하겠습니다.

첫 호른 솔로가 시작된다.

오자와 이게 제1호른, 여기부터가 제2, 그리고 제1, 또 제2. 봐요, 숨 쉬는 소리가 전혀 안 들리죠?

무라카미 그렇군요.

오자와 그리고 플루트. 제1플루트, 한 소절 하고 여기부터 제2플루트, 여기부터 제1, 그리고 제2. 실은 여기서 아까 숨을 후 쉬었거든. 숨소리가 들렸어요. 플루트 쪽이 호른보다 호흡을 더 사용하겠죠. 그래서 이 부분을 교체한 거예요.

무라카미 아아, 네…… 그런가요. 문외한의 귀로는 거기까지는 모르겠는데요. 전혀 분간이 안 됩니다.

관악기 합주 뒤 다시 호른의 솔로가 나오는 부분.

오자와 봐요, 이번엔 호른 소리가 부드럽죠?

무라카미 부드럽군요. 꽤 다르게 들립니다. 아까는 당찼는데, 지금은 겸손하고 깊이 있는 느낌인데요.

101

브람스는 호른을 아주 그럴싸하게 쓴다. 꼭 독일의 깊은 숲속으로 청중을 유인하는 것 같다. 그 울림은 브람스의 내면 깊은 곳에 존재하는 정신세계의 중요한 한 부분을 떠맡고 있다. 호른 뒤에서 팀파니가 작은 소리로, 그러면서도 집요하게 박동한다. 의미를 지니는 뭔가를 은밀히 기다리듯. 편집에 세심히 신경 쓸 가치가 있는 부분이다.

오자와 솔로에 다른 악기가 점점 추가되죠.

무라카미 현도 뚜렷이 들리는군요.

오자와 맞아요.

서주부가 끝나고 예의 아름다운 테마가 연주된다. 무심코 가사를 붙이고 싶어지는 멜로디다.

무라카미 호른 부분이 바뀌면서 음악으로서의 균형이라고 할지, 일체감이 제1고보다 확실히 좋아진 것 같습니다. 하지만 그건 어디까지나 의식을 집중해서, 귀 기울여 들으면⋯⋯ 하는 정도고, 처음 것도 그건 그것대로 훌륭한 연주였다고 생각하는데요. 미리 주의를 받지 않았으면 못 알아차리지 않았을까요. 문장으로 치면 형용사의 미세한 뉘앙스 차이 정도라, 모르고 그냥 넘어가는 사람이 압도적으로 더 많을 테죠. 그나저나 편집 기술이 굉장한데요. 어색한 느낌이 전혀 없어요.

오자와 도미닉 파이프란 영국 엔지니어인데, 이 사람은 정말 대단하죠. 어쨌든 연주의 99퍼센트는 실황 녹음을 그대로 썼어요. 아까도 말했지만 바꾼 건 단순히 객석의 노이즈를 제거한 게 대부분이랍니다.

사이토 기넨과 브람스를 연주하는 것

무라카미 이 시디를 들으면서 생각했는데, 카네기홀의 음향이 예전하고 달라졌습니까?

오자와 달라졌죠. 한동안 안 가는 사이에 달라진 것 같은데요. 꽤 좋아졌어요.

무라카미 개장했다는 이야기를 들었습니다만.

오자와 그랬나? 그랬겠죠. 삼십 년 전 내가 보스턴 교향악단을 데리고 갔을 때만 해도 지하철 소리가 덜컹덜컹 들렸거든. 바로 밑으로 지하철이 지나가니까, 심포니 한 곡 하는 사이에 네 번 아니면 다섯 번쯤 발밑으로 지하철이 오가는 거예요(웃음).

무라카미 이번 녹음을 들었더니 소리가 좋아진 것 같았습니다.

오자와 그러게 말이에요. 상당히 좋아졌어요. 라이브도 예상보다 훨씬 좋은 소리로 녹음됐고. 이거보다 전에 카네기에서 한 게 언제였더라…… 분명히 오 년 전 빈 필하고 했는데, 그때도 좋아졌다고 생각했던 게 기억나는군요. 팔 년 전 보스턴 심포니하고 갔을 때는 그렇지도 않았는데.

무라카미 전 아까도 말씀드린 것처럼 1986년에 보스턴 교향악단 연주로 오자와 씨의 브람스 1번을 들었고, 그뒤 사이토 기넨과 하신 브람스 1번도 디브이디로 들었습니다. 그러다

이번에 카네기 연주를 들은 건데, 비교해보면 소리의 인상이 매번 꽤 다른 것 같단 말이죠. 대체 뭐가 그렇게까지 다른 걸까요?

오자와 (상당히 장시간 숙고한다) 글쎄요, 먼저 사이토 기넨의 현악 소리가 바뀌었다는 게 클지도 모르겠군요. 수다 떠는 현이라고 할지…… 요컨대 표현을 전면으로 내세우는 현이 됐단 말이죠. 누구 말을 빌리자면 '좀 과하지 않나' 싶을 정도로 현의 표현이 풍부해졌어요.

무라카미 표정이 드러나게 됐다는 말씀인지요?

오자와 그렇죠. 그리고 그에 맞춰 관악기도 표정을 갖게 됐어요. 아까 들은 카라얀 선생의 연주무라카미 주▶그 조금 전 참고삼아 카라얀 지휘, 베를린 필 연주의 브람스 1번 같은 부분을 함께 들었다는 물론 훌륭하지만, 뭐랄까, 균형이 잘 잡혔죠. 전체의 밸런스가 잘 맞아요. 그런데 사이토 기넨 사람들은 균형에 그다지 신경 쓰지 않거든. 이번 연주도 그 부분에 대한 의식은 보통 프로 오케스트라와 꽤 다를지도 몰라요.

무라카미 의식이 다르다?

오자와 다시 말하자면 섹션에 사람이 열몇 명 있잖아요? 그 사람들 하나하나가, 뒤쪽에 있는 사람들까지 '나야말로' '내가 제일' 하는 의식을 가지고 열나게 연주한다는 거예요.

무라카미 그건 대단한데요. 하지만 그런 표정 변화는 있어도

104

현의 소리 경향 자체는, 그 방향성은 처음과 달라지지 않았죠?

오자와 네, 달라지지 않았어요. 완벽하게 똑같죠.

무라카미 사이토 기넨이란 오케스트라의 성립 경위를 잠깐 복습해두고 싶은데요, 이건 상설 오케스트라가 아니죠? 평소엔 다른 데서 일하는 사람들이 일 년에 한 번 모여 유닛을 결성해서 연주합니다.

오자와 그렇죠.

무라카미 그럼 휴가를 내서 모이는 겁니까?

오자와 현악기 섹션으로 말하자면, 거의 전부는 아니라도 상당히 많은 사람들이 오케스트라에서 연주하지 않아요. 물론 유명 오케스트라의 악장 같은 사람들도 있지만, 비율로 따지자면 특정 오케스트라에 속하지 않은 사람이 더 많지 않으려나? 평소 실내악을 한다든지 가르친다든지 하는 사람들이죠.

무라카미 그런 사람들이 꽤 많다는 말씀이군요.

오자와 음악은 하고 싶은데 오케스트라에서 일 년 내내 연주하고 싶지는 않은 사람이 특히 요즘 들어 는 것 같더군요.

무라카미 그 말은, 좀더 자유롭게 음악을 하고 싶다, 고정된 조직에 들어가서 속박되고 싶지 않다, 그런 뜻일까요?

오자와 네. 예컨대 클라우디오 아바도가 이끄는 말러 실내관 현악단, 그것도 마찬가지예요. 다양한 곳에서 아주 우수한 음악가들이 모이는데, 거의 모든 단원이 평소엔 특정 오케스트

105

라에 소속되지 않고 활동하는 사람들이거든.

무라카미 참 뛰어난 오케스트라죠.

오자와 아주 훌륭해요.

무라카미 최근 들어 기성의 소위 명문 오케스트라하고 별개로, 그런 새로운 성격을 가진 수준 높은 오케스트라가 세계적으로 늘어났죠. 악단원은 각자 자발적으로 모이니까 소리에도 자연히 자발성 같은 게 들어 있는 걸까요?

오자와 아닌 게 아니라 그런 것도 있을지 몰라요. 한 오케스트라에 속해서 매주 다함께 연주하는 사람들이 아니니까요. 또 그런 식으로 매주 다함께 연주하는 사람들도 주위 사람들의 구성이 평소와 확연히 다르니까, 그렇게 되면 자세도 달라지거든요. 그래 봤자 일 년에 한 번뿐인 7월 칠석 오케스트라 아니냐고 반쯤은 흥보듯 말하는 사람도 있지만(웃음).

무라카미 그럼 월급 받는 입장이 아니니까, 오자와 씨 음악이 마음에 안 들면 그다음부터는 참가하지 않는 것도 가능하죠. 일이니까 싫어도 와야 한다는 의무가 없어요. 싫으면 언제라도 그만둘 수 있어요.

오자와 그렇죠. 또 반대로 나랑 할 수 있다는 이유로 일부러 멀리서 와주는 사람도 있고요. 외국 음악가도, 베를린이라든지 빈이라든지, 또 미국 오케스트라에 있는 사람들이 여기까지 와주거든. 그런 사람들은 휴가를 내는 게 쉽지 않아요. 마

106

쓰모토에 와 있는 동안엔 아르바이트도 할 수 없고 레슨을 할 수도 없으니까요.

무라카미 그렇다고 그렇게 높은 보수를 줄 수 있는 건 아니죠?

오자와 가급적 많이 주려고 늘 노력은 하는데, 솔직히 한도는 있군요.

무라카미 그런데도 그런 유동적인, 자유로운 이합집산이 가능한 형태의 오케스트라가 세계적으로 늘어나는 추세거든요. 종래에 있었던 것 같은, 엄격한 관리 시스템에 의해 운영되는 상설 오케스트라와는 다른 영역에서. 그렇게 해서 음악가들이 자발적인 '수다'를 즐기게 됐습니다.

오자와 그렇죠. 아바도가 하는 루체른 음악제의 오케스트라도 그렇고, 도이체 카머필도 그렇고.

무라카미 파보 예르비가 음악감독으로 있는 브레멘의 오케스트라죠. 저번에 들었습니다.

오자와 어디나 일 년 중 서너 달만 활동하고 나머지는 각자 자유롭게 행동해요, 그 기간 동안의 급료는 못 주니까 알아서 먹고 살아요, 하는 시스템이죠.

무라카미 지휘자 입장에서도 그런 오케스트라를 지휘할 때 상설 오케스트라 때하고 의식이 조금 달라지는지요? 가령 오자와 씨가 상임 지휘자로서 보스턴을 지휘하던 때라든지.

오자와 상당히 다르죠. 긴장되고, 마음가짐도 달라요. 그야말

107

로 칠석처럼 일 년에 한 번 모두가, 동료들이 한 자리에서 만나는 거니까 나도 아주 신경 써서 해야 해요. '아아, 세이지가 올해는 기운이 없구나. 기력이 예전 같지 않은가'라든지 '요새 공부가 부족한 거 아냐?' 같은 말을 들었다간 큰일이죠. 곤란해요. 게다가 다들 입이 험하다고 할지, 거리낌 없이 말을 해치우는 사람들이 많아서 말이에요(웃음). 뭐, 그런 오랜 동료는 벌써 은퇴하고 해서 점점 줄어들고 있지만요.

무라카미 연주할 곡목은 어떻게 정하십니까?

오자와 처음엔 맨 브람스만 했군요. 그리고 버르토크의 〈관현악을 위한 협주곡〉이라든지 다케미쓰 씨의 〈노벰버 스텝스〉 같은 걸 같이 했는데, 중심은 어디까지나 브람스 네 곡이었고 거기에 곁들이는 형태로 다른 곡을 조금씩 하곤 했어요. 브람스 심포니 네 곡을 매년 하나씩 하고 그뒤 마쓰모토 음악제를 시작했던 거죠. 마쓰모토에서도 또 브람스를 하고, 그리고 베토벤으로 넘어가서…….

무라카미 시작은 어쨌거나 브람스란 말씀이군요.

오자와 그렇죠.

무라카미 그건 어째서? 왜 브람스였을까요?

오자와 그건 말이죠, 우리가 사이토 선생의 느낌이 잘 사는 건 역시 브람스라고 생각해서 그래요. 어쨌든 내 생각엔 그랬어요. 아키야마 가즈요시란 지휘자가 있잖아요? 그 사람은 나하고 의견이 좀 달라서, 좀더 가벼운 모차르트라든지 슈만 같은 게 낫지 않겠느냐고 했어요. 그래서 그 사람은 처음에 사이토 기념으로 슈만을 지휘한 게 아닐까요. 그렇지만 내 생각엔 브람스였거든. 다른 사람들한테도 묻고 정했다고 기억하는데……. 사이토 선생이 생각하는 '말하는 현악기'엔 베토벤보다 브람스가 어울리지 않겠나. 에스프레시보가 강한, 즉 표정이 풍부한 현악기엔 브람스가 잘 맞을 거다 하는 거죠. 그래서 좌우지간 일단 브람스를 전부 해보자고 시작한 게 유럽 순회공연이었던 거예요. 유럽엔 네 번 갔는데, 맨 처음 한 게…… 그게 1번이었던가?

무라카미 사이토 선생은 브람스, 베토벤, 모차르트 쪽이 주된 레퍼토리였죠.

오자와 그리고 하이든도.

무라카미 독일음악 중심이군요.

오자와 네, 그리고 물론 차이콥스키도 있고. 교향곡과 〈현악 세레나데〉. 우리가 제일 제대로, 오래 배운 게 〈현악 세레나데〉거든요. 왜 그런가 하면, 도호 오케스트라에 관악기가 거의 없었으니까(웃음). 모차르트를 하는데 오보에 하나에 플루트 하나밖에 없어서 나머지는 오르간으로 때우고 했어요. 내가 팀파니를 치고 말이죠. 그때는 사이토 선생이 지휘하고, 팀파니가 필요 없을 때는 내가 지휘하고, 그런 시대가 있

109

었답니다.

무라카미 오케스트라가 브람스에 잘 맞는다는 건 음색이라든 지 울림 같은 것 말씀인지요?

오자와 아니, 울림이라기보다…… 뭐랄까, 주법이, 그러니까 현악기의 활 쓰는 법, 올리고 내리는 게, 그런 프레이즈를 만 드는 방식, 표정을 내는 방식이 브람스에 잘 맞지 않을까 하 는 거예요. 음악이란 표현하는 것이라는 게 사이토 선생의 가르침이거든요. 또 내 사고방식이기도 하고. 확실히 사이토 선생은 브람스의 심포니를 가르칠 때 특히 열의를 보이셨어 요. 뭐, 현실적으로는 악기 편성 문제로 차이콥스키의 〈현악 세레나데〉라든지 모차르트의 〈디베르티멘토〉, 헨델의 〈콘체 르트 그로소〉, 바흐의 〈브란덴부르크〉, 쇤베르크의 〈정화된 밤〉 같은 걸 연주할 때가 많았지만요.

무라카미 그렇지만 관악기가 그 정도로 빈약한데도 굳이 브 람스 교향곡을 정열적으로 가르치셨다는 말씀이군요.

오자와 그렇죠. 빈약함을 보완할 방법을 연구해서 했어요.

무라카미 기술적인 문제는 잘 모릅니다만, 브람스의 오케스 트레이션은 베토벤에 비해 상당히 복잡하지 않습니까?

오자와 아니, 악기 편성으로 보면 별 차이 없어요. 가령 더블 바순은 베토벤 시대엔 그다지 일반적이지 않았지만, 나머지 는 비슷하거든. 오케스트레이션도 아주 약간만 다르죠.

110

무라카미 그럼 음의 조합 같은 게 브람스나 베토벤이나 거의 비슷하다는 말씀입니까?

오자와 그렇죠. 음의 폭은 확 넓어지지만 악기 편성 자체는 거의 같군요.

무라카미 하지만 귀로 듣는 인상은 베토벤과 브람스가 꽤 다른데요.

오자와 다르죠. (잠시 침묵) ……그게 말이죠, 베토벤도 9번에서 달라지거든요. 9번으로 가기 전까지 오케스트레이션에 꽤 제한이 있었어요.

무라카미 제가 받은 인상으로, 브람스는 악기 편성에 별 차이가 없어도 베토벤에 비해 음과 음 사이에 음이 또 하나 들어오는 듯한, 한층 농밀한 것 같은 느낌이 듭니다. 그래서 베토벤 쪽이 그만큼 음악의 구조가 더 잘 보인다고 할지…….

오자와 그건 물론 그래요. 잘 보이죠. 베토벤이 관악기와 현악기의 대화가 더 잘 보여요. 브람스는 그걸 섞어서 음색을 만들어가고.

무라카미 그 말씀을 들으니 이해가 아주 잘 되는데요.

오자와 심지어 브람스 심포니 1번도 그런 특징이 명확하죠. 그래서 다들 그러잖아요, 브람스 1번은 베토벤 10번이라고. 연결점이 있는 거예요.

무라카미 오케스트레이션으로 말하자면 베토벤이 마지막 9번

111

에서 변혁하려던 부분을 브람스가 계승했다는 말씀이군요.

오자와 그런 거죠.

무라카미 사이토 기넨은 브람스 다음으로 베토벤 심포니를 중심으로 레퍼토리를 구성했는데요.

오자와 네. 베토벤 다음엔 말러를 하고 있어요. 2번, 9번, 5번, 그리고 1번인가. 그리고 저번에 프랑스 작품으로는 처음으로 〈환상〉을 했군요. 오페라는 그전에 풀랑크라든지 오네게르를 했지만요. 윌리엄 보넬이라고, 프로그램을 짜는 사람이 샌프란시스코에 있는데, 그 사람과 둘이서 의논해서 뭘 할지 곡을 정했어요. 보스턴 시절에도 그랬고, 사이토 기넨에서도 처음부터 내내 그랬답니다. 이 사람은 작년에 여든네 살로 세상을 떠났는데, 나하고 오십 년 가까이 같이 일했죠.

무라카미 개인적으로는 언젠가 혹시 마음 내키실 때 시벨리우스를 한번 해주시면 기쁘겠습니다. 시벨리우스의 심포니를 좋아하거든요. 오자와 씨의 시벨리우스는 바이올린 협주곡 말고 들어본 적이 없고 말이죠.

오자와 시벨리우스는 5번, 아니면 3번?

무라카미 전 5번이 제일 좋던데요.

오자와 끝이 참 좋죠. 1960년에서 61년에 걸쳐 카라얀 선생의 레슨에서 시벨리우스 5번의 피날레를 했어요. 그것하고 말러 〈대지의 노래〉. 로맨틱한 큰 곡으로는 그 두 곡이 과제

112

였죠.

무라카미 카라얀 선생은 시벨리우스 5번을 아주 좋아하는 것 같던데요. 녹음도 네 번쯤 하지 않았던가요?

오자와 네, 좋아합니다. 연주도 아주 훌륭했지만, 이 곡을 써서 제자를 가르치는 것도 참 잘했어요. 긴 프레이즈를 만드는 게 지휘자의 역할이란 말을 자주 하셨죠. 스코어의 이면을 읽으라고. 소절을 하나하나 세세하게 읽는 게 아니라 더긴 단위로 음악을 읽어라. 우리는 말이죠, 네 소절 프레이즈, 여덟 소절 프레이즈, 그런 걸 읽는 데 익숙해요. 그런데 카라얀 선생은 열여섯 소절, 더 엄청날 때는 서른두 소절, 그렇게 단위가 길어지거든. 거기까지 프레이즈를 읽으라고 가르치는 거예요. 스코어엔 그런 거 안 쓰여 있어요. 그래도 그걸 읽는 게 지휘자의 역할이다, 작곡가는 늘 그걸 염두에 두고 악보를 쓰니까 거기까지 정확히 읽어라. 그런 게 카라얀 선생의 지론이에요.

무라카미 카라얀의 연주를 들으면, 확실히 그런 긴 프레이즈를 만드는 데서 생겨나는 스토리성 같은 게 늘 있죠. 특히 옛날 녹음 같은 걸 들으면 그런 스토리성이랄지, 설득력이 시대를 초월해서 지금도 전혀 색 바래지 않았다고 감탄하게 될 때도 많지만, 가끔은 '이젠 아무리 그래도 좀 낡았다' 싶을 때가 있습니다.

113

오자와 네, 그런 건 있죠.

무라카미 카라얀의 음악은 그런 게 비교적 명확하다는 생각이 들거든요. 어느 쪽으로 갈지가 분명하다고 할지.

오자와 그런 건 있을지도 몰라요. 그런 의미에선 푸르트뱅글러도 그 타입이었군요.

무라카미 그렇지만 그쯤 되면 이건 완전히 인간문화재 같단 말이죠.

오자와 그러게요(웃음). 아, 그리고 카를 뵘 있잖아요? 빈에 있던. 잘츠부르크에서 그 사람이 리하르트 슈트라우스의 오페라 〈엘렉트라〉를 지휘하는 걸 본 적이 있는데, 내 눈에는 뭐랄까…… 팔 끝만 써서 살짝살짝 지휘하는 것처럼 보였거든요. 그런데 오케스트라가 말이죠, 이게 정말 마법 같은 게, 이렇게 커다란(두 팔을 활짝 벌린다) 음악을 만들어가지 뭐예요. 분명히 그 사람하고 오케스트라 사이에 어떤 특별한, 역사적인 유대관계가 있었겠죠. 내가 봤을 때 그 사람은 이미 상당한 고령이었어요. 그러니 지휘 동작도 작고 지시도 그렇게 크게 내리는 것 같지 않았는데, 그래도 나오는 음악은 깜짝 놀라게 큰 거예요.

무라카미 그건 뵘이 오케스트라를 통제하지 않고 비교적 자유롭게 풀어준다는 뜻입니까?

114 **오자와** 글쎄요, 그 부분은 나도 잘…… 잘 모르겠군요. 그럴

지도 모르지만, 글쎄 어떠려나요. 나도 그 언저리를 좀더 자세히 알고 싶었는데…… 카라얀 선생은 보면 그런 걸 잘 알 수 있거든요. 대체로 오케스트라한테 맡깁니다. 마음대로 하게 하고, 중요한 부분만 직접 확실하게 통제해요. 그렇지만 뵘 선생은, 글쎄요…… 지시는 일일이 세세하게 내리는데, 여기저기 커다란 프레이즈도 왁 나오고…… 어떻게 그렇게 되는지 나도 잘 모르겠어요.

무라카미 빈 필이 특수했다는 말씀인지요?

오자와 그건 있을지도 모르겠군요. 그리고 뵘에 대한 존경심도 있었을지 모르죠. 이런 음악을 만들어가자 하는 암묵적인 양해 같은 게 있었을지도 모르고. 그런 음악은 보다 보면, 듣다 보면 아주 큰 만족감을 줘요.

**호른
호흡의
진상**

무라카미 저번에 이야기했던 브람스 교향곡 1번 4악장에서 호른 솔로가 한 소절씩 교대하는 부분에 관해 좀더 자세한 말씀을 듣고 싶은데요. 그뒤 영상을 봤는데, 전 아무리 봐도 주자가 교대하는 것 같지 않단 말이죠. 이건 1986년 오자와 씨가 보스턴 교향악단과 일본에 오셨을 때 오사카 공연의 영상입니다만…….

그 부분을 함께 본다. 호른 솔로 부분.

오자와 아, 정말 그런데요. 이건 정말 교대하지 않는군요. 하루키 씨 말이 맞아요. 음, 아, 맞다, 그래요, 생각났어요. 호른을 부는 이 사람 말이죠, 척 카발로스키라고, 대학에서 가르치는 사람이에요. 물리학인지 뭔지 그런 게 전문인. 하여간 참 특이한 사람인데. 그 부분, 한 번 더 볼 수 있을까요?

같은 부분을 다시 본다.

오자와 하나, 둘, 셋…… 여기, 이 부분, 소리가 없죠.

116

무라카미 호른 주자가 호흡하는 부분이 공백이 된 셈이군요.

오자와 그래요. 소리가 끊어졌죠. 이건 말이죠, 브람스 쪽에서 보자면 안 좋은 일인 거예요. 원래는 여기에 공백이 생기면 안 돼요. 그런데 이 친구가 워낙 완고한 성격이라 자기는 이런 식으로 한다고 고집을 부렸지 뭐예요. 녹음할 때 이 부분을 어떻게 하느냐 하는 게 문제가 됐었어요. 이 뒤에 이어지는 플루트 솔로를 봅시다.

호른 솔로가 끝나고 같은 테마의 플루트 솔로가 이어진다.

오자와 하나, 둘, 셋…… 봐요, 여기는 소리가 나잖아요? 이 사람은 숨쉬는 동안 제2주자한테 소리를 잇게 하거든요. 그러니까 음이 끊어지지 않죠. 그게 브람스가 지정하는 겁니다. 호른도 똑같이 해야 해요.

화면을 보면 주자가 악기에서 입을 뗀 동안에도 소리가 이어지는 것을 확실히 알 수 있다. 레코드로 들으면 전혀 모르겠다.

무라카미 숨쉬는 동안 제2주자가 백업을 해준다. 한 소절씩 교대한다는 건 말하자면 그런 겁니까?

오자와 그래요. 하루키 씨, 좋은 걸 발견했군요. 이거, 내가 그때 말해서 찾은 거죠?

무라카미 그야 물론입니다. 말씀을 못 들었으면 알아차리지도 못했을걸요. (디브이디를 교체한다) 그리고 이건 사이토 기넨 연주인데요. 1990년 런던 공연.

오자와 하나, 둘, 셋…… 네, 호흡하는데 소리는 이어지죠. 소

117

리가 끊어지지 않아요. 그리고 제2소절과 제4절 첫머리는 둘이 동시에 불고. 그렇게 지정되어 있어요. 그런 게 브람스가 재미있는 점이거든.

무라카미 그런데 보스턴의 호른 주자는 그 지시를 무시했군요?

오자와 그래요, 개인적으로 무시했어요. 이럼 충분하다고 완강하게 우겼죠. 브람스가 생각한 트릭을 배제한 거예요.

무라카미 왜 그랬을까요?

오자와 음색이 달라지는 게 싫었겠죠. 그때도 꽤 문제가 됐는데요. 하루키 씨가 사온 스코어가 여기 있으니까 그 부분을 잠깐 볼까요.

오자와씨가 연필로 표시하면서 스코어 읽는 법을 하나하나 상세히 설명해준다. 그때까지 아무리 봐도 이해할 수 없었던 부분들이 세세히 밝혀진다.

오자와 여기는 말이죠, 대충 보면 그냥 넘어갈 부분이거든요. 봐요, 제2호른은 여기서 들어와서 여기까지 하는 거예요. 그동안 제1호른은 숨을 쉬고. 제1은 3박, 제2는 4박 늘리라고 지정돼 있어요. 자세히 보면, 봐요, 여기 점이 찍혀 있잖아요?

무라카미 아아, 그래서 같은 음표가 여기 두 개 나란히 적혀 있는 거군요. 뭔가 했습니다.

오자와 이런 걸 한 건 브람스가 처음이에요. 하지만 그러려면 두 주자의 음색이 같아야 하거든요.

118

무라카미　그렇겠죠.

오자와　브람스는 그런 걸 전제로 작곡했단 말이죠. 그렇지만 (브람스보다) 전에는 그런 게 불가능했을지도 몰라요. 공장에서 똑같이 찍어낸 프렌치 호른이 아니니까. 악기에 따라 음색이 다르다든지, 그런 것도 있었을지 몰라요. 소리가 다 달랐으니 그런 걸 했다간 이상하게 됐을 수도 있거든. 아니면 단순히 그런 걸 생각 못 했을 수도 있고요. 하지만 그러고 보면 간단하잖아요?

무라카미　정말 그렇군요. 그럼 보스턴의 호른 주자가 어디까지나 이례적이었군요. 그런 해석도 가능하다는 게 아니라.

오자와　어디까지나 이례적이에요. 하면 안 될 일이지만, 그 사람이 워낙 특이해서 남들 말을 내가 왜 듣냐 하는 식이었거든. 방금 하루키 씨 말을 듣고 생각났어요. 머리가 아주 좋은 사람이고, 개인적으로는 참 친한 친구였는데 말이죠.

무라카미 전 십대 때부터 지금까지 줄곧 음악을 들었는데, 최근 들어서 전보다 좀더 음악을 알게 되지 않았나, 그런 느낌이 들 때가 있습니다. 세세한 부분을 귀로 듣고 분간할 수 있게 됐다고 할지. 어쩌면 소설을 쓰다 보면 점점 자연히 귀가 좋아지는 게 아닐까 싶단 말이죠. 뒤집어서 말하자면 음악적인 귀가 없으면 글을 잘 쓸 수가 없는 겁니다. 그러니까 음악을 들으면서 글 솜씨가 좋아지고, 글 솜씨가 좋아지면서 음악을 잘 들을 수 있게 되는 부분이 있다고 생각하거든요. 양방향에서 상호 작용으로.

오자와 호오.

무라카미 전 글 쓰는 법 같은 걸 누구한테 배운 적이 없고, 딱히 공부도 하지 않았습니다. 그럼 어디서 글 쓰는 법을 배웠느냐 하면 음악에서 배웠거든요. 거기서 뭐가 제일 중요하냐 하면 리듬이죠. 글에 리듬이 없으면 그런 거 아무도 안 읽습니다. 읽는 이를 앞으로, 앞으로 보내는 내재적 율동감이랄지……. 기계 설명서는 비교적 읽기 괴롭잖습니까? 그게 리듬이 없는 글의 한 전형입니다.

새로운 작가가 나왔을 때, 이 사람은 남을지 아니면 머잖아 사라질지 하는 건 그 사람이 쓰는 글에 리듬감이 있는지 없는지를 보면 대개 판별할 수 있습니다. 하지만 많은 문학비평가는 제가 보기에 그런 부분에 별로 주목하지 않더군요. 글의 정밀함, 말의 새로움, 이야기의 방향, 테마의 질, 수법의 재미, 그런 걸 주로 다룹니다. 그렇지만 리듬이 없는 글을 쓰는 사람은 문장가의 자질이 별로 없다고 생각하거든요. 물론 제 생각이 그렇다는 것뿐입니다만.

오자와 글의 리듬이란 건 우리가 그 글을 읽을 때 읽으면서 느끼는 리듬인가요?

무라카미 네. 단어의 조합, 문장의 조합, 문단의 조합, 딱딱함과 부드러움, 무거움과 가벼움의 조합, 균형과 불균형의 조합, 문장부호의 조합, 톤의 조합에 의해 리듬이 생깁니다. 폴리리듬이라고 할 수 있을지도 몰라요. 음악과 마찬가지인 겁니다. 귀가 좋지 않으면 불가능하죠. 그게 가능한 사람은 가능하고, 불가능한 사람은 불가능합니다. 아는 사람은 알고, 모르는 사람은 모르고요. 물론 노력해서, 공부해서 자질을 키우는 일은 가능하겠습니다만.

전 재즈를 좋아하니까, 그렇게 리듬을 확실하게 만들어놓고

두번째 카네기홀의 브람스

거기에 코드를 얹어 임프로비제이션을 시작한단 말이죠. 자유롭게 즉흥을 해나가는 겁니다. 음악을 만들 때하고 같은 요령으로 글을 씁니다.

오자와 글에 리듬이 있다는 건 난 몰랐군요. 어떤 건지 아직 잘 모르겠는데요.

무라카미 뭐랄까요…… 읽는 사람한테 그런 것처럼 쓰는 사람한테도 리듬은 중요한 요소입니다. 소설을 쓰는데 리듬이 없으면 다음 문장이 나오지 않습니다. 그럼 이야기도 진전되지 못하죠. 글의 리듬, 이야기의 리듬. 그런 게 있으면 자연히 다음 문장이 나옵니다. 전 글을 쓰면서 그걸 자동적으로 머릿속에서 소리로 재생합니다. 그게 리듬이 되고요. 재즈에서 원 코러스 애드리브를 하면 그게 자연히 다음 코러스로 이어지는 것 같은 느낌입니다.

오자와 난 세이조에 사는데 말이죠, 저번에 선거 후보자 팸플릿 같은 걸 받아서 보다가 공약인지 매니페스토인지 그런 게 있길래 읽어봤거든요. 할 일이 없으니까. 그랬더니 '이 사람은 안 되겠군' 싶더군요. 그게 왜 그런가 하면 아무리 애써도 세 줄밖에 못 읽겠는 거예요. 그 이상은 도저히 못 읽겠어요. 뭔가 분명히 아주 중요한 이야기를 하는구나 싶긴 한데 읽을 수가 없어요.

122 **무라카미** 그렇죠, 그게 요는 '리듬이 없다, 흐름이 없다' 하는

거라고 생각합니다.

오자와 그래, 그렇군요. 나쓰메 소세키는 어떤가요?

무라카미 나쓰메 소세키의 글은 아주 음악적이라고 생각합니다. 술술 잘 읽히죠. 지금 읽어도 훌륭한 글입니다. 그 사람은 서양음악이라기보다 에도시대 '구전문학' 같은 것의 영향이 클 것 같습니다만, 귀가 매우 발달한 사람이라고 생각합니다. 소세키가 서양음악을 얼마만큼 깊이 들었는지 전 잘 모르지만, 런던에서 유학했으니까 분명히 어느 정도는 접했겠죠. 다음에 조사해보겠습니다.

오자와 그 사람은 영어 선생이었죠?

무라카미 그런 의미에서도 귀가 발달했을지 모릅니다. 일본적인 것과 서구적인 게 잘 조합됐을지도 몰라요. 다른 작가 이야기를 하자면, 요시다 히데카즈 씨의 글은 무척 음악적이죠. 물 흐르는 것처럼 읽기 쉽고, 게다가 사적이거든요.

오자와 아, 네, 그건 그럴지도 모르겠군요.

무라카미 영어 선생으로 말하자면, 도호 시절 오자와 씨의 영어 선생님이 마루야 사이이치였죠?

오자와 그래요. 제임스 조이스의 《더블린 사람들》 같은 걸 읽혔죠. 그런 뭐가 뭔지 알 수 없는 걸(웃음). 잘하는 여자애 옆에 앉아서 도움을 받곤 했답니다. 공부를 참 안 했군요. 그래서 영어 까막눈인 채로 미국에 갔지 뭔가요(웃음).

123

무라카미 마루야 씨가 교사로서 안 좋았던 게 아니라 단순히 오자와 씨가 공부를 안 했던 것뿐이군요.

오자와 네, 전혀 안 했어요.

오ㅈ오ㅇ오ㅈㅆ와
와ㅠ게ㅣㅣㅉ와
ㅇㅇㅇㅇㅇㅇㅈㅎㄷ
ㅁ낙닐리야ㅣ가

세
번
째

1960년대에

일어난 일

다음 대화의 전반부는 앞 장과 같은 2011년 1월 13일, 카네기 홀 콘서트에 관한 이야기를 한 뒤 나누었다. 시간이 부족했던 탓에 도중에 중단하고 2월 10일에 이 역시 무라카미의 도쿄 작업실에서 이어서 이야기했다. "이것저것 많이 잊어버려서요"라고 하시지만, 마에스트로의 회상은 실로 활기 넘치고 굉장히 재미있다.

번스타인의 부지휘자로 있던 시절

무라카미 오늘은 1960년대를 중심으로 말씀을 여쭐까 합니다만……

오자와 기억나려나 모르겠네요. 거의 잊어버린 것 같은데 (웃음).

무라카미 지난번 오자와 씨와 말씀을 나눌 때, 뉴욕에서 레너드 번스타인의 부지휘자로 계셨다고 하셨는데요. 그때 이야기를 여쭤야지 하고 잊어버렸는데, 부지휘자란 원래 어떤 일을 하는지요?

오자와 부지휘자는 대체로 어느 오케스트라나 한 명이에요. 그런데 번스타인의 경우는 좀 특수해서, 아마 어디서 자금을 대줬겠지만 다 합해서 세 명 있었군요. 매년 세 명씩 채용했어요. 기간은 일 년, 매년 계약을 갱신해서 교체됐죠. 클라우디오(아바도)도 했고, 데 바르트, 마젤, 그밖에도 유명한 지휘자들 다수가 젊었을 때 뉴욕 필 부지휘자로 있었답니다. 난 베를린에 있을 때 이 부지휘자 면접을 봤어요. 그때 마침 뉴욕 필이 순회공연으로 독일에 와 있어서 레니 말고도 위원이 열 명쯤 면접에 입회했군요. 콘서트 연주가 끝나고 '리피피'란 좀 수상쩍은 바 같은 곳으로 다 같이 택시 타고 몰려가 술 마시면서 했답니다. 거기 있던 피아노를 써서 청음 테스트 같은 것도 하고. 레니는 그날 밤 베토벤 피아노 협주곡 1번을 직접 피아노로 연주하면서 지휘하고 온 터라, 큰일을 마치고 아주 편안한 기분이었거든. 난 당시 영어가 굉장히 서툴러서 무슨 말을 하는지도 알 수 없었지만 어떻게 무사히 합격해서(웃음) 부지휘자가 됐어요. 다른 두 명은 이미 정해져 있고 내가 마지막 세번째였죠. 나머지 둘은 존 카나리나하고 모리스 페레스였고.

무라카미 그러면서 베를린에서 뉴욕으로 가셨군요.

오자와 그때가 가을이었는데, 반년 뒤 1961년 봄에 뉴욕 필이 일본에 가게 됐어요. '이스트 미츠 웨스트'였나 '웨스트 미츠 이스트'였나, 그런 큰 행사가 도쿄에서 있어서 거기 초청된 거죠. 나도 부지휘자로 일정에 동행하게 됐어요. 일본 사람이겠다, 마침 잘됐다고. 그래서 부지휘자는 세 명 있으니까 각자 한 곡씩 배정받는 거예요. 레니가 급병이라도 나면 대신할 수 있게 대개 각자 한 곡씩 담당하거든요. 레퍼토리의 삼분의 일을 책임지는 셈이죠.

무라카미 무슨 일이 생기면 무대에 올라서 대역으로 지휘하는군요.

오자와 그렇지. 그리고 또 당시엔 지휘자가 리허설에 못 오는 일이 비교적 많았어요. 왜 그랬지? 비행기 운항이 요새처럼 정확하지 않아서 그랬을지도 모르죠. 연습 초반에 레니가 못

나타나는 일도 비일비재했거든요. 그런 때는 셋이서, 그럼 네가 먼저 이 곡을 맡아서 연습해라, 하고 의논해서 정했죠.

무라카미 리허설 대역입니까.

오자와 네. 난 레니가 비교적 예뻐해줬다고 할지, 득 본 부분이 많았어요. 일본에 가기 전, 뉴욕 필에서 마유즈미 도시로 씨의 〈향연〉이란 곡을 하기로 했거든요. 마유즈미 씨는 당연히 번스타인이 지휘할 거라고 생각했죠. 그런데 카네기에서 연습할 때, 내가 그 곡을 부지휘자로서 담당했는데 번스타인이 나한테 '네가 리허설을 해라' 한 거예요. 그래서 마유즈미 씨하고 번스타인이 보는 앞에서 내가 그 곡 리허설을 했죠. 그래도 그날만 그런 거고 그다음 날엔 레니가 지휘하겠지 했거든요. 그런데 다음 날 '세이지, 오늘도 네가 해라' 그러지 뭐예요. 그래서 결국 뉴욕 초연 본 공연까지 내가 지휘하게 됐어요.

무라카미 대단한데요.

오자와 뉴욕 공연이 끝나고 일본으로 갔어요. 아무리 그래도 일본에선 레니가 하겠지 했는데, 비행기에서 '일본 가서도 네가 해라' 하더군요. 프로그램에도 이미 네 이름으로 인쇄돼 있다고.

무라카미 처음부터 그럴 작정이었군요.

오자와 그래서 일본에서도 그 곡은 내가 지휘했어요.

무라카미 그때가 뉴욕 필을 오자와 씨가 관객 앞에서 처음 지휘하신 겁니까?

오자와 아마 그럴 거예요. 아니, 정확히 말하면 그전에도 했군요. 미국 국내 순회공연을 할 때, 그게 디트로이트였던가, 앙코르 지휘를 시킨 적이 있어요. 야외 콘서트였을 거예요. 레니는 앙코르로 스트라빈스키의 〈불새〉 조곡 끝부분 하는 걸 좋아했거든요. 시간으로 따지면 오륙 분쯤 되는 짧은 연주죠. 그런데 그때 앙코르로 불려나갔을 때, 레니가 내 손을 잡고 무대로 데리고 나가서 "여기 젊은 지휘자가 있다. 이 친구 연주를 꼭 들어봤으면 좋겠다" 한 거예요. 청중 입장에선 불만 아니었을까요. 야유까지 나오진 않았지만.

무라카미 오자와 씨는 세 부지휘자 중에서도 특별대우를 받으셨군요.

오자와 뭐, 까놓고 말하자면 편애죠. 어쨌든 나도 그 자리에서 갑자기 그런 말을 들었으니 마음의 준비가 전혀 안 돼 있잖아요? 완전히 당황해선, 그래도 그럭저럭 최선을 다해 지휘하고, 결국 엄청난 박수갈채를 받았답니다. 대성공이었어요. 그뒤로도 같은 일이 두세 번 더 있었고요.

무라카미 앙코르만 지휘한다는 건 흔치 않은데요.

오자와 이례적인 일이죠. 다른 두 부지휘자한테 못할 일을 했다고 당시에도 생각했는데.

131

무라카미　부지휘자는 급료를 어느 정도 받는지요?

오자와　쥐꼬리도 그런 쥐꼬리가 없어요. 난 들어갔을 때 독신이라서 주당 100달러였군요. 그걸로 먹고사는 건 불가능하죠. 결혼했더니 150달러로 올려줬는데 그래도 턱도 없거든. 결국 뉴욕엔 이 년 반 있었어요. 싸구려 아파트에 살면서 말이에요. 맨 처음 아파트는 집세가 월 125달러였는데 반지하였거든. 아침에 일어나서 창문을 열면 걸어가는 사람들 다리가 창밖으로 보여요. 결혼하고 급료가 인상돼서 위층으로 옮겼답니다. 그렇지만 뉴욕은 여름에 말도 안 되게 더운 데다 당연히 냉방 장치 같은 것도 없으니 말이죠, 밤에 잠을 설쳐서 동네 심야 영화관에 가서 제일 싼 영화를 골라 거기서 아침까지 자곤 했어요. 브로드웨이 근처에 살았기 때문에 영화관은 수두룩했거든. 그렇지만 영화가 한 편 끝나면 일단 일어나서 로비로 나가야 한단 말이죠. 그러니 두 시간 간격으로 일어나 로비에서 어슬렁거리며 시간을 죽이곤 했어요.

무라카미　아르바이트를 할 시간은 없었습니까?

오자와　아르바이트라…… 내 경우엔 그런 걸 할 시간이 없었군요. 매주 과제로 주는 곡을 공부하기에도 빠듯했어요.

무라카미　실제로 무대에 나가서 지휘를 해야 하면 익혀야 할 것도 많겠죠.

132

오자와　그건 뭐, 그야말로 철저하게 익혀놔야 해요. 게다가 다른 두 부지휘자가 있잖아요? 나머지 곡은 그 사람들이 맡아서 하는데, 그 사람들도 무슨 일이 있어서 지휘를 못 하게 될지 알 수 없는 일이죠. 그러니 그쪽도 일단은 공부해놔야 하겠다, 시간이 부족하면 부족했지 남지는 않았어요.

무라카미 그렇군요.

오자와 난 당시 따로 하는 일이 없었던 터라 매일 시간 날 때마다 카네기홀에 갔어요. 카네기에서 먹고 자는 게 아니냐는 말을 들을 지경이었죠. 그렇지만 다른 두 사람은 어디 딴 데서 아르바이트를 했던가? 브로드웨이에서 뮤지컬을 지휘하고, 코러스를 지휘하고, 아마 그랬을 거예요. 그것 때문에 가끔 펑크가 났는데, 그때 나한테 '세이지, 네가 대신 지휘해라' 하고 말이 오면 그럼 완전히 난리가 나는 거죠. 그래서 내가 셋 중에 제일 열심히 공부하지 않았을까 싶군요. 다른 사람들 몫도 해놓지 않으면 무슨 일이 있었을 때 큰일 나니까.

무라카미 오자와 씨가 결국 전원을 커버하신 셈이군요.

오자와 그게 그렇잖아요, 어시스턴트가 브로드웨이에서 아르바이트하느라 펑크를 냈을 때 레니가 갑자기 병이라도 났다간 연주회를 할 수 없게 되잖아요? 그래서 내가 전곡을 공부했어요. 잘한 건지 아닌 건지는 알 수 없지만 난 늘 출연자 대기실에서 죽치고 있었으니까.

무라카미 곡을 공부한다는 건, 구체적으로 말하면 스코어를 철저하게 읽는 거죠?

오자와 네. 실제 리허설은 못 하니까 좌우지간 스코어를 읽어 외우는 수밖에 없어요.

무라카미 번스타인이 리허설 하는 걸 보면서 말이죠.

오자와 그야 물론. 말 그대로 딱 붙어서 보죠. 그러면서 레니가 어떻게 했는지 고스란히 암기합니다. 그 용도의 방이 극장에 있거든요. 소리는 들리지만 객석에선 안 보이는 방이 링컨센터 같은 데 있어요. 카네기에도 그렇게까지 전문화된 공간은 아니지만 비슷한 게 있고. 지휘자의 대각선 위쪽 위치에 대충 네 명쯤 앉을 수 있는 넓이의 방이죠. 한번은 엘리자베스 테일러하고 리처드 버튼하고 그 방에서 동석한 적이 있었어요.

무라카미 예에.

오자와 레니 손님으로 온 거였는데, 당시 두 사람은 워낙 유명해서 일반 청중하고 같이 앉을 순 없거든. 그랬다간 난리가 났었을 거예요. 레니가 "이봐, 세이지, 너하고 같이 있으면 안 되겠나" 하고 부탁해서, 그래서 그렇게 좁은 방에 셋이 들어가서 딱 붙어 앉아서 콘서트를 들었군요(웃음). 둘이서 나한테 이것저것 말을 붙여주는데, 난 아직 영어를 잘 못 했으니 무척 난처했던 기억이 납니다.

무라카미 한 오케스트라에 그만큼 밀착해서 생활하다 보면

134

공부가 되겠는데요.

오자와 그야 공부가 아주 많이 되죠. 다만 한 가지 유감스러운 건, 내가 영어를 잘 못 했다는 거예요. 예를 들면 당시 번스타인은 '젊은이들을 위한 콘서트'란 텔레비전 프로그램을 주관하고 있었거든요. 그래서 나도 매번 미팅에 참가했는데, 거기서 무슨 말이 오가는지 잘 알 수 없었어요. 지금 생각하면 그런 건 참 아쉽군요.

무라카미 언어가 가능했으면 더 많은 것을 배울 수 있었을 거란 말씀이죠.

오자와 네. 그래도 지휘에 관해선 레니는 나한테 아주 많은 기회를 줬답니다. 하지만 지금도 나머지 두 사람은 좀 불쌍하다는 생각이 드는군요.

무라카미 그 두 사람은 지금 어디서 뭘 하고 있을까요? 아십니까?

오자와 모리스 페레스는 브로드웨이에서 활약하면서 큰 쇼를 맡곤 했어요. 영국에서도 공연했고. 런던에서 했다가, 뉴욕에서 했다가. 존은, 어디였더라, 플로리다 어디 비교적 작은 오케스트라에서 지휘자로 있었군요. 부지휘자를 너무 오래 하다 보면 부지휘자로 끝나는 사람도 개중엔 있거든요. 난 이 년 반 했어요. 원래는 아까 말했다시피 일 년만 하고 교대해야 하는데, 다들 직업이 없다 보니 자꾸 눌러앉게 된

135

단 말이죠. 나도 그랬지만……. 레니가 안식년에 쉬는 동안 집지킴이 같은 역할도 했군요.

스코어를 철저하게 파고들어 읽는다

무라카미 당시부터 스코어를 읽는 걸 좋아했다고 할지, 매일 열심히 읽으셨군요.

오자와 그렇죠, 달리 할 일도 없었으니까. 집에 피아노가 없었던 터라 출연자 대기실에 남아서 거기 피아노로 소리를 내가며 공부하곤 했어요. 그러고 보니 얼마 전 빈에 있을 때도 그랬군요. 사는 곳에 피아노가 없어서 바로 근처에 있는 오페라극장의 내 방까지 가서 밤늦게까지 피아노를 쳤어요. 내 사무실에 괜찮은 그랜드피아노가 있었거든. 그랬더니 아아, 뉴욕에 있었을 때하고 똑같구나 싶어서 어째 감개무량하던데요. 카네기홀 지휘자 방엔 피아노가 있어서, 밤늦게 거기 가서 마음대로 연습하곤 했거든요. 당시엔 다들 느긋해서 보안 시스템 같은 것도 없었기 때문에 그런 게 비교적 자유로웠어요.

무라카미 스코어란 게 어떤 건지 잘 모르겠습니다만, 전 번역을 해서 매일 영어로 된 책을 읽고 그걸 일본어로 옮기는데,

가끔 도무지 이해가 안 되는 부분에 부닥칠 때가 있거든요. 아무리 생각해도 의미가 보이지 않습니다. 그래서 팔짱을 끼고 몇 시간씩 그 문장 몇 줄을 노려본단 말이죠. 그렇게 해서 막연히 알게 될 때가 있는가 하면 그래도 알 수 없을 때가 있습니다. 그럼 일단 그 부분을 건너뛰고 다음으로 넘어가는데, 그러다가 가끔씩 뒤로 가서 그 부분을 또 생각하곤 합니다. 그렇게 한 사흘 하다 보면 막연히 의미를 알게 되거든요. 그래, 그런 거구나, 하고. 페이지에서 자연히 의미가 떠오릅니다. 제 생각엔 그런 '꼼짝 않고 노려보는' 시간은 언뜻 보면 낭비 같지만 아주 큰 도움이 되는 것 같거든요. 스코어를 읽는 것도 혹시 그런 면이 있지 않을까, 문득 그런 생각이 듭니다만.

오자와 글쎄요, 어려운 스코어는 그런 게 비교적 많죠. 그렇지만 음, 이건 말하자면 직업에 관한 내막 같은 이야기인데, 악보엔 오선밖에 없단 말이죠. 그리고 거기에 적힌 음표 자체는 어려운 게 전혀 없어요. 단순한 가타카나, 히라가나 같은 거예요. 그런데 그게 이어지다 보면 이야기가 점점 어려워지거든. 가령 가타카나, 히라가나, 간단한 한자 정도는 읽어도 그게 조합돼서 복잡한 문장을 이루면 쉽게 이해할 수 없어져요. 뭐가 쓰여 있는지 알려면 어느 정도 지식이 필요하단 말이죠. 그거하고 마찬가지인데, 음악에선 그 '지식' 부분이 무척 큰 거예요. 글보다 기호가 간단한 만큼 모르면 정말 철저하게 알 수 없어요, 음악은.

무라카미 대개의 경우, 언어에 의한 설명은 최소한으로 하고 나머지는 순수한 기호로만 지시하니까요.

오자와 그래요, 글에 의한 설명이 없죠. 처음에 제일 고생했던 게, 어디 보자, 〈보체크〉란 오페라가 있잖아요?

무라카미 알반 베르크 말씀이죠.

오자와 그래요. 그걸 처음 지휘했을 때 난 스코어를 읽고 좋아, 대강 이해했다, 그렇게 생각했어요. 그래서 연습을 시작했죠. 오케스트라는 신일본 필. 그때 난 공연 직전엔 시간이 나지 않아서 특별히 공연하기 서너 달 전에 연습했단 말이죠. 일본에 있는 동안 이틀이든 사흘이든 미리 연습해놓자 싶어서. 그러고 나서 미국에—아마 보스턴이었던 것 같은데— 돌아왔어요. 몇 달 뒤 일본에 다시 가서 본 공연 연습을 한다는 계획으로. 결과적으로는 참 다행이었죠. 그 서너 달의 여유가 없었으면 무슨 망신을 당했을지. 오케스트라 연습을 시작하고 보니 모르는 부분이 줄줄이 나오는 거예요. 죄 모르는 것투성이.

무라카미 스코어를 읽었을 땐 이해한 줄 알았는데 사실은 그렇지 않더라?

오자와 그래요. 알았다고 생각했던 게 실은 몰랐다는 걸 알게 된 거지.

무라카미 실제로 소리로 표현해보고 그걸 깨달으셨다는 겁니까?

오자와 스코어를 읽고 거기 적혀 있는 걸 피아노로 소리를 냈을 때는 알았다고 생각했어요. 그런데 오케스트라로 소리를 내봤더니 아이고야 싶은 것투성이. 지휘하다 보면 시간 안에서 음이 착착 움직이거든. 일단 움직이기 시작했더니 스스로도 뭐가 뭔지 알 수 없게 됐어요.

무라카미 흠.

오자와 그때는 얼마나 충격이 컸는지, 허겁지겁 다시 처음부터 악보를 읽기 시작했어요. 그랬더니 여러 가지를 알게 되더군요. 처음 악보를 읽었을 때 음악적인 언어 같은 건 이해했거든요. 그 음악이 뭘 말하려는 건지, 그런 건 말이죠. 리듬쪽도 이해했고. 제일 이해하기 어려웠던 게 하모니였는데, 하모니도 머릿속에서는 분명하게 알고 있었거든요. 그런데 그게 시간에 맞춰 착착 움직이기 시작하니까 갑자기 알 수 없게 된 거예요. 음악은 결국 시간의 예술 아닙니까.

무라카미 정말 그렇죠.

오자와 알반 베르크가 작곡한 음악을 지시하는 템포로 하다 보면 내 귀가 그 시간에 따라가질 못해요. 아니, 귀가 아니지. 이해력이에요. 이해력이 따라가질 못하는 거예요. 악보엔 딱

139

그렇게 쓰여 있거든. 오케스트라도 악보대로 연주할 수 있고. 그런데도 내가 이해할 수 없는 부분이 몇 군데 있었어요. 그렇게 많은 건 아닌데 몇 군데 있는 거예요. 난 그런 일이 처음이라 허겁지겁 악보를 다시 공부했어요. 다시 공부할 시간이 때마침 몇 달 있었다는 게 나한테는 정말 운 좋은 일이었죠.

무라카미 그런 하모니의 흐름 같은 건 실제로 오케스트라로 소리를 내봐야 아는 경우도 있다는 말씀이군요.

오자와 그래요. 뭐랄까, 아까 들은 브람스라든지 리하르트 슈트라우스까지는 악보만 봐도 어떤 하모니가 나올지 대체로 알 수 있거든요. 경험적으로. 그런데 예컨대 찰스 아이브스쯤 되면 실제로 소리를 내보지 않으면 어떤 하모니가 나올지 짐작도 안 되는 경우가 있단 말이죠. 그 사람은 원래부터 의도적으로 그런 걸 깨뜨리려고 음악을 만드니까요. 피아노로 (오케스트라의) 음을 내려고 해도 열 손가락으론 부족한 부분도 있어요. 그런 건 실제 소리를 들어봐야 알 수 있는 거예요. 뭐, 그런 음악도 익숙해지면 열 손가락으로 칠 때 화음 중 어떤 음을 생략하면 될지, 요령 같은 게 대충 생기지만 말이죠. 뒤집어 말하면, 어느 음을 생략하면 안 되는지 하는 걸 알게 된다는 뜻인데요.

무라카미 스코어를 읽는 건 언제 하시는지요?

오자와 하루 중 어느 때란 뜻으로?

무라카미 네.

오자와 아침이군요. 아침 일찍. 집중해야 하는 데다, 술이 한 방울이라도 들어가면 안 되니까.

무라카미 비교할 건 아니지만, 저도 늘 아침 일찍 일합니다. 제일 집중을 잘 할 수 있으니까요. 장편소설을 쓸 때는 꼭 4시에 일어나죠. 주위가 아직 어두울 때 몰두할 수 있는 태세를 갖춥니다.

오자와 그러고 몇 시간 일합니까?

무라카미 다섯 시간쯤 일하는군요.

오자와 난 이제 다섯 시간 못 버텨요. 4시에 일어나도 8시쯤 되면 아침을 먹고 싶어져서(웃음). 보스턴에선 대개 10시 반쯤 연습을 시작하니까 9시엔 식사를 해야 해요.

무라카미 악보 읽는 거 재미있으십니까?

오자와 재미라고 할지…… 그래요, 재미있겠죠. 잘될 때는 재미있어요. 하지만 잘 안 되면 아주 지쳐요.

무라카미 잘 안 된다는 건 구체적으로 어떤 걸 말씀하시는지요?

오자와 제일 싫은 건 머리에 잘 안 들어올 때예요. 피곤하거나 해서 이해력, 집중력이 떨어질 때라든지. 이것도 내막을 폭로하는 걸지 모르지만, 밤에 연주할 음악하고 그날 아침 공부하는 음악이 다른 경우도 많단 말이죠. 보스턴 같으면

141

사 주 동안 네 개 프로그램을 하니까 첫 공연을 끝내면 이번엔 다음 프로그램을 공부해야 하는 거예요. 지금 생각하면 그런 게 제일 힘들지 않았을까 싶군요.

무라카미 스케줄에 쫓긴다는 말씀이군요.

오자와 네. 원래는 일련의 콘서트가 끝나면 이 주일 정도 공부할 기간을 남겨놓고, 그리고 또 공연을 소화하고…… 그런 식으로 가능했다면 제일 좋았겠지만, 그런 여유는 영 없었으니 말이죠.

무라카미 보스턴 교향악단의 음악감독으로 있으면 잡무라고 할지, 실무적인 일도 꽤 많이 해야 하죠?

오자와 물론 그런 건 많이 있어요. 미팅이 일주일에 최소한 두 번은 있는 데다, 복잡한 내용이면 아무래도 빨리 안 끝나죠. 즐거운 미팅도 있긴 있어요. 제일 즐거운 게 프로그램 짜는 거군요. 그다음 즐거운 건 객원 지휘자와 객원 솔리스트를 고르는 미팅. 반대로 제일 싫었던 건 악단원의 처우에 관한 협의였어요. 누구 급료를 어떻게 할 것인가, 누구 지위를 높이고 누구를 낮출 것인가, 그런 걸 상의해서 정해야 하는 거죠. 그리고 말이죠, 보스턴 심포니는 정년이 없거든요. 그러니까 나이 먹어서 능력이 떨어진 단원한테 '이제 슬슬 은퇴하면 어떨까요?' 하는 말을 나보다 더 나이 많은 사람들한테 해야 한단 말이죠. 그게 제일 괴로웠어요. 나 있을 때 그런 대상이 된 사람들이 두세 명 있었거든. 그중에 개인적으로 친한 사람이 있으면 정말 괴롭죠.

텔레만에서 버르토크까지

무라카미   1960년대 이야기로 다시 돌아와서, 오자와 씨가 미국에서 맨 처음 하신 녹음은 해럴드 곰버그란 오보에 주자의 반주였는데요. 곡목은 비발디와 텔레만의 협주곡. 1965년 5월 녹음으로 돼 있습니다. 전 이 레코드를 우연히 미국 중고 레코드 가게에서 발견하고 샀습니다만.

오자와   용케 발견했군요. 오랜만인데요.

무라카미   이 무렵엔 바로크 음악이란 이런 거다 하는 컨센서스 같은 게 아직 명확히 수립돼 있지 않았던 것 같습니다. 연주를 들어보니 그런 느낌이 들던데요. 오보에의 프레이징도 바로크 음악이라기보다 어째 낭만파 음악 같고.

오자와   당시만 해도 이런 음악을 어떻게 연주하는지 다들 잘 몰랐거든. 바로크 음악이란 게 있고 그걸 연주하는 사람이 있다는 건 알고 있었지만, 실제로 레퍼토리를 들어본 적은 없었어요. 나도 이런 음악은 처음 연주하는 거였죠.

무라카미   솔리스트보다 오히려 반주하는 오케스트라 쪽이 소

143

위 바로크음악에 가깝다는 인상을 받았습니다만, 이 컬럼비아 실내관현악단이란 어떤 곳인지요?

오자와 이름이 그런 거고 실제로는 뉴욕 필의 현악기 멤버들 중에서 곰버그가 녹음을 위해 선발해온 사람들이에요. 요컨대 급조 팀이죠. 바로크 음악 같은 건 거의 해본 적도 없어요. 그러면서 부지휘자였던 내가 지휘자로 지명된 거예요.

무라카미 오자와 씨가 텔레만을 연주하다니, 지금 생각하면 꽤 흔치 않은 일인데요.

오자와 흔치 않죠. 그때는 공부를 꽤 많이 했어요.

무라카미 곰버그 씨가 녹음하면서 오자와 씨를 지휘자로 지명한 겁니까?

오자와 네. 어째선지 개인적으로 날 잘 봤던 모양이더군요.

무라카미 그다음이 버르토크의 피아노 협주곡, 1번과 3번. 녹음은 같은 해 7월. 즉, 다음다음 달입니다. 피아노는 피터 제르킨. 이 연주는 정말 눈이 번쩍 뜨이게 훌륭한데요.

오자와 오케스트라는 시카고였죠? 아니면 런던이었던가?

무라카미 시카고입니다. 이 연주는 지금 들어도 정말 참신한데요. 텔레만과 비발디 때는 어느 정도 조심스러움이랄지, 망설임이 있었던 것 같은데, 이 연주는 이미 '전개全開' 같은 느낌입니다.

오자와 그랬던가요? 전혀 기억이 안 나는군요. 난 그 전해에 시카고 교향악단의 래비니아 음악제 감독으로 발탁돼서, 그게 상당한 화제가 되는 바람에 〈왓츠 마이 라인?〉이란 텔레비전 프로에 나갔을 정도였어요. 옛날 NHK에서 하던 〈나의 비밀〉 같은 퀴즈 프로였죠. 그랬더니 레코드 회사에서 바로 찾아와서 매년 녹음을 하게 된 거예요. 음악제에서 콘서트 하나가 끝나면 다음 날 시카고로 가서 거기서 그 곡을 녹음하는 거죠. 음악제가 열리는 래비니아는 시카고에서 차로 삼십 분쯤 거리였으니까.

무라카미 딱 보스턴과 탱글우드 같은 관계군요.

버르토크의 레코드를 턴테이블에 얹는다. 협주곡 제1번. 첫머리부터 흠칫할 듯한 날카로운 소리가 튀어나온다. 생명감 넘치는 살아 있는 음상. 연주 수준도 높다.

오자와 아, 이 트럼펫, 허세스예요. 아돌프 허세스. 이미 전설이 된 사람, 시카고 심포니의 유명한 트럼펫 주자죠.

피아노 솔로가 나온다.

무라카미 피아노도 소리가 참 선명하군요. 망설임이 없어요.

오자와 네, 좋죠. 피터는 이때 아직 십대였는데 말이죠.

무라카미 아주 예리한 연주인데요.

오케스트라가 어우러진다.

오자와 아아, 네, 여기는 기억나는군요. 이 당시엔 말이죠, 시카고 심포니의 브라스가 세계 제일이었어요. 허세스를 비롯

145

해서 다들 우수한 사람들만 모여서.

무라카미 프리츠 라이너가 상임 지휘자였던 시기입니까?

오자와 그때는 장 마르티농이 상임이었죠.

무라카미 그런데 텔레만에서 갑자기 버르토크로 가는 것도, 레퍼토리로서 비약이 상당합니다만.

오자와 아하하하하하(즐겁게 웃는다).

무라카미 그뒤 같은 해 12월에 멘델스존과 차이콥스키의 바이올린 협주곡을 녹음하셨죠.

오자와 아마 남자 바이올리니스트였을걸요.

무라카미 에릭 프리드먼입니다.

오자와 오케스트라는 런던 심포니 아니었던가요?

무라카미 맞습니다. 런던 심포니. 이것도 미국 중고 레코드 가게에서 찾았죠. 하지만 지금 시점에서 들으면 이 바이올린 연주는 약간 진부하군요. 감정이 좀 과다하다고 할지.

오자와 녹음한 건 기억나지만 어땠는지는 잊어버렸군요.

무라카미 거의 같은 시기에 레너드 페나리오와 함께 슈만의 피아노 협주곡을, 역시 런던 심포니로 녹음하셨죠. B면은 리하르트 슈트라우스의 〈부를레스케〉. 그리고 그다음 해엔 역시 런던 심포니로 존 브라우닝과 함께 차이콥스키의 피아노 협주곡 1번을 녹음했고요. 그런 미국 연주자들과 낭만파 협주곡을 런던 심포니로 한꺼번에 몰아서 녹음하셨는데요. 전

146

브라우닝의 레코드는 아직 못 들었습니다만, 뭐랄지, 지금 와서 생각하면 그렇게 인상적이라고 할 수 있는 솔리스트들은 아니죠. 이제 별로 듣는 사람도 없고요.

오자와 당시 페나리오도 프리드먼도 레코드 회사가 대대적으로 띄우려고 했을걸요. 그렇지만 존 브라우닝은 천재적인 피아니스트였어요.

무라카미 요새는 언급되지 않는데요.

오자와 어떻게 지내려나.

무라카미 주▶존 브라우닝은 1933년 생. 1960년대 신진 피아니스트로 인기를 모았으나, 1970년대 들어 활동을 대폭 축소했다. 본인은 '과로 탓'이라고 했다. 1990년대 중반 미국 현대음악을 레퍼토리로 부활했다가 2003년 사망했다.

무라카미 텔레만에서 버르토크로 갔다가 딱 가운데, 낭만파로 돌아오는 전개인데, 이런 녹음 의뢰는 어떤 식으로 들어오는지요? 곰버그 녹음만 빼고 레코드 회사는 전부 RCA 빅터인데요.

오자와 그런 건 내가 모르는 부분에서 결정돼요. 난 래비니아 음악제에서 성공을 거둬 당시 어느 정도 각광을 받고 있었거든. 그 무렵 시카고 심포니는 실력이 세계에서 따라올 데가 없다고 했으니까, 그런 데서 발탁했다고 꽤 화제가 됐어요. 그러니까 레코드 회사도 좌우지간 날 기용해서 레코드를 내자 한 게 아니었을까요. 그래서 런던 심포니까지 불러다가

147

이것저것 녹음한 거죠.

무라카미 디스코그래피를 보면 꽤 바쁠 것 같은 스케줄이거든요. 그뒤 1966년 여름엔 런던 심포니와 오네게르의 오라토리오 〈화형대의 잔 다르크〉를 녹음하셨습니다. 이렇게 보면 참 다채로운 레퍼토리인데요.

오자와 아하하하하하(또다시 즐겁게 웃는다).

무라카미 당시엔 레코드 회사에서 의뢰가 오면 좌우지간 받아들이신 겁니까?

오자와 그렇죠. 내가 프로그램을 결정할 입장은 아직 아니었어요.

무라카미 오네게르도 레코드 회사 제안이고요?

오자와 아마 그럴걸요. 내가 그런 걸 하겠다고 할 리 없으니까.

무라카미 레코드 회사가 오자와 씨에 관해 어떤 방침을 갖고 있었는지 잘 모르겠습니다.

오자와 전혀 모르겠죠.

무라카미 이 라인업을 보면 상관없는 저까지 슬쩍 혼란스러워진단 말이죠. 그리고 이 뒤 베를리오즈의 〈환상 교향곡〉을 녹음합니다. 토론토 교향악단. 1966년 말입니다. 이때는 오자와 씨가 이미 토론토의 상임 지휘자이셨는지요?

오자와 그래요. 음, 그게 같은 해 아니었던가, 다케미쓰 씨의 〈노벰버 스텝스〉하고 메시앙의 〈투랑갈릴라 교향곡〉도 했고

148

요. 토론토 음악감독이 되고 나서 얼마 안 돼서 그걸 했어요. 거기엔 합해서 한 사 년 있었을 뿐이니까.

무라카미 그 두 곡은 1967년 녹음으로 돼 있는데요. 이건 둘 다 오자와 씨 의향으로 녹음하셨다는 말씀이군요?

오자와 그래요. 아니, 아닌가, 메시앙은 아니군요. 이건 작곡가의 의향이었어요. 메시앙이 일본에 왔을 때 내가 그 사람 앞에서 이 곡을 했거든요. NHK 교향악단에 보이콧되기 전입니다만. 그랬더니 메시앙 씨가 날 정말 잘 봐줬다고 할지, 홀딱 반해서 자기 음악은 전부 네가 하란 말까지 했지 뭐예요. 그래서 나도 전부 하고 싶었는데, 토론토 입장에선 그랬다간 장사가 안 되죠. 티켓도 안 팔릴 테고. 그래서 〈투랑갈릴라 교향곡〉하고 〈이국의 새들〉이란 곡만 일단 했답니다.

봄의 제전 – 비화 비슷한 것

무라카미 이번에 이 인터뷰를 위해 1960년대 오자와 씨가 녹음하신 레코드를 전부는 아니지만 주된 것들은 전부 들어봤는데, 그중에서 개인적인 베스트를 꼽자면 아까 들은 버르토크의 피아노 협주곡, 토론토하고 하신 베를리오즈의 〈환상〉, 그리고 스트라빈스키의 〈봄의 제전〉을 들겠습니다. 이 세 장

149

은 특히 훌륭하더군요. 지금 들어도 신선합니다.

오자와 스트라빈스키는 시카고 심포니하고 한 것 말이죠?

무라카미 네.

오자와 이 〈봄의 제전〉 녹음엔 말이죠, 비화가 있어요. 실은 결국 발표 안 되고 말았지만, 스트라빈스키가 그 직전에 〈봄의 제전〉을 고쳤거든. 개정판이라면서 소절 선線을 변경한 거예요. 맙소사, 우리가 공부했던 것하고 완전히 달라졌지 뭔가요. 이건 지휘자나 연주자한테는 그야말로 청천벽력 같은 사태란 말이죠. 이런 거 난 못 한다 싶었어요.

무라카미 소절 선을 변경한다는 건 무슨 뜻인지요?

오자와 음, 글쎄요, 예를 들어…… 어떻게 설명하면 좋으려나 (얼마 동안 진지하게 숙고한다). 요는 수를 세는 법이 달라지는 거예요. 123, 12, 12, 12, 12, 123…… 하는 박자를 12, 12, 12, 12, 12…… 하는 식으로 바꾸는 거죠.

무라카미 변박자를 보통 박자로 바꿨다?

오자와 스트라빈스키 말로는 '간소화했다'더군요. 쉽게 고쳤다고. 그 사람 조수로 로버트 크래프트란 지휘자이자 작곡가가 있었는데, 그 사람이 실제로 지휘해봤더니 학생 오케스트라도 정확히 연주할 수 있게 됐다나요.

무라카미 소위 난곡難曲은 아니게 된 셈이군요.

오자와 그래서 스트라빈스키가 나한테 그 녹음을 해달라고

한 거예요. 그래서 녹음했죠.

무라카미 그럼 이 레코드는 최신 개정판으로 녹음한 겁니까?

오자와 그게 그러니까 난 그 개정판을 콘서트에서 스트라빈스키하고 로버트 크래프트가 보는 앞에서 연주하고, 그뒤 RCA에서 녹음도 했어요. 시카고 심포니하고 구판과 개정판, 두 쪽 다 녹음했군요.

무라카미 그건 몰랐는데요. 전 오자와 씨가 시카고하고 하신 〈봄의 제전〉은 이거 한 종류밖에 본 적이 없거든요. 지금까지 흔히 듣는 〈봄의 제전〉인 줄 알고 그냥 들었는데요.

오자와 잘은 모르지만 아마 개정판 쪽은 발매 안 됐을 거예요.

무라카미 발매 중지됐군요.

오자와 나도 실제로 연주해보고 '이건 아니다' 싶었고, 오케스트라 생각도 그랬어요. 레니는 내가 그 개정판의 가장 큰 희생자라고 했답니다. 개정판을 내면 그만큼 저작권 기한이 길어지니까 그래서 한 거 아니겠느냐고 꽤 화냈어요. 난 그때까지 줄곧 구판 〈봄의 제전〉을 공부해서 연주해왔거든. 지휘도 여러 번 했겠다, 나름대로 마스터한 상황이었어요. 그게 기초부터 확 뒤집어엎었으니 말이에요. 개정판은 지휘 방식도 전혀 다르답니다. 이 레코드는 구판 쪽이군요.

무라카미 이 레코드(오리지널 엘피)의 라이너 노트를 자세히 읽어봤는데 어느 쪽이란 말은 딱히 안 쓰여 있었습니다.

151

1967년에 작곡자 본인에 의해 개정되었다는 언급은 있지만, 그 버전으로 연주했다는 말은 없어요. 슬그머니 얼버무리는 느낌인데요. 만약 최신판으로 했다면 상품 가치가 있을 테니 명확하게 밝힐 것 같은데요.

무라카미 주▶ 개정에 협조한 로버트 크래프트의 증언에 따르면, 개정은 스트라빈스키가 자기 작품을 지휘했을 때 변박자 부분을 매끄럽게 못 한 게 가장 큰 이유였다고 한다.

레코드를 튼다.

오자와 이 주먹밥 먹어도 돼요?

무라카미 그럼요, 드시죠. 차도 끓이겠습니다.

차를 끓인다.

오자와 1968년 녹음이면 난 이때 아직 토론토에 있었군요. 로버트 케네디가 암살당한 해였죠.

무라카미 〈봄의 제전〉은 오자와 씨가 원해서 하신 곡인지요?

오자와 네, 이건 내가 하고 싶어서 했어요. 이 곡은 그때까지 꽤 여러 곳에서 했고.

무라카미 이 무렵엔 레코드 회사가 들고 온 곡이 아니라 스스로 하고 싶은 곡을 하는 게 가능하셨군요?

오자와 그래요. 점점 그렇게 됐죠.

조용한 서주가 끝나고 예의 '봄의 징조 – 처녀들의 춤'의 **도도도도** 하는 거센 멜로디가 나온다.

무라카미 소리가 참 샤프하군요.

오자와 네, 이 당시 시카고 심포니도 한창 물이 올라 있었던 데다, 나도 젊고 팔팔했으니까요.

무라카미 같은 곡을 오자와 씨와 보스턴 심포니의 연주로 들어보겠습니다. 약 십 년 뒤 녹음이죠.

레코드를 교체한다. 서주가 시작된다.

무라카미 분위기가 이렇게까지 달라지는군요.

오자와 아, 네, 소리가 부드러워졌어요.

바순이 테마를 연주한다.

오자와 이 바순 주자 말이죠, 죽었어요. 차에 치여서. 서먼 월트, 사이토 기넨에도 와줬는데.

차를 마시고 주먹밥을 먹으며 음악을 듣는다.

무라카미 한 음악 애호가로서 제 개인적인 감상을 말씀드리자면, 1960년대 오자와 씨가 시카고나 토론토 오케스트라와 연주하는 걸 들으면, 좌우 손바닥 위에서 음악이 활달하게 춤추는 느낌이 든단 말이죠. 겁이 없다고 할지.

오자와 그 편이 더 낫다 하는 면이 있을지도 모르겠지만요.

무라카미 그런데 1970년대로 넘어와서 보스턴과 맞추게 되면서, 손바닥이 약간 오므라져서 그 안에 음악이 폭 싸이는 인상이 강해지거든요. 한꺼번에 들었더니 그런 게 꽤 선명하게 느껴지던데요.

오자와 아아, 네, 그렇군요. 좀 얌전했을지도 모르죠.

153

무라카미　이런 말로 쉽게 묶어버릴 수 있는지 어떤지 잘 모르겠지만, 음악적으로 성숙했다고 할지…….

오자와　음악감독이 되면 오케스트라의 질이 아주 마음에 걸리거든요.

무라카미　이 1979년 녹음 뒤로 오자와 씨는 〈봄의 제전〉을 정식으로 녹음한 적이 없으시죠?

오자와　네, 없어요. 해달란 말은 많이 들었는데.

여기서 '봄의 징조 – 처녀들의 춤' **도도도도** 부분이 나온다.

오자와　별로 원색적이지 않은데요. 재미있군요.

무라카미　일반적인 〈봄의 제전〉 연주하고는 음악의 촉감이 좀 다르죠.

오자와 세이지 지휘 – 세 종류의 〈환상 교향곡〉

무라카미　이번엔 오자와 씨가 토론토 교향악단하고 하신 베를리오즈의 〈환상 교향곡〉을 틀어보겠습니다. 1966년 녹음입니다.

'단두대로의 행진'을 튼다.

무라카미　오자와 씨가 취임했을 당시 토론토 교향악단은 수준이 어땠습니까?

154

오자와 별로 좋지 않았어요, 솔직히 말해서. 그래서 멤버를 꽤 많이 교체했죠. 원한을 사면서 말이에요. 악장까지 바꿨지 뭐예요. 그 사람은 항의하러 우리 집에까지 왔답니다. 현관 앞까지. 그렇지만 그때 내가 새로 들인 사람들이 지금까지도 남아 있어요.

무라카미 소리가 어쩐지 좀 경질인데요.

오자와 맞아요. 이 녹음은 토론토의 매시Massey홀에서 했는데, 워낙 음향이 심각한 걸로 유명한 곳이라 다들 메시messy, '엉망인'이라는뜻홀이라고 부르곤 했답니다.

무라카미 찰리 파커가 유명한 라이브 녹음을 남긴 곳이군요. 재즈 팬 사이에선 '맷세이홀'이라고 알려져 있습니다만. 그렇지만 음악은 꽤나 생기 넘치는데요. 춤추는 것 같습니다.

오자와 네, 자유롭죠. 음악이 보여요. 이거, 생각보다 나쁘지 않군요. 녹음 음질은 별로 안 좋지만.

악장이 끝나고 턴테이블 바늘을 든다.

무라카미 저도 아주 좋은 연주라고 생각합니다. 다만 이것만 들으면 '이게 있으니까 됐다' 하고 납득하게 되는데, 보스턴 교향악단의 연주를 들으면 전 의견이 또 달라진단 말이죠. 연주가 전혀 다르니까요.

오자와 녹음 시기가 꽤 차이가 있죠? 십오 년쯤 뒤 아닌가요?

무라카미 아뇨, 그렇게 나중은 아닙니다. 어디 볼까요,

1973년이니까 칠 년밖에 차이가 안 납니다.

레코드를 튼다. 역시 '단두대로의 행진'. 템포가 다른 것에 우선 놀라게 된다. 묵직하다.

오자와 오케스트라 자체는 역시 이쪽이 훨씬 낫군요.

무라카미 소리가 다르죠.

오자와 봐요, 여기 바순의 패시지, 이런 점이 바로 보스턴의 진면목인 거예요. 토론토는 이렇게 못 하거든. 팀파니도 소리가 전혀 다르고. 그런 의미에선 토론토는 한 사람, 한 사람이 젊어요.

무라카미 그렇지만 의욕은 있죠.

오자와 네, 의욕은 있어요.

둘이 한동안 잠자코 음악을 듣는다.

무라카미 녹음 시기가 칠 년밖에 떨어져 있지 않은데 음악이 꽤 달라지는군요. 그게 뭣보다 놀랍습니다만.

오자와 그렇지만 이 시기의 칠 년은 크단 말이죠. 그러니 당연히 달라져요. 난 토론토 다음 샌프란시스코 교향악단의 음악감독으로 갔다가 그러고 나서 보스턴에 온 거니까요.

무라카미 오케스트라가 달라지고 소리가 달라지니 당연히 음악도 달라진다는 말씀이군요.

오자와 이번(2010년 12월)에 사이토 기념하고 했던 〈환상〉도 또 확 달라요. 나 자신도 약간은 달라졌다고 생각하고. 난 일부러 이 곡을 오랫동안 안 했거든요. 간격을 두려고. 이번

156

건 좀더 걸지도 몰라요.

무라카미 걸다고요?

오자와 아하하하하하(즐겁게 웃는다).

무라카미 다음은 사 년 전 마쓰모토에서 사이토 기넨과 연주하신 〈환상〉, 라이브 디브이디입니다.

이번에도 역시 '단두대로의 행진'. 이전의 둘과는 또 조금 다른 음악이다. 음악이 눈에 보이게 움직인다는 점은 같은데, **파고**의 수준이 다르다. 재즈로 말하면 '그루브 감'이 다르다.

오자와 저 사람이, 저기 왼쪽이 베를린의 제1트럼펫이에요. ……이 사람은 빈에서 제3트롬본을 불고.

일어나서 음악에 맞춰 몸을 움직인다.

오자와 (자신이 지휘하는 모습을 화면으로 보면서 한숨을 쉰다) 저러니 허리가 아프지. 어깨가 망가지는 바람에 잘 쓸 수 없게 돼서 무리한 자세로 몸을 움직이니까 결국 허리까지 망가지는 거예요. 이게 안 움직인다고 저렇게 하니 말이에요. 참 멍청한 이야기죠.

무라카미 오자와 씨 지휘는 다이내믹하니까 엄청난 중노동이 겠습니다. 음악과 함께 요동치는군요.

오자와 세 연주를 비교해 들어보니까 정말 다른 걸 알겠는데요. 이런 건(자신의 연주를 비교해 들어보는 것) 처음 해본 거라 나도 꽤 놀랐어요.

157

무라카미 제 생각에도 이 세 〈환상〉의 변화는 아주 현저한 것 같습니다. 우선 토론토 때는 나이가 아직 서른한 살, 경향으로 말하자면 앞으로 부쩍부쩍 나아가려는 파워풀한 연주였죠. 아까도 말씀드렸던 것처럼 음악이 손바닥 위에서 깡충깡충 뛰면서 춤추고 있어요. 그게 보스턴에 가서 최고의 오케스트라를 얻으면서 손바닥으로 음악을 싸쥐고 소중히 숙성시키는 듯한 느낌으로 변했습니다. 하지만 최근에 하신 사이토 기넨은, 오므렸던 손바닥을 조금씩 펴서 음악에 바람이 통하게 하고 자유롭게 둔다는 인상을 받는단 말이죠. 음악 자체에 자발적인 여지를 준다고 할지. 밖에 나가려면 나가라 하는 듯한. 한마디로 말하자면 자연체에 가까워졌다고 할까요.

오자와 아아, 네, 듣고 보니 그럴 수도 있겠는데요. 그렇지만 그런 의미에선 이번(12월)에 카네기에서 한 〈환상〉은 더 굉장했어요. 그런 경향이 보다 강해졌는지도 모르겠군요.

무라카미 사이토 기넨의 소리가 그런 흐름과 일치하는지도 모르겠습니다.

오자와 그러게요. 영상을 보면 아닌 게 아니라 세세한 부분을 별로 신경 안 쓰죠.

무라카미 보스턴 시절엔 좀더 세세한 곳까지 확실하게 주의를 기울이셨죠. 나사를 하나하나 죄는 것처럼.

오자와 그래요. 아까도 말했지만, 오케스트라의 질을, 그 가치를 조금이라도 높이려고 하고 있죠.

무라카미　먼저 들은 보스턴의 〈환상〉으로 말하자면, 세세한 부분을 무척 치밀하게 움직이고 계시거든요. 부분부분 템포도 바뀌고, 컬러도 바뀌고, 현란한 건 아니지만 꼭 움직이는 세밀화를 보는 것 같은 게 훌륭합니다. 토론토와 시카고는 움직이느냐 아니냐 이전에 음악 자체가 내달리고 있어요.

오자와　날것으로 말이죠. 그렇지만 당시엔 기운이 왕성했군요.

무라카미　삼인삼색이랄지, 이 세 종류의 서로 다른 〈환상〉을 듣고 오자와 씨의 세 국면이랄지, 음악 인생의 세 얼굴 같은 걸 느꼈습니다.

오자와　역시 말이죠, 나이에 따라 그런 게 바뀌게 마련이에요. 오케스트라에 대한 태도 변화도 있고, 또 내 개인적인 이야기를 하자면 아까도 말했다시피 어깨가 망가져서 옛날처럼, 1960년대, 70년대처럼 활발하게 손을 움직일 수 없다는 기술적인 문제도 있을 거예요.

무라카미　또 가령 보스턴의 경우, 상임음악감독으로서 시즌 중 계속 보고 지내는 셈이죠. 그러니 오케스트라와의 관계가 밭아진다고 할지, 아무래도 오케스트라를 세세하게 손보고 싶어지는 것도 있을까요?

오자와　그런 건 아무래도 있어요.

무라카미　하지만 사이토 기넨은 부정기 악단이니까 세세한

159

데까지 손보는 게 불가능하다고 할지, 어느 정도 자주성에 맡길 수밖에 없다 하는 게 있는지요?

오자와 그렇죠. 그리고 가끔 만나다 보니까 신선하거든. 뜻밖의 발견이 있다고 할지. 칠석이니 말이죠(웃음).

무라카미 빈은 어땠습니까?

오자와 빈은 거의 뭐 한 패거리로 하는 거나 다름없어요. 음악을 만드는 게. 난 꽤 편했죠.

무라카미 오자와 씨는 오페라극장 감독이셨는데, 거기 오케스트라는 실질적으로 빈 필이죠?

오자와 100퍼센트 그래요. 그렇지만 난 빈 필 감독은 아니었어요. 어디까지나 오페라극장 감독이지. 빈 필엔 음악감독이 없으니까. 빈 필 단원은 먼저 오페라극장 악단에 입단했다가 거기서 빈 필로 가요. 처음부터 빈 필에 들어가는 건 있을 수 없죠.

무라카미 저런, 그런가요? 몰랐습니다.

오자와 먼저 오페라극장 오케스트라로 오디션을 받고, 대개 거기서 이삼 년 있다가 빈 필로 옮겨요. 들어가자마자 빈 필에서 연주하는 사람도 더러 있지만.

무라카미 그럼 보스턴 시절하고 달리 오케스트라 운영이라든지 훈련은 안 해도 되는 겁니까?

오자와 그렇죠. 물론 나도 오디션엔 참석하지만, 내 발언권은

160

몇 표 중 한 표에 불과해요. 보스턴 시절과는 달리 오케스트라 인사人事에 관여할 필요가 거의 없고요. 그보다 가수죠. 극장 소속 가수를 뽑는 오디션에선 나도 강력하게 발언합니다.

무라카미 오케스트라는 있는 걸 그냥 쓰고요.

오자와 네.

무라카미 즉, 오케스트라는 오페라란 종합예술의 한 부분에 불과하다는 사고방식이군요.

오자와 그래요. 그럼 오페라극장 감독이란 대체 뭔가 하면, 원래는 좀더 거기 오래 있으면서 더 많은 오페라를 지휘했어야 했겠지만, 난 병도 나고 해서 별로 많이 못 했어요. 그렇지만 참 즐거웠거든. 살아 있는 동안 그걸 할 수 있어서 정말 다행이에요. 신이 내려주신 엄청난 선물이죠. 오페라극장 내부가 그런 줄 전혀 몰랐는데, 그걸 안 것만으로도 엄청난 거예요. 참 재미있었답니다. 난 오페라를 워낙 좋아하는 데다, 하겠다고만 하면 무슨 오페라든 무조건 시켜주고 말이지.

무라카미 전 이 년 전 빈에 가서 오자와 씨가 지휘하는 차이콥스키의 〈예브게니 오네긴〉을 듣고, 무대도 물론 좋았지만 오케스트라의 한없이 숙련된 소리에 감동받았습니다. 위에서 보니까 오케스트라 전체가 한 덩어리로 살아 움직이고 굽이치는 것처럼 보이더군요. 도쿄에서 하신 〈도쿄 오페라의 숲〉의 〈예브게니 오네긴〉도 아주 즐거웠지만, 이건 또 별개

161

죠. 그때 빈에서 다른 오페라도 몇 편 봤는데 정말 더할 나위 없이 행복한 시간이었습니다.

무라카미 다시 1960년대 이야기로 돌아와서, RCA란 레코드 회사는 오자와 씨께 참 다종다양한 곡을 녹음하게 했죠. 주된 작품으로는 〈전람회의 그림〉(1967), 차이콥스키 교향곡 5번(1968), 모차르트의 〈하프너〉(1969), 버르토크의 〈관현악을 위한 협주곡〉(1969), 오르프 〈카르미나 부라나〉(1969), 〈불새〉〈페트루슈카〉(1969). 거기에 〈운명〉〈미완성〉 같은 스탠더드 조합(1968)이라니, 어째 맥락이 없어요.

오자와 그러게요, 아하하하. 모차르트는 시카고였던가요?

무라카미 아뇨, 이건 뉴 필하모니아입니다. 나머지는 대체로 시카고 교향악단입니다만. 뉴 필하모니아로 말하자면, 저번에 이야기한 피터 제르킨하고 하신 베토벤 피아노 협주곡 6번도 오케스트라는 뉴 필하모니아였죠.

오자와 아, 맞아요. 그 괴상한 곡 말이죠. 그런 건 그전에도 그 뒤로도 한 적이 없어요.

무라카미 바이올린 협주곡을 편곡한 건데요. 그걸 피아노 협주곡으로 하는 건 음 관계상 상당히 무리가 있지 않습니까?

오자와 상당히 무리죠. 피아노하곤 맞지 않아요. 하지만 피터는 당시 그런 사람이었거든. 좌우지간 아버지하고 다른 걸 하고 싶은 거예요. 보기 딱하다 싶을 만큼. 그러니 평범한 베

162

토벤은 연주할 수 없고, 하지만 베토벤은 하고 싶으니까, 아버지가 안 할 작품을 골랐겠죠. 그렇지만 아버지가 돌아가신 뒤로는 아버지하고 같은 걸 하더군요. 베토벤의 〈코랄 판타지〉라든지.

무라카미 또 하나, 이 시기의 오자와 씨 연주 중에 제가 개인적으로 좋아하는 건 오르프의 〈카르미나 부라나〉입니다. 훌륭해요. 생기 넘치고, 컬러풀한 게.

오자와 그건 보스턴(교향악단)이죠?

무라카미 네.

오자와 보스턴 감독이 되기 전이었죠. 난 〈카르미나 부라나〉를 베를린 필하고도 했거든. 베를린에서, 카라얀 선생이 아직 계실 때, 섣달그믐의 그 실베스터 콘서트에서 했어요. 코러스는 일본에서 신유카이 합창단을 통째로 데려갔죠. 〈카르미나 부라나〉는 사이토 기넨하고 하면 좋을지도 모르겠군요. 코러스도 좋은 게 있겠다.

무라카미 꼭 들어보고 싶은데요.

무명 청년에게 어떻게 그런 대단한 일이 가능했을까?

무라카미 이번에 이렇게 오자와 씨가 젊었을 때 녹음하신 레

163

코드를 몰아서 들으며 궁금했던 게 하나 있는데요. 오자와 씨는 1960년대 중반 미국에서 데뷔해 당시 아직 이십대였죠. 그런데 이렇게 레코드를 들으면 이미 음악적으로 완성돼 있거든요. 하나의 음악 세계가 만들어져서 생기 있게 움직이고 있어요. 듣다 보면 가슴이 설렙니다. 물론 성숙이란 관점에서 보면 성장의 여지는 있지만, 그런 척도하고는 별개의 부분에서 그 시점에서 세계가 확고하게 완결돼 있단 말이죠. 그 나름의—아니, 다른 어떤 것하고도 바꿀 수 없는— 독자적인 매력이 있습니다. 뭐랄까, 시행착오가 없어요. 레퍼토리에 따라 맞고 안 맞고 하는 건 물론 얼마든지 있겠지만, 거기에 시행착오는 없거든요. 어떻게 그런 게 가능할까요? 연줄도 없이 훌쩍 외국으로 떠나서 뉴욕 필하고 시카고 교향악단을 지휘하면서 자기 세계를 제시해서 외국 청중을 강하게 매료시킨 겁니다. 무명 청년에게 어떻게 그런 대단한 일이 가능했을까요?

오자와 그건 내가 젊었을 때 사이토 선생께 확실하게 가르침을 받았기 때문이에요.

무라카미 하지만 그게 다는 아닐 텐데요. 사이토 선생의 제자 전부가 오자와 씨처럼 된 건 아니니까요.

오자와 ……그런 건 본인은 알 수 없죠.

164

무라카미 제 생각에 오자와 씨는 좌우지간 전체를 통일해 하나로 합치는 힘이 굉장히 강한 것 같습니다. 늘 일관된 뭔가가 있어요. 망설임 같은 게 없죠. 그건 오자와 씨 개인의 자질인지요?

오자와 저 말이죠, 음, 글쎄요, 한 가지 말할 수 있는 건 젊었을 때부터 기술이 이미 내 몸속에 확실하게 들어 있었다는 거예요. 그건 사이토 선생이 주신 기술이죠. 대다수 지휘자는 젊었을 때 여간 고생하는 게 아니거든. 그 기술을 익히려고.

무라카미 기술이란 건 지휘하는 기술입니까?

오자와 그렇죠. 오케스트라를 훈련하는 기술. 본 공연에서 어떻게 지휘하든 사실 별로 상관없어요. 상관없다는 말은 좀 과하지만, 뭐, 그렇게 중요하진 않거든. 그것하고 별개로 연습 때 오케스트라를 훈련하는 지휘 방법이 따로 있는데, 이게 가장 중요한 거예요. 난 그걸 사이토 선생께 배웠어요. 내 경우는 그런 게 처음부터 딱 잡혀 있었단 말이죠. 뭐, 나이 먹으면서 조금은 바뀌었겠지만, 기본적으로는 같습니다. 내 생각엔 그래요.

무라카미 그렇지만 음악가는 실전에서 배워야 하는 것, 경험을 쌓아야 알 수 있는 게 많지 않습니까? 소설가도 물론 그런 부분이 있습니다만, 오자와 씨는 젊었을 때부터 이미 그런 게 가능했다는 말씀인지요?

오자와 난 처음부터 그런 부분에선 고생하지 않았어요. 좌우

165

지간 미흡함은 거의 안 느꼈군요. 그건 전적으로 선생님이 좋았기 때문이라고 난 생각하는데요. 그러니까 말이죠, 레니의 지휘를 가까이서 보면, 또는 카라얀 선생의 지휘를 보면 대체로 알 수 있거든요. 아아, 이 사람은 이런 걸 이런 식으로 하려고 하는구나. 그런 식으로 분석적으로 볼 수 있어요. 그러니까 그대로 모방할 생각은 안 들어요. 반면에 자기 기술을 확고하게 갖지 못한 사람은 타인을 형태만 모방한단 말이죠. 모양새만 표면적으로 흉내냅니다. 내 경우는 그런 게 없었어요.

무라카미 지휘하는 거, 어렵습니까?

오자와 음, 어렵다면 어려우려나. 그렇지만 난 십대 후반엔 벌써 기술이 몸에 익어 있었어요. 그런 의미에선 내가 특수했을지도 모르죠. 어쨌거나 중학교 3학년 때부터 지휘를 했으니까요. 오래됐죠. 프로 오케스트라를 지휘하기 전에 이미 칠 년 정도 실제로 오케스트라를 지휘한 셈이니까.

무라카미 중학교 때부터 지휘 공부를 하신 겁니까?

오자와 학교 오케스트라를 지휘했어요.

무라카미 도호 학원 오케스트라 말씀이시죠?

오자와 네. 난 고등학교를 사 년, 대학교를 삼 년 다녔거든요. 고등학교 1학년을 세이조에서 한 번, 도호에서 또 한 번 다녔으니까. 당시 도호 학원에 음악과가 아직 없어서 생길 때까지 일 년 기다렸어요. 그뒤 대학에 이 년 반 다니고……. 그래서 그 약 칠 년 동안 내내 거기 학생 오케스트라를 지휘했거든요. 베를린이니 뉴욕을 지휘하기 전에 그만한 경험을 확실하게 쌓은 셈이에요. 지금 생각하면 보통 지휘자는 그런 경험을 한 사람이 없어요. 사이토 선생께서 그렇게 하면 반드시 도움이 될 거라고 생각하셨겠죠.

무라카미 어렸을 때부터 악기를 하는 사람은 많아도 지휘자를 지망하는 사람은 별로 많지 않으니까요.

오자와 맞아요. 내 주변엔 그런 사람이 아무도 없었어요. 나 하나뿐이었지. 말이 잘 안 통해도 외국에서 오케스트라한테 자기 의사를, 자기가 하고 싶은 걸 명확히 전달할 수 있었던 건, 역시 그만한 지휘 기술이 있었기 때문이죠. 사이토 선생 밑에서 훈련한 기본적인 지휘 기술이 있었기 때문이에요.

무라카미 하지만 그러려면 먼저 자기가 뭘 어떤 식으로 하고 싶은지를 뚜렷하게 정할 필요가 있지 않습니까? 소설로 말하자면, 문체도 물론 중요하지만 그 이전에 '이걸 꼭 쓰고 싶다' 하는 게 마음속에 강력하게 있어야 한단 말이죠. 적어도 제가 레코드로 듣기로는 오자와 씨 음악엔 젊었을 때부터 늘 개인적인 이미지가 뚜렷이 잡혀 있더군요. 늘 초점이 어느한 곳에 명확하게 맞춰져 있어요. 그런 게 안 돼 있는, 또는 그런 게 불가능한 음악가가 세상에 적지 않은 것 같습니다

167

만. 일괄적으로 싸잡아 말하면 안 되겠지만, 일본 음악가는 뛰어난 기술은 갖췄어도, 기법에 파탄이 없는, 평균점이 높은 연주가 가능해도, 명확한 세계관이 전달되지 않는 사례가 적지 않다는 생각이 듭니다. 자기만의 독자적인 세계를 이룩해서 그걸 있는 그대로, 날것으로 다른 사람한테 전하고 싶다는 의식이 다소 약하지 않을까 싶은데요.

오자와 그런 게 음악에서 제일 안 좋은 경우죠. 그러기 시작하면 음악 자체의 의미가 없어집니다. 정말로 잘못하면 엘리베이터 음악이 돼요. 엘리베이터를 타면 어디선가 들려오는 음악. 내 생각엔 그런 게 제일 무서운 종류의 음악이에요.

168

모리스 페레스와
해럴드 곰버그

무라카미 지난번 모리스 페레스 씨 이야기를 했었죠. 번스타인 밑에서 함께 부지휘자로 있었던 사람.

오자와 아, 맞다, 맞다. 그뒤 우연히 그 사람한테서 연락이 왔지 뭡니까. 모리스 페레스한테서. 뉴욕에 있는 내 매니저한테 사진을 보냈더군요. 옛날에 카네기 앞에서 부지휘자 셋이 나란히 찍은 사진. 병문안 카드를 곁들여서. 내가 저번에 뉴욕 공연을 취소했잖아요? 그것 때문에. 그게 바로 어저께인가, 그저께인가, 뉴욕에서 도착했어요. 순전한 우연이에요.

무라카미 그거 잘됐군요. 그뒤 인터넷으로 모리스 씨에 관해 조사해봤습니다만, 푸에르토리코 계 미국인이고 지금도 지휘자로 활약 중이신 것 같더군요. 1974년부터 1980년까지 캔자스시티 필하모닉에서 지휘자로 있다가, 그뒤 세계 각지의 오케스트라를 지휘하고 있습니다. 아드님은 꽤 유명한 재즈 드러머고요. 폴 페레스, 퓨전 쪽 연주자입니다만.

오자와 씨가 프린트아웃을 읽는다.

169

오자와 이 사람, 중국에서도 지휘를 꽤 많이 했군요. 호, 상하이 오페라도 했나요.

무라카미 책도 냈습니다.《드보르자크에서 듀크 엘링턴까지》란 책인데요.

오자와 이 사람, 듀크 엘링턴하고 개인적으로 친했거든. 어이구, 대단한데요. 이런 것도 조사할 수 있군요.

무라카미 위키피디어란 사이트가 있거든요. 얼마만큼 정확한지는 저도 알 수 없습니다만. 그리고 해럴드 곰버그 씨 말입니다만, 조사해봤더니 동생도 오보에를 해서 보스턴 교향악단 수석 주자였더군요.

오자와 맞아요, 그랬어요. 랠프가 동생인데, 보스턴에서 줄곧 제1주자로 있었죠. 나 있을 때 거의 끝 무렵에 은퇴했고. 형이 뉴욕 제1주자에, 동생이 보스턴 제1주자였어요.

무라카미 형제가 같은 악기를 하고, 게다가 그 정도로 실력이 비슷한 것도 흔치 않은데요.

오자와 그래요. 둘 다 참 실력이 있었죠. 동생 랠프의 부인은 보스턴 발레 스쿨의 리더였어요. 아주 유명한 사람이었지. 형제를 비교하면 형인 해럴드가 훨씬 크레이지했죠. 아주 예쁜 딸이 있었는데, 그 딸을 클라우디오 아바도하고 붙여주려고 얼마나 꾀를 썼는지.

무라카미 아바도는 오자와 씨 다음으로 뉴욕 필 부지휘자가

170

됐죠.

오자와   그 사람은 당시 아직 독신이었으니 말이에요. 나도 거기에 말려드는 바람에 애깨나 먹었어요(웃음).

무라카미   해럴드 곰버그 씨가 오자와 씨 연주를 듣고 마음에 들어해서 녹음 지휘자로 발탁한 거죠?

오자와   네, 내가 마유즈미 씨의 〈향연〉을 지휘하고 또 앙코르로 〈불새〉 일부분을 레니 대신 연주하고 하는 걸 듣고 잘 봐준 거예요. 그래서 녹음 지휘를 맡겼죠.

무라카미   이 사람은 뉴욕 필 수석 주자로 꽤 오래 있었군요. 합해서 삼십몇 년 있었는데요.

오자와   그래요. 하지만 꽤 오래전에 죽었어요. 동생 랠프도 얼마 전에 죽었고. 해럴드 부인은 하프 주자인데 작곡도 하고, 이쪽도 꽤 유명한 사람이거든. 부부가 이탈리아를 좋아해서 카프리 섬에 근사한 별장을 갖고 있었어요. 초대받아서 간 적이 있답니다. 프랑스의 뭐라나 하는 오케스트라를 지휘하러 갔을 때 하도 할 일이 없어서, 오라고 초대받고 놀러 갔죠. 기차 타고 나폴리까지 가서 거기서 섬으로 건너갔군요. 오래된 옛날 집을 개조해서 부부가 거기서 여름을 보내곤 했어요. 부인 이름이 마그릿이었는데, 부부가 둘 다 그림 그리는 걸 좋아해서 말이죠. (위키피디어 자료 카피를 읽으며) 아아…… 점점 기억이 되살아나는데요.

171

무라카미 카프리 섬에서 심장 발작으로 죽었다고 돼 있습니다.

오자와 그렇군요. 나보다 스무 살쯤 위였으니 말이죠.

유진
오르먼디의
지휘봉

오자와 유진 오르먼디는 워낙 친절한 사람이라 말이죠, 날 잘 봐줘서 자기가 상임지휘자로 있던 필라델피아에 객원 지휘자로 여러 번 불러줬어요. 이게 참 고마운 일이었던 게, 내가 있을 당시 토론토는 좌우지간 급료가 적었는데 필라델피아 관현악단은 부자라 개런티가 쏠쏠했거든. 그 사람은 날 신뢰해서 필라델피아에서 지휘할 때면 홀에 있는 자기 사무실을 마음대로 쓸 수 있게 해줬어요.

한번은 오르먼디 씨가 애용하는 지휘봉을 나한테 하나 줬는데, 그게 얼마나 좋던지. 주문 제작한 건데 참 쓰기 편하더군요. 당시 난 돈이 별로 없으니까 지휘봉을 주문 제작한다는 건 생각도 할 수 없었어요. 그런데 그 사람 사무실 책상 서랍을 열어봤더니 그거하고 똑같은 지휘봉이 죽 놓여 있는 거예요. 그래서 조금쯤 없어져도 모르겠지 하고 세 개를 슬쩍했거든. 그런데 그게 글쎄 들켰지 뭐예요(웃음). 오르먼디의 비서가 굉장히 무서운 아주머니였는데, 수를 세어뒀는지 "당신

173

이 가져갔죠?" 하고 나중에 날 추궁하길래 "네, 죄송합니다. 제가 가져갔습니다" 하고 사과했죠(웃음).

무라카미 서랍에 몇 개 들어 있었는데요?

오자와 열 개쯤이었던가?

무라카미 그야 당연히 들키죠. 열 개 중에서 세 개나 가져갔는데(웃음). 훔치고 싶어질 만큼 쓰기 편한 지휘봉이었던 겁니까?

오자와 네, 그거 참 괜찮았어요. 낚싯대 있잖아요? 그걸 짧게 줄여서 끝에 코르크를 붙인 것 같은 식이라, 착착 잘 휘어요. 특별 주문품. 오르먼디 씨가 나중에 어디서 같은 걸 주문할 수 있는지 가르쳐줬죠.

무라카미 오르먼디 씨가 나중에 여기저기 이야기를 퍼뜨리면서 신나게 웃진 않았을까요. 오자와는 예전에 내 책상 서랍에서 지휘봉 세 개를 훔쳤다고(웃음).

네
번
째

구스타프 말러의

음악을 둘러싸고

다음 대화는 2011년 2월 22일 도내에 있는 무라카미의 작업실에서 나누었다. 후일 추가 인터뷰를 해서 세부를 보완했다. 구스타프 말러에 관해서는 할 이야기가 많았다. 이야기를 하다 보면 말러의 음악이 오자와 씨께 얼마나 중요한 레퍼토리인지 절절하게 느껴진다. 나 자신은 원래 오랫동안 말러가 편치 않았는데, 인생의 어느 시기에 이르러 그 음악 본연의 자세에 매료되었다. 하지만 그때까지 들어본 적도 없는 말러의 음악을 악보로 보고 강한 감명을 받았다는 이야기에는 기절초풍했다. 그런 게 가능한가?

선구자 사이토 기넨

무라카미 지난번 여쭤보려다가 잊어버린 게 하나 있습니다. 사이토 기넨 오케스트라는 상설 오케스트라가 아니고 일 년에 한 번쯤만 모이는 데다 그때그때 멤버가 조금씩 달라지는데요. 그런데도 소리에 일관성 같은 게 늘 느껴진단 말이죠.

오자와 맞아요. 내가 지휘하는 한 일관성은 꽤 있을 거라고 생각합니다. 요컨대 현을 앞으로 확 가지고 나와서 그걸 효율적으로 쓸 수 있는 오케스트라죠. 곡목도 역시 그런 부분에 맞춰 고르거든요. 말러로 말하자면 1번하고 9번…… 그리고 2번도 그렇군요.

무라카미 정기적으로 연주하지 않아도 유닛으로서의 소리 자체는 그렇게 안 바뀌는 겁니까?

오자와 바뀐 걸로 말하자면, 글쎄요, 오보에가 제일 많이 바뀌었으려나. 미야모토 (후미아키) 군이 줄곧 하다가 몇 년 전 은퇴했거든요. 다른 사람들을 지도하다가 그만뒀어요. 그러고 나서 후임을 못 찾았는데, 아주 괜찮은 프랑스 사람 주자를 발견해서 그 사람을 넣어 저번에 베를리오즈 〈환상〉을 했군요. 덕분에 꽤 예전 소리를 되찾을 수 있게 됐답니다.

무라카미 오자와 씨 아닌 다른 사람이 지휘하면 같은 오케스트라라도 소리가 많이 달라지는지요?

178

오자와 달라지나 봐요. 다들 그러더군요. 상당히 달라진다고. 그렇지만 사이토 기넨은 어쨌거나 현악기가 전통적으로 확고하게 자리 잡고 있어요. 그런 기초를 만든 건 사이토 선생 옛날 제자들이죠. 사이토 기넨하고 비슷한 내력을 가진 악단은 다른 나라에도 몇 개 있지만, 가장 큰 차이는 그 부분이에요. 현 섹션이 좌우지간 확실하게 훈련돼 있죠.

무라카미 그렇지만 이런 부정기적인, 일정 시즌에만 활동하는 오케스트라는 사이토 기넨이 처음이죠?

오자와 뭐, 그렇죠. 당시엔 세계 어느 나라에도 이런 형태의 오케스트라가 또 없었을 거예요. 말러 실내도, 루체른도, 도이체 카머필도 사이토 기넨보다 나중에 생겼어요. 그렇지만 사이토 기넨을 창립한 당시엔 여러모로 비판도 많이 받았단 말이죠. 그래 봤자 어중이떠중이니까 좋은 음악이 나올 리 없다는 식으로. 물론 긍정적인, 호의적인 의견도 있었지만요.

무라카미 처음엔 한 번으로 그칠 예정이었죠?

오자와 네. 1984년에 전 사이토 선생의 십 주기를 기념해서 제자들이 모여 오케스트라를 만들어 연주했어요. 도쿄 문화회관하고 당시 생긴 지 얼마 안 됐던 오사카 심포니홀에서. 그랬더니 이거 괜찮은걸, 계속해서 해도 되겠다, 이렇게 된 거예요. 이 정도면 세계에서 충분히 통할 거라고.

무라카미 매년 조직돼서 외국 공연까지 하게 될 거라곤 생각도 못 해보셨다는 말씀이군요?

오자와 그렇다마다요. 그런 생각은 해보지도 않았어요.

무라카미 그런데 그런 시스템이 이윽고 세계적으로 하나의
음악적 조류처럼 됐군요. 그야말로 선구자라고 할까요.

번스타인이 말러에 집중하던 시절

무라카미 그런데 오자와 씨는 사이토 선생께 말러는 배우지
않으셨습니까?

오자와 전혀 안 배웠어요.

무라카미 그건 역시 시대적인 이유가 컸을까요?

오자와 그렇죠. 1960년대 초 번스타인이 말러를 집중적으로
하기 전까지는 몇몇 소수만 말러를 했으니까요. 물론 브루노
발터는 했지만, 그밖에 말러를 적극적으로 다루는 지휘자는
거의 없었어요.

무라카미 제가 클래식을 듣기 시작한 게 1960년대 중반쯤인
데, 당시 말러의 심포니는 전혀 대중적이지 않았습니다. 발터
가 지휘한 〈거인〉〈부활〉〈대지의 노래〉 정도만 카탈로그에
있고, 그렇게 일반적으로 널리 듣진 않았죠. 콘서트에서도
연주되는 경우가 거의 없었을 겁니다. 요새 젊은 사람들한테

180

그 이야기를 하면 다들 놀랍니다만.

오자와 맞아요, 전혀 대중적이지 않았죠. 카라얀 선생은 당시 〈대지의 노래〉는 다뤄서 우리한테도 그 곡으로 가르쳐주셨지만, 그때는 다른 심포니는 안 하셨거든.

무라카미 뵘도 말러 심포니는 안 했죠?

오자와 안 했어요, 네.

무라카미 푸르트벵글러도 안 했고요.

오자와 안 했죠. 브루크너까진 했는데……. 난 브루노 발터의 말러도 들어본 적이 없군요.

무라카미 저번에 멩겔베르크가 콘세르트헤바우하고 1939년에 한 말러를 들어봤습니다만…….

오자와 호, 그런 게 있군요.

무라카미 4번입니다만, 지금 들으면 역시 고색창연하다고 할지……. 브루노 발터가 망명하기 직전 1938년에 빈에서 한 9번도 들었는데, 발터도 멩겔베르크도 좌우지간 옛날 소리라는 인상을 받았습니다. 녹음이 오래전 것이란 의미만은 아니고 음색 자체가 말이죠. 둘 다 말러의 직제자에, 역사적으로 훌륭한 연주일 수도 있지만, 지금 들으면 좀 괴롭습니다. 그뒤 시대가 바뀌어서 브루노 발터가 스테레오로 말러를 새로 녹음하면서 말러 부흥의 기초를 마련했고, 그뒤 번스타인의 열광적인 리바이벌이 뒤따른 셈이죠.

181

오자와 그래요, 난 레니가 뉴욕 필하고 말러 전집을 녹음하던 바로 그 시기에 부지휘자로 있었어요.

무라카미 당시엔 미국에서도 일반적인 음악 팬이 말러를 듣는 일은 별로 없었죠?

오자와 거의 없었어요. 그런 때 레니는 끈덕지게 말러를 연주한 거예요. 치클루스 같은 식으로 콘서트에서 연주하고, 그와 병행해서 녹음도 했죠. 치클루스는 전곡은 아니었지만 두 번쯤 했군요. 그뒤 빈에 가서 빈 필하고도 같은 걸 했고. 1960년대 말쯤에.

무라카미 뉴욕 필을 그만둔 다음이죠?

오자와 네, 그렇지만 그전에도 빈에 가서 빈 필하고 같이 했어요. 안식년에 쉴 때였지만.

무라카미 그러고 보니 저번에 말씀하시길 번스타인이 안식년일 때 집지킴이 역할을 했다고 하셨는데, 번스타인의 집을 봐줬다는 뜻입니까?

오자와 아니, 그런 게 아니라 레니가 없는 동안 오케스트라를 대신 맡았다는 뜻이에요.

무라카미 오케스트라를 대신 맡는다는 건 무슨 말씀이신지요?

오자와 지휘도 했지만 그렇게 많이 한 건 아니고, 대체로 오케스트라를 보살피는 일을 했어요. 객원 지휘자를 여럿 불러다가. 요제프 크립스라든지 윌리엄 스타인버그라든지, 그리고 이름이 뭐였더라, 젊고 잘생긴 미국 사람…… 일찍 죽었는데…….

무라카미 젊고 잘생긴 미국 지휘자 말씀입니까?

오자와 음…… 토머스 뭐.

무라카미 시퍼스.

오자와 맞아요, 토머스 시퍼스. 대단한 미남에, 레니하고도 친했고, 예쁜 플로리다 아가씨하고 결혼해서, 그 사람이 중심이 돼서 이탈리아에서 페스티벌을 했는데 일찍 세상을 뜨고 말았군요. 죽었을 때가 사십대였을걸요. 크립스, 스타인버그, 시퍼스…… 그리고 지휘자가 한 명 더 있었는데 누구였지? 어쨌든 객원 지휘자가 그렇게 네 명 왔거든요. 난 진행 역할을 맡았고. 예를 들어 스타인버그가 베토벤 9번을 할 때 내가 합창단을 미리 살펴보러 간다든지. 난 일 년 동안 두 번쯤 정기 공연을 하고 객원들이 각각 육 주간씩 맡았으니까, 난 부지휘자 겸 빈틈 메우기 같은 역할이었던 거예요. 그때 참 많이 배웠는데 말이죠. 토머스 시퍼스하고도 친해졌고. 스타인버그한테도 밥 참 많이 얻어먹었어요. 크립스한테도 그렇고. 그때 덕일 것 같은데, 날 샌프란시스코 교향악단 지휘자로 추천해줬거든요. 내가 그뒤 토론토로 갔잖아요? 크립스는 샌프란시스코에서 감독으로 오 년쯤 있었는데, 떠나면서 날 후임자로 지명한 거예요. 그래서 난 토론토 교향악단

183

음악감독을 사임하고 샌프란시스코로 이적했어요.

무라카미 레니는 안식년을 일 년 쓴 겁니까?

오자와 그래요, 일 년 동안 휴가를 받았죠.

무라카미 그동안 오자와 씨가 오케스트라의 매니지먼트 같은 일을 하셨다고요?

오자와 네. 음악감독 대리 같은 거였죠. 다만 인사 문제엔 관련 안 했어요. 그건 싫으니까. 오디션도 안 했고. 내가 했던 건 죄 잡무뿐이었어요. 그래도 여간 힘든 게 아니었지만.

무라카미 토론토에 가시기 전 이야기죠?

오자와 네, 토론토에 가기 일 년 전이었을 거예요. 그 일을 마치고 토론토로 가지 않았던가?

무라카미 그동안 번스타인은 빈에 있었군요.

오자와 네, 원래는 지휘를 쉬고 작곡에 전념하고 싶다고 일 년 휴가를 낸 거였어요. 그런데 빈에 가서 지휘한다고 사방에서 꽤나 빈축을 산 기억이 있군요. 작곡한다고 해서 휴가를 줬더니 저런다고 뉴욕 사람들이 투덜거린 거죠. 빈에서 갑자기 제안이 오니까 쓱 가버렸거든. 그게 그때였던가, 레니는 베토벤의 〈피델리오〉도 지휘했어요. 테아터 안 데어 빈이라는 오래된 극장에서. 〈피델리오〉를 초연한 데가 그 극장이었거든요. 그때 난 뭐였는지 잊어버렸지만 빈에 볼일이 있어서 갔다가 그걸 들었어요. 그것도 카를 뵘 옆자리에서.

184

무라카미 대단한데요.

오자와 뵘이 표를 줬나 그럴 거예요. 부인 표를 나한테 준 기억이 있군요. 그때는 난 가난했거든요. 빈에 가서 지휘해도 받는 돈이 정말 얼마 안 됐고, 미국에서 갔으니 이동하는 데도 돈이 들었고 말이죠. 그러니까 공짜표를 받았는지도 몰라요. 〈피델리오〉 공연이 끝나고 뵘하고 같이 레니의 대기실로 갔거든요. 그래서 둘이 어떤 이야기를 하려나 흥미진진하게 들었더니, 〈피델리오〉 이야기 같은 건 전혀 안 하지 뭐예요. 뵘은 〈피델리오〉의 대가잖아요?

무라카미 그렇죠.

오자와 뵘이 일본에 와서 〈피델리오〉를 닛세이 극장에서 했을 때 내가 부지휘자였거든요. 그러니까 〈피델리오〉 이야기를 신나게 하겠거니 했더니만 그 이야기는 끝까지 안 나오더군요(웃음). 잘 기억나지 않지만 아마 음식 이야기니 극장이 뭐가 어떻다느니, 그런 아무래도 상관없는 이야기만 했던 것 같아요.

무라카미 서로 음악 이야기는 안 하고 싶었던 걸까요.

오자와 글쎄요. 지금 생각하면 이상하죠.

무라카미 번스타인은 빈에서도 말러를 했군요.

오자와 그랬을 거예요. 그러고 보니 그때는 아니지만 난 레니가 빈에서 말러 2번을 녹음했을 때 그 자리에 있었어요. 그때

185

난 정기 연주회로 빈 필을 지휘하고 있었는데, 레니는 거기서 동시에 역시 빈 필하고 녹음하고 있었거든요. 그게 컬럼비아 녹음이었는데, 컬럼비아 프로듀서였고 나하고 아주 친한 친구였던 존 매클루어도 미국에서 와 있었어요. 즉, 빈 필은 나하고 같이 정기 연주회를 하면서 남은 시간에 녹음과 텔레비전 녹화도 하고 있었던 거예요. 청중 앞에서.

무라카미 그게 언제쯤인지요?

오자와 1970년대 초였던가. 세이라(첫째 딸)가 태어났을 즈음이었으니까. 레니가 자허 호텔에 묵고 있고, 우리가 임페리얼 호텔에 묵고 있었어요. 빈 필 일로 가면 싸게 묵을 수 있어서 늘 임페리얼 호텔에 투숙했거든요. 그래서 레니가 아기를 보자고 호텔로 찾아왔는데, 우리 방에 들어와서 세이라를 안고 휙 던져올리지 뭐예요. 그게 자기 특기라고, 아기하고 그런 커뮤니케이션을 할 수 있다고. 그랬더니 베라(부인)가 얼마나 화를 내는지(웃음), 얼마나 고생해서 낳은 애인데 저러냐고…….

무라카미 그래도 결과적으로 건강하게 자랐으니까요(웃음). 전 이때 빈 필하고 찍은 영상은 못 봤지만, 번스타인은 비슷한 시기에 2번 〈부활〉의 영상을 남겼는데요. 오케스트라는 런던 교향악단이고 녹화한 장소도 영국입니다. 그것도 존 매클루어가 프로듀서 아니었나 싶군요. 큰 교회에 청중을 들이

186

고 실황으로 찍었죠. 그렇지만 CBS에서 레코드는 안 나왔군요.

오자와 그럼 그때 빈에서 촬영한 건 어쩌면 텔레비전용이었을지도 모르겠군요. 정식 녹음이 아니라. 어쨌거나 그때 번스타인은 빈 필하고 말러 2번을 연주했어요. 그건 분명합니다. 레니 부인인 펠리시아도 와 있었죠. 대단한 미인에, 칠레 사람이고, 피부가 새하얘요. 전직 여배우인데 정말 아름답거든. 베라랑도 참 친했고. 당시 우리는 가난뱅이였다 보니 베라한테 곧잘 옷을 줬어요. 베라는 예쁜 옷 입는 걸 좋아할 거라고. 왜 그런지 체형이 똑같아서 말이에요.

무라카미 연주 쪽은 어땠습니까?

오자와 난 아주 좋았어요. 번스타인도 그때 굉장히 신경이 예민해서 말이죠, 여느 때 같았으면 전날 밤 같이 식사하고 마음 편하게 술도 마시고 그랬을 텐데 웬일로 그런 것도 안 했어요. 끝나고 나서 같이 느긋이 식사했지만.

무라카미 1960년대에 번스타인이 말러를 열심히 하던 당시, 일반 청중의 반응은 어땠는지요?

오자와 빈에서 들은 말러 2번 연주로 말하자면 청중의 반응이 엄청났어요. 난 그뒤 탱글우드에서 역시 2번을 했는데, 그때도 청중 반응이 아주 좋았거든요. '말러를 하고 이 정도 반응이 돌아오다니 대단한걸' 하는 생각이 들더군요. 탱글우드

187

에서 말러 2번을 연주한 건 아마 그때가 처음이었을걸요.

무라카미 뉴욕 필 때는 평판이 어땠습니까?

오자와 잘 기억이 안 나는데요. (잠시 생각한다) 음, 신문은 찬반양론으로 갈렸던 것 같군요. 번스타인한테는 딱한 일이었지만, 뉴욕타임스에서 음악평을 담당하는 숀버그란 평론가가 있었는데, 이 사람이 번스타인의 천적처럼 굴었거든.

무라카미 해럴드 숀버그. 유명한 사람이죠. 그 사람이 쓴 책을 읽은 적이 있습니다.

오자와 이게 참 웃기는 이야기인데, 1960년 내가 아직 학생일 무렵 탱글우드 학생 콘서트에서 드뷔시의 〈바다〉를 지휘했거든요. 셋이 나눠서 지휘하면서 내가 피날레를 맡았어요. 아니면 차이콥스키의 심포니 4번이었을지도 모르고. 그것도 넷이 나눠서 하고 내가 피날레를 맡았죠. 그랬더니 숀버그가 다음 날 뉴욕타임스에 평을 써준 거예요. 원래 보스턴 심포니의 연주회에 온 거였는데 학생 콘서트에 관해서도 써줬어요. 그러면서 내 이름을 쓰고 '이 지휘자 이름을 기억해라' 하고 써준 거죠.

무라카미 대단한데요.

오자와 그래서 깜짝 놀랐는데, 그다음이 더 굉장한 게 그 사람이 일부러 학생 오케스트라 제일 높은 사람한테 전화해서 날 직접 만나러 왔지 뭐예요. 혹시 뉴욕에 올 일이 있으면 자기를 꼭 찾아오라면서 말이죠. 보통은 그런 말 하는 사람이 아니라더군요. 그러고 나서 얼마 뒤에 뉴욕에 갈 일이 있었는데, 생전 처음 뉴욕에 가는 거였죠. 간 김에 뉴욕타임스로 그 사람을 찾아가봤더니, 날 데리고 사내를 안내해줬어요. 여기가 인쇄소고, 여기가 음악부고, 여기가 문화부, 그렇게 두세 시간 안내해주고 차까지 사준 거예요.

무라카미 대단한데요. 어지간히 마음에 들었나 봅니다.

오자와 대단하죠? 그걸 레니한테, 그뒤 그 사람 부지휘자가 된 다음이었는데 꽤나 놀림 받았어요. 자기에 관해선 늘 심한 말밖에 안 쓰는 사람이 세이지에 관해선 아주 좋게 썼다고. 숀버그는 번스타인한테 처음부터 끝까지 비판적이었거든요. 내가 봐도 좀 너무한다 싶을 만큼 모질었어요. 그런데 나에 대해선 뭐랄까, 호의적이었거든. 자기가 발견해낸 떠오르는 별이다, 뭐 그런 거였을지도 모르죠.

무라카미 음악평도 그렇고, 연극평도 그렇고, 뉴욕타임스의 영향력이 대단했죠.

오자와 그래요. 지금은 어떤지 모르지만 당시엔 영향력이 아주 컸어요.

무라카미 번스타인은 뉴욕 언론한테 만날 두들겨맞다가 빈에 갔더니 이번엔 청중한테나 언론한테나 깜짝 놀라게 대환영을 받았다. 기뻐하는 동시에 '그럼 뉴욕에서 그 반응은 대체

189

뭐였나?' 하게 됐다. 그 때문에 후년엔 활동 거점을 유럽으로 옮기게 됐다. 그런 이야기를 그 사람 전기에서 읽었습니다.

오자와 그 부분에 관해선 나도 잘 몰라요. 어쨌거나 영어를 못 했으니 사정을 잘 모르거든. 다만 일반 청중한테는 인기가 아주 많았고, 콘서트 표도 늘 매진됐고, 컬럼비아에선 레코드를 잇따라 냈고, 영화 〈웨스트사이드 스토리〉도 엄청나게 인기를 모았고, 그런 화려한 면만 당시 내 눈에 띄었어요. 어쨌거나 후년의 번스타인은 빈 필하고 아주 좋은 관계를 유지했죠.

무라카미 뉴욕 필 뒤로는 어느 오케스트라에서도 음악감독을 안 했죠?

오자와 네.

무라카미 어지간히 학을 뗀 걸까요?

오자와 하하하, 글쎄요, 어떨까요.

무라카미 그렇지만 번스타인은 성격적으로 매니지먼트에 안 맞는다고 할지, 다른 사람한테 상위에 서서 '노'란 말을 못 한 것 같던데요.

오자와 네, 누구한테 면전에서 딱 부러지게 지시하거나 주의를 주는 게 영 편치 않은 사람이었어요. 그런 일을 아예 안 해요. 오히려 남들한테 의견을 구하죠. 내가 부지휘자로 있을 때도 콘서트를 하고 나면 나한테 물어요. 어이, 세이지, 아까

190

브람스 2번의 템포 괜찮았어? 하고 말이죠. 이쪽 입장에선 헉, 그런 걸 나한테 묻다니 싶으면서도 열심히 대답하거든. 그러니까 매번 정신 차리고 연주를 들어야 해요. 뒤에서 적당히 놀고 그랬다간 나중에 의견을 물었을 때 아주 곤란하니까(웃음).

무라카미 남의 그런 의견을 솔직하게 듣는 사람이었습니까?

오자와 네, 그런 자세를 가진 사람이긴 했어요. 나 같은 신참 풋내기를 상대로도 피차 음악을 하는 한 평등하단 생각이었죠.

무라카미 어쨌든 번스타인의 말러 연주에 관해선 당시 뉴욕의 여론은 찬반양론이었다는 말씀이군요.

오자와 내 기억엔 그래요. 그렇지만 오케스트라는 정말 죽을 힘을 다해 연주했어요. 말러 연주는 쉽지 않으니까 다들 정말 열심히 공부했죠. 그때 말러 심포니를 일 년에 세 곡쯤 했거든요. 난 단원들이 기를 쓰고 연습하는 모습을 봤어요. 먼저 콘서트에서 하고, 그 직후에 맨해튼센터에 가서 녹음을 하죠.

무라카미 그럼 일 년에 두세 장 속도로 말러 심포니 레코드가 나왔군요?

오자와 대충 그랬어요.

그런 음악이 존재한다는 것조차 몰랐다

무라카미   오자와 씨는 그전에 이미 말러 음악을 들으셨는지요?

오자와   아뇨, 한 번도 들어본 적이 없었어요. 탱글우드 학생때 같은 방을 쓰는 학생이 호세 세르비에르라고 지휘자였는데, 그 친구가 말러 1번하고 5번을 공부했어요. 세르비에르에는 아주 우수한 학생이었죠. 지금도 가끔 만나곤 해요. 대기실로 만나러 와주거든. 런던에서도 만났고, 베를린에서도 만났군요. 그때 난 그 친구 악보를 구경하고 생전처음 말러란 걸 본 거예요. 그뒤 나도 그 두 곡의 악보를 주문해서 공부했답니다. 오케스트라는 학생 오케스트라니까 아직 그런 걸 연주할 실력이 없었지만, 그래도 악보만은 열심히 공부했어요.

무라카미   레코드를 듣는 것도 아니고 그냥 악보만 보셨군요.

오자와   레코드는 안 들었어요. 난 당시 레코드 살 돈도 없었고, 레코드를 틀 오디오 기기도 없었으니까.

무라카미   악보를 처음 보고 어떠셨습니까?

오자와   엄청 충격을 받았어요. 그런 음악이 존재한다는 것조차 몰랐다는 게 일단 충격이었죠. 우리가 탱글우드에서 차이콥스키니 드뷔시니 그런 음악을 하는 동안 이렇게 기를 쓰고 말러를 공부하는 녀석이 있구나 생각하니까 새파랗게 질려서, 바로 허겁지겁 악보를 주문하지 않을 수 없었죠. 그래서 나도 그뒤 정말 죽을 둥 살 둥 1번, 2번, 5번을 열심히 공부했어요.

무라카미 악보를 공부했더니 재미있으셨습니까?

오자와 재미있었죠. 그런 거 처음 봤으니 말이에요. 이런 악보가 다 있구나 싶었어요.

무라카미 그때까지 했던 음악하고 전혀 다른 세계였다?

오자와 오케스트라란 걸 이렇게까지 효과적으로 쓰는 사람이 있구나 하는 게 가장 놀라웠어요. 말러는 이게 참, 오케스트라를 쓰는 재주가 거의 극치에 다다른 사람이었거든. 그러니까 오케스트라 입장에선 이 정도로 도전에 가까운 곡이 없답니다.

무라카미 그럼 오케스트라가 실제로 말러를 연주하는 걸 들은 건 번스타인 때가 처음이셨군요?

오자와 그렇죠. 그 사람 부지휘자로서 뉴욕 필에서 들은 게 내가 처음 들은 말러예요.

무라카미 실제로 들어보고 어떠셨는지요?

오자와 아 참, 충격이었어요. 동시에 번스타인이 이런 음악을 말 그대로 '개척하는' 현장에 있을 수 있다는 게 참 행복했고. 그래서 토론토에 가서 바로 말러를 했어요. 자, 이번엔 내가

193

직접 해보자고. 샌프란시스코 교향악단하고도 말러 심포니를 거의 전곡 했고.

무라카미 오자와 씨가 연주했을 때, 일반 청중의 반응은 어떻던가요?

오자와 좋았다고 생각해요. 당시는 말러가 유행이라고 할 정도는 아니었지만 심포니를 들으러 오는 사람들 사이에선 꽤 주목받고 있었거든요.

무라카미 하지만 말러의 심포니는 연주하는 쪽뿐 아니라 듣는 쪽도 꽤나 힘든 음악인데요.

오자와 네, 그렇지만 말이죠, 그땐 이미 말러가 어느 정도 대중적인 인기를 모으고 있었다고 생각해요. 유행하기 시작한 다음이죠. 역시 번스타인이 노력한 덕이 클 거예요. 세상 사람들이 말러에 관심을 갖도록 그 사람이 애를 상당히 많이 썼어요.

무라카미 하지만 말러의 음악은 오랫동안 듣는 사람이 그렇게 많지 않았죠. 그건 왜 그랬을까요?

오자와 (고개를 갸웃한다) 글쎄요, 왜 그랬을까.

무라카미 바그너가 있고, 브람스에서 리하르트 슈트라우스로 넘어와서, 거기서 독일 낭만파 계보가 종결되는 형태로 되고, 그뒤 쇤베르크의 십이 음 음악을 거쳐 스트라빈스키니 버르토크, 프로코피예프, 쇼스타코비치 같은 데까지 휙 넘어

194

오자와 세이지 씨와 음악을 이야기하다

와서…… 하는 게 음악사적인 대강의 흐름이고 거기에 말러나 브루크너가 낄 여지가 별로 없었잖습니까? 오랫동안.

오자와 맞아요.

무라카미 그런데 말러는 사후 반세기쯤 지나 기적적으로 부흥되기에 이르렀습니다. 대체 어떤 원인이 있었을까요?

오자와 내 생각엔 오케스트라가 실제로 연주해보고 이거 재미있는걸, 하고 생각했을 것 같아요. 그게 말러 부흥의 직접적인 계기가 된 게 아닐까요? 오케스트라가 재미있다고 생각하기 시작해서, 그래서 앞다퉈서 말러를 연주하게 된 거예요. 번스타인 이후, 어느 오케스트라나 즐겨 말러를 다루게 됐어요. 특히 미국에선 말러를 못 하면 오케스트라가 아니란 풍조까지 생겼죠. 미국만 그런 건 아니고, 빈도 자기들이 본가라고 기를 쓰고 다루기 시작한 게 아닐까요.

무라카미 빈 필은 말이 본가지, 줄곧 말러를 안 했는데요.

오자와 안 했죠.

무라카미 그건 뵘이라든지 카라얀 같은 사람들이 말러를 안 다룬 영향이 클까요?

오자와 그렇겠죠. 특히 뵘 씨는 전혀 안 했으니까요.

무라카미 둘 다 브루크너나 리하르트 슈트라우스는 자주 했으면서 말러만은 손을 안 댔습니다. 말러는 빈 오페라극장의 음악감독을 오래했죠. 그런데도 빈 필은 말러의 음악을 오랫

195

동안 냉대했다는 인상이 있습니다만.

오자와 그렇긴 해도 지금의 빈 필은 말러를 참 잘해요. 정말 귀에 착 감기게. 말러 음악의 속살을 드러내 보일 수 있어요.

무라카미 저번에 말씀 나눌 때, 베를린 필이 말러를 연주할 때 카라얀 선생은 직접 지휘하지 않고 오자와 씨께 종종 지휘를 맡겼다고 하셨죠.

오자와 네, 난 베를린에서 말러 8번을 지휘했어요. 아, 베를린 필은 그때가 처음 연주하는 거 아니었던가? 카라얀 선생이 세이지, 네가 해라, 그러셔서 했죠. 그렇지만 그건 보통은 음악감독이 직접 하는 곡이거든요.

무라카미 당연히 그렇겠죠. 일대 이벤트라고 할지, 대곡이니까.

오자와 그런데도 어째선지 나한테 떨어지는 바람에 정말 기를 쓰고 했던 기억이 있어요. 솔리스트도 아주 좋은 사람들로 모아줬고, 코러스도 말이죠, 베를린 코러스만이 아니라 함부르크 방송 합창단, 쾰른 방송 합창단 같은 일류 프로 코러스까지 일부러 불러줘서 상당히 대규모로 했어요. 무슨 특별한 행사로 했겠죠, 분명히.

무라카미 뭐, 그렇게 자주 할 수 있는 곡은 아니죠.

오자와 난 그 곡을 탱글우드에서 하고, 그뒤 파리에서도 했어요. 오케스트라 나시오날 드 프랑스(국립방송 관현악단)하고 생드니란 곳에서.

196

말러 연주의 역사적 변천

무라카미 1960년대부터 현대에 이르기까지 말러의 연주 스타일이 꽤 크게 변화했죠.

오자와 그렇다고 할지, 다양한 연주 스타일이 등장했죠. 난 레니가 하는 말러가 참 좋았는데요.

무라카미 번스타인과 뉴욕 필의 말러는 레코드로 지금 들어봐도 신선하더군요. 저도 지금도 꽤 자주 듣습니다.

오자와 그리고 카라얀 선생의 9번은 훌륭해요. 꽤 만년에 들어서 했는데 참 완벽했죠. 피날레가 특히 좋았어요. 이건 카라얀 선생하고 맞는 곡이구나 싶더군요.

무라카미 그 곡은 오케스트라의 소리가 아름답고 치밀하지 않으면 어떻게 손 쓸 도리가 없죠.

오자와 특히 피날레가 그렇죠. 그거하고 브루크너 9번의 피날레는 정말 쉽지 않아요. 조용히, 꺼지듯 끝나는 부분이.

무라카미 그 곡은 긴 단위로 음악을 만들지 않으면 내용을 다 담지 못하죠. 저번에 말씀하신 디렉션 같은 걸로 말하자면.

오자와 맞아요, 호흡이 길지 않은 오케스트라는 못 해요. 브루크너에 관해서도 같은 말을 할 수 있고.

무라카미 오자와 씨가 보스턴에서 마지막으로 하신 말러 9번도 숨 막힐 정도로 아름다웠습니다. 디브이디로 나온 연주.

197

오자와 감정이 실렸으니까요. 결국 말러는 굉장히 복잡하게 쓰여 있는 것처럼 보이고, 또 실제로 오케스트라한테는 꽤 복잡하게 쓰여 있지만, 말러 음악의 본질은 말이죠―이런 식으로 말하면 오해 살 것 같아서 무섭지만― 감정만 실리면 상당히 단순하거든. 단순하다고 할지, 포크송 같은 음악성, 모두가 흥얼거릴 수 있는 듯한 음악성, 그런 부분을 뛰어난 기술과 음색으로, 감정을 실어서 하면 성공하지 않을까, 요새는 그런 생각이 드는군요.

무라카미 음, 그렇지만 그건 말이 쉽지, 실제로 하려면 굉장히 어렵지 않습니까?

오자와 그야 물론 어렵긴 하지만…… 그러니까 내가 무슨 말을 하려는 건가 하면, 말러의 음악은 언뜻 보면 어려워 보이지만, 또 실제로 어렵지만, 내용을 확실하게 읽어나가면, 일단 감정만 실리고 나면, 그렇게 복잡하게 뒤엉킨, 뭐가 뭔지 알 수 없는 음악이 아니라는 거예요. 그저 그게 몇 개씩 겹쳐서 온갖 요소가 동시에 나오고 하니까 결과적으로 복잡하게 들리는 거죠.

무라카미 전혀 상관없는 모티프가, 경우에 따라선 정반대의 방향성을 지닌 모티프가, 동시 진행으로 나오고 그러죠. 거의 대등하게.

오자와 그게 아주 가까운 거리에서 근접하게 진행되고 하니까 난해하게 들리는 거예요. 공부할 때도 가끔 머리가 뒤죽박죽될 때가 있어요.

무라카미 듣는 쪽도 들으면서 곡의 구조 전체를 명확하게 파악하려고 하면 상당히 어렵습니다. 분열적이라고 할지.

오자와 맞아요. 그뒤 등장하는 메시앙의 음악을 들어도 그 언저리가 같습니다. 단순한 멜로디를 세 개쯤, 전혀 무관하게 동시 진행으로 넣어버린단 말이죠. 한 부분만 따로 떼서 보면 그 자체는 비교적 단순하거든요. 감정을 싣기만 하면 꽤 간단하게 할 수 있어요. 그 말은 즉, 어느 한 부분을 연주하는 사람은 오로지 그 부분만 열심히 하면 된다는 뜻이에요. 다른 부분을 연주하는 사람은 그쪽하고 상관없이 자기 부분을 또 열심히 하고. 그리고 그 둘을 동시에 맞추면 결과적으로 그런 소리가 나온다. 요는 그런 겁니다.

무라카미 그렇군요. 얼마 전 브루노 발터가 연주하는 〈거인〉의 스테레오 음반을 오랜만에 들었는데, 그 연주에선 방금 오자와 씨가 말씀하신 것 같은 말러 음악을 파악하는 법, 또는 구분하는 법 같은 게 잘 느껴지지 않았던 것 같습니다. 그보다는 뭐랄까, 말러의 심포니 전체를 하나의 대략적인, 확고한 프레임에 담으려는 의지 같은 게 더 강하게 느껴졌거든요. 예컨대 베토벤의 심포니 같은 구성에 근접시키는 거죠. 그랬더니 현재 일반적으로 연주되는, 소위 말러의 소리와는

199

약간 다른 종류의 소리가 나더군요. 예컨대 〈거인〉 제1악장을 듣다 보면 어쩐지 베토벤의 〈전원〉을 듣는 기분이 듭니다. 그런 소리가 나와요. 하지만 예컨대 오자와 씨의 〈거인〉을 들으면 그런 기분이 전혀 안 든단 말이죠. 뭣보다도 소리가 달라요. 발터는 아무래도 전통적인 독일음악의 형식, 즉, 소나타 형식 같은 게 근저에 뚜렷하게 박혀 있는 것 같죠.

오자와 그렇죠, 그런 방식은 확실히 말러 음악하곤 잘 안 맞을지도 몰라요.

무라카미 물론 음악으로서는 아주 뛰어납니다. 수준도 높고, 듣다 보면 마음이 움직여요. 발터가 생각하는 말러의 세계가 확실하게 수립되어 있습니다. 하지만 지금 우리가 말러의 음악에 원하는 바, 또는 말러적인 것으로 파악하는 바하고는 소리 자체가 약간 다르지 않을까 싶단 말이죠.

오자와 하루키 씨가 방금 말한 것 같은 의미에서 레니의 공이 굉장히 크다고 생각해요. 레니는 자기가 작곡가이기도 하니까 '이 부분은 그냥 이렇게 해라. 다른 부분은 생각하지 마라' 하는 지시를 연주자한테 내릴 수 있었거든. You do yourself란 말이죠. 좌우지간 자기 파트에 전념해라. 그렇게 연주하면 결과적으로 듣는 사람이 납득할 수 있는 게 나오는 거예요. 오케스트라의 흐름이 생기죠. 그런 요소는 1번에 이미 있었지만, 2번에선 그게 더 확 늘어나거든요.

무라카미 그렇지만 1960년대 말러 연주를 레코드 같은 걸로 들으면 방금 오자와 씨가 말씀하신 '세부를 파고들면 전체가 보인다' 같은 접근은 아직 안 돼 있다는 느낌이거든요. 그보다는 감정 풍부하게, 세기말적 빈 같은 흐름으로 음악을 풀어가자, 혼란을 혼란 그 자체로 받아들이자 하는 경향이 아직 강하지 않았을까 싶단 말이죠. 방금 말씀하신 것 같은 건 비교적 최근 들어서 생긴 흐름이 아닐까요?

오자와 아아, 그건 그럴지도 몰라요. 그렇지만 말러는 명백히 그런 식으로 악보를 썼거든요. 바꿔 말하면 A와 B라는 두 개의 모티프를 동시에 할 경우, 이쪽이 주±고 이쪽이 종이란 구별은 예전엔 명확히 있었어요. 하지만 말러는 완전히 동격으로 그렇게 한단 말이죠. 그러니까 A란 음악을 연주하는 사람은 A란 음악을 혼신의 힘을 다해 연주해야 하고, B란 음악을 연주하는 사람은 B란 음악을 혼신의 힘을 다해 연주해야 해요. 감정도 싣고, 음색도 넣어서, 전부 확실하게 합니다. 그리고 그걸 동시 진행으로 엮어가는 게 지휘자 역할이고요. 그런 게 말러의 음악엔 필요합니다. 악보에 그렇게 쓰여 있어요, 실제로.

무라카미 1번 〈거인〉에 관해서 말하자면, 오자와 씨가 녹음하신 음반은 지금까지 세 장 나왔죠. 1977년 보스턴, 1987년 보스턴, 그리고 2000년 사이토 기넨인데요. 그렇지만 세 개

201

를 비교해서 들어보면 전혀라고 할지, 서로 상당히 인상이 다르단 말이죠.

오자와 흠, 그런가요.

무라카미 깜짝 놀라게 다릅니다.

오자와 음.

무라카미 아주 단순하게 말하자면 맨 처음 보스턴하고 하신 연주는 전체적으로 아주 청신한 느낌이 듭니다. 청년의 음악이라고 할지, 아주 솔직하게 마음에 와 닿는 음악입니다. 두 번째 보스턴은 상당히 농밀한 연주고요. 이런 퀄리티는 보스턴 심포니 아니면 불가능하지 않을까 싶을 정도로 굉장하죠. 하지만 가장 최근에 하신 사이토 기넨은 세부가 더 뚜렷이 보이는 연주란 느낌이 들거든요. 안소리가 더 선명하게 떠오른다고 할지. 비교하면서 들어보니까 그런 차이가 참 재미있더군요.

오자와 그 정도로 시기가 떨어져 있으면 나 자신도 변하니까요. 난 그런 식으로 비교해서 들어본 적이 없으니까 잘 모르지만, 듣고 보니 아닌 게 아니라 그런 면이 있을지도 몰라요.

무라카미 아바도의 최근 말러 연주를 들어도 오자와 씨가 말씀하신 방식과 동질적인 게 느껴집니다. 스코어를 아주 치밀하게 읽는다는 인상이 들어요. 스코어 자체를 깊이 파고들다 보면 말러가 자연스레 떠오를 것이란 확신이 생긴 게 아닐

202

까. 두다멜의 연주에서도 그런 게 느껴졌고요. 물론 감정 이입 같은 것도 중요하지만, 그건 어디까지나 결과적으로 생기는 거랄지.

오자와 아아, 네, 그럴지도 모르죠.

무라카미 그런데 1960년대의 말러 연주, 가령 쿠벨릭의 연주를 들어보면 절충적이라고 할지, 아직 낭만파적 토양에 한 발을 걸치고 있다는 느낌이 어느 정도 있잖습니까?

오자와 그래요, 연주하는 쪽에도 그런 마음이 있었을지도 모르죠. 하지만 요새 연주자들은 다르거든요. 난 그렇게 생각해요. 정신 면에서 확실히 변했어요. 전체에서 자기가 차지하는 역할에 대한 인식 같은 게 변했죠. 그리고 녹음 기술도 변화했고. 예전엔 전체 소리를 녹음하는 경향이 강했어요. 여운 같은 게 중요했고, 세부보다 전체를 담으려 했죠. 1960년대, 70년대는 그런 녹음이 많았어요.

무라카미 디지털화되면서 그런 경향이 바뀌었군요. 말러는 각 악기의 소리가 뚜렷이 들리지 않으면 들어도 재미가 없죠.

오자와 맞아요. 그런 부분이 있을지도 모르겠군요. 디지털이 되면서 세부가 명료하게 들리게 돼서, 그러면서 연주도 조금씩 변화했을지도 몰라요. 예전엔 잔향이 몇 초라느니, 그런 걸 아주 중요하게 생각했는데, 지금은 아무도 그런 거 따지지 않죠. 세세한 부분이 똑똑히 들리지 않으면 다들 납득하

203

지 않아요.

무라카미 번스타인의 1960년대 연주도, 녹음 기술 탓도 크겠지만 지금 들으면 세부까지 잘 들리진 않죠. 역시 한 덩어리로 소리가 난다는 인상이 강합니다. 그러니 레코드로 듣다 보면 세부보다 감정적인 요소가 더 강조되는 경향이 있거든요.

오자와 연주를 녹음한 맨해튼센터가 그런 곳이었으니까요. 요새는 대개 홀에서 녹음해요. 무대 위에서. 그럼 레코드에서도 콘서트하고 같은 울림이 들린답니다.

빈에서 미친다는 것

무라카미 말러를 연주하는 사람은, 어쩌면 듣는 사람도 그럴지 모르지만, 말러의 생애라든지, 세계관이라든지, 시대적 배경이라든지, 세기말적 성찰이라든지, 그런 점을 추구하는 사람이 적지 않은데요. 그런 부분, 오자와 씨는 어떻습니까?

오자와 난 어쩌면 그런 건 별로 생각 안 하는지도 몰라요. 악보는 꽤 열심히 읽지만 말이죠. 다만 난 삼십 년쯤 전부터 빈에서 일을 하게 되면서 빈에 친구도 생겼고, 그러면서 미술관에도 가고 그랬거든요. 거기서 클림트라든지 에곤 실레를 보고 꽤 충격을 받았어요. 그 이래로 미술관에 자주 가려고 한답니다. 그런 작품을 보면 어쩐지 알겠거든요. 그러니까 말이죠, 말러의 음악은 전통적인 독일음악에서 벗어나잖아요? 얼마만큼 벗어났는지 그런 그림을 보면 실감이 나요. 좌우지간 어지간히 허물어진 게 아니구나 싶죠.

무라카미 저도 저번에 빈에 갔을 때 미술관에서 클림트 전시회를 봤는데, 빈에서 보면 확실히 그런 실감이 나더군요.

오자와 클림트도 아름답고 치밀하지만 보다 보면 뭐랄까, 미쳤잖아요?

무라카미 네, 확실히 정상이 아니죠.

오자와 미치는 게 중요하다고 할지, 윤리성이 없다고 할지, 도덕이니 그런 걸 넘어서는 부분이 있어요. 실제로 당시는 도덕이 상당히 붕괴된 상황이었고, 또 병도 널리 퍼져 있었죠.

무라카미 매독 같은 병이 많았습니다. 그런 정신적, 육체적 붕괴 같은 게 한 시대의 공기로서 빈을 뒤덮고 있었을 테죠. 저번에 빈에 갔을 때 시간이 나길래 차를 빌려서 체코 남쪽 지방을 네댓새 돌았거든요. 말러가 태어난 칼리슈트란 작은 마을이 있는 곳. 딱히 거기 갈 생각이 있었던 건 아닌데, 어쩌다가 그쪽을 지나게 됐습니다. 그런데 거기가 지금도 엄청난 시골이었단 말이죠. 사방을 둘러봐도 밭밖에 안 보이는 그런 곳. 빈에서 그렇게 멀리 떨어진 것도 아닌데, 이렇게까지 풍토가 달라지나 싶어서 놀랐습니다. 그래, 말러는 이런 곳에서

205

빈으로 나왔구나, 거기에 커다란 가치 전환 같은 게 따랐겠구나 싶었죠. 당시 빈은 오스트리아헝가리제국의 수도일 뿐 아니라 유럽 문화의 화려한 중심지 같은 곳으로서 한창 무르익어 있었으니까요. 요컨대 빈 사람들 눈에 말러는 꽤나 시골뜨기였을 겁니다.

오자와 아아, 네, 그렇겠죠.

무라카미 게다가 유대인이고 말이죠. 하지만 생각해보면 빈이란 도시는 그런 주변 문화를 흡수함으로써 결과적으로 활력을 얻어온 측면이 있거든요. 루빈스타인이라든지 루돌프 제르킨의 전기를 읽어봐도 그걸 알 수 있습니다. 그런 식으로 생각하면 말러의 음악에 속요俗謠적인 표정이 드러난다든지, 유대음악이 뜬금없이 나타난다든지 하는 게 이해된다는 생각이 듭니다. 진지한 음악성, 탐미적 선율 속에 그런 게 침입자처럼 섞입니다. 그런 잡다함이 말러의 음악이 지니는 매력 중 하나 아닙니까? 만약 말러가 빈에서 나서 자랐다면 그런 음악이 안 나오지 않았을까요.

오자와 네.

무라카미 그 시대에 큰 역할을 다했던 창작자는 카프카도 그렇고, 말러도 그렇고, 프루스트도 그렇고, 다들 유대인이거든요. 그들이 한 일은 기성 문화 구조를 주변부에서부터 뒤흔드는 거였죠. 그런 점에서 말러가 지방 출신의 유대인이라는 데 큰 의미가 있었는지도 모르겠다고, 보헤미아 지방을 여행하면서 실감했습니다.

3번과 7번은 어쩐지 '수상쩍다'

무라카미 1960년대 번스타인의 말러 연주에 관해서 말하자면, 감정적 투입 같은 게 상당히 큰 요소란 느낌이 드는데요. 말러에 대한 자기 투영이라고 할지, 열정이 꽤 많이 들어 있습니다.

오자와 그렇죠. 그건 확실합니다.

무라카미 말러의 음악에 대한 컴패션이랄지, 이입, 공감이 굉장히 강했던 것 같거든요. 일단 말러가 유대인이라는 사실을 상당히 강하게 의식합니다.

오자와 그런 의식은 강했을 거예요.

무라카미 하지만 그런 민족성 같은 건 최근의 말러 연주에선 비교적 줄어든 것 같은데요. 예컨대 오자와 씨나 아바도의 연주는 그런 색채가 비교적 희박하죠.

오자와 네, 그런 건 특별히 의식하지 않는군요. 하지만 레니는 그런 부분을 무척 의식했어요.

무라카미 말러의 음악에 유대교적 요소가 다분히 포함돼 있

207

다 하는 걸로 끝나지 않은 겁니까?

오자와 그게 다는 아니었을 거예요. 그런 핏줄 같은 게 레니한테는 굉장히 강했다고 생각해요. 바이올린 하는 아이작 스턴도 그런 민족적 의식이 강한 사람이었죠. 물론 이츠하크 펄먼도 엄청 강했고. 지금은 꽤나 순해졌지만, 젊었을 땐 강렬했답니다. 다니엘 바렌보임도 꽤 강하고. 다들 내 가까운 동료들입니다만.

무라카미 유대계 음악가가 꽤 많죠. 특히 미국엔.

오자와 모두 꽤 가깝게 지내지만, 근본적인 지점에선 그 사람들이 뭘 어떻게 느끼고 무슨 생각을 하는지 깊은 속마음은 모르겠다 싶을 때가 있어요. 뭐, 그쪽에서도 나처럼 아버지가 불교, 어머니는 기독교, 그런데 본인은 신앙심이 별로 없는 인간은 잘 모르겠다고 생각할 수도 있겠지만.

무라카미 하지만 기독교도와 유대교도 사이에 있는 문화적 마찰 같은 건 없죠?

오자와 그런 건 없죠.

무라카미 번스타인은 말러에 대해서도, 말러의 음악에 대해서도 민족적 정체성 같은 걸 강하게 의식했다는 거군요. 그리고 지휘자이자 작곡가였다는 공통점도 물론 컸을 테고요.

오자와 지금 생각하면 난 제일 재미있는 시기에 뉴욕에 있었구나 싶어요. 번스타인이 말러에 열정을 쏟던 시기에 부지휘

208

자로 곁에 있을 수 있었단 말이죠. 좌우지간 곁에서 봐도 이상할 정도로 레니는 말러에 몰입했거든. 여러 번 한 말이지만, 그때 좀더 영어를 잘하지 못한 게 유감이에요. 그게 왜 그러냐면, 레니는 연습하면서 굉장히 말을 많이 하거든요. 그런데 무슨 말을 하는 건지 난 잘 알아듣지 못했어요.

무라카미 그렇지만 번스타인이 지시를 내리고 그에 따라 오케스트라가 내는 소리가 달라지는 건 보면 알 수 있을 텐데요.

오자와 현장의 그런 건 물론 알 수 있죠. 그렇지만 레니는 연습을 중단하고 멤버들한테 뭐라 장황하게 이야기하곤 했는데, 난 무슨 말을 하는 건지 알 수 없으니 말이에요. 그런데 단원들한테는 그게 반응이 좋지 않았어요. 전체 시간은 정해져 있으니까 레니가 길게 이야기하면 할수록 연습 시간이 줄어든다는 거죠. 그러니까 짜증내는 사람도 생기고, 그러다가 시간이 초과될라 치면 다들 엄청 화를 냈어요.

무라카미 무슨 이야기를 하는지요? 음악의 의미 같은 것에 대해 의견을 말하는 겁니까?

오자와 대체로는 음악의 의미에 대한 건데, 그게 말이지, 점점 곁길로 새서 '그러고 보니 저번에 거기 갔을 때……' 하는 식으로 이야기가 길어지거든. 그러니까 다들 진절머리를 치는 거죠.

무라카미 이야기하는 걸 좋아했군요?

209

오자와 그것도 그렇고 또 말재주가 있었어요. 그 사람 이야기를 듣다 보면 다들 이럭저럭 납득하게 되는 면이 있거든. 그러니까 무슨 말을 하는 건지 알 수 있었으면 얼마나 좋았을까 싶은 거예요. 대체 무슨 말을 했을까요.

무라카미 오자와 씨는 번스타인의 연습을 줄곧 곁에서 지켜보면서 메모도 하고 그러셨죠?

오자와 그건 그렇지만 이야기가 길어지면 도대체 무슨 말인지 알 수 없게 돼서 쩔쩔맸어요.

무라카미 오자와 씨가 악보를 읽고 머릿속에 음악을 그려놓은 상태에서, 현장에서 번스타인이 오케스트라로 내는 소리를 듣고 어, 이건 전혀 다른데? 한 적은 없습니까?

오자와 그런 적 많았죠. 난 아직 브람스를 읽는 느낌으로 말러를 읽었거든요. 그런 식으로 읽어놓고 실제 소리를 들으면 깜짝 놀라는 일이 잦았어요.

무라카미 전 말러의 긴 심포니를 들을 때 늘 생각하는데, 베토벤이나 브람스는 어떤 구조로 돼 있는지 대충 알 수 있으니까 차례를 매겨 흐름을 기억하는 게 그렇게 어렵지 않을지도 모릅니다. 하지만 말러는 꽤 구성이 복잡한데, 지휘자는 그런 걸 머릿속에 간단히 담을 수 있는 겁니까?

오자와 말러는 말이죠, 외운다기보다 그 속에 몸을 담그는 게 중요한 거예요. 그게 안 되면 말러는 못 해요. 외우는 건 그렇

210

게 힘들지 않아요. 하지만 외운 다음 그 속에 확실하게 들어
갈 수 있느냐, 그게 문제인 거예요.

무라카미 전 차례가 잘 파악 안 될 때가 많습니다. 가령 2번의
제5악장은 이리 갔다가 저리 갔다가 한다고 할지, 왜 여기서
이렇게 되는 걸까, 도중에 머리가 뒤죽박죽되는데요.

오자와 논리성이 전혀 없으니 말이죠.

무라카미 맞습니다. 모차르트나 베토벤은 그런 일이 없는데요.

오자와 폼이 엄연히 존재하니까요. 그렇지만 말러의 경우, 그
런 폼을 허물어뜨리는 데 의미가 있었을 거예요, 의식적으
로. 그러니까 보통 소나타 형식 같으면 '여기서 이 멜로디로
돌아오면 좋겠다' 하는 데다 전혀 다른 멜로디를 갖다놓는단
말이죠. 그런 의미에선 물론 외우기가 쉽지 않지만, 나름대로
공부하다 보면, 그런 흐름에 몸을 담그면, 그렇게 힘든 곡은
아니에요. 대신 거기에 이르기까지 시간은 걸려요. 베토벤이
나 브루크너보다 훨씬 시간이 많이 걸리죠.

무라카미 말러를 처음 듣기 시작했을 때 이 사람은 혹시 음악
을 작곡하는 법을 근본적으로 잘못 아는 게 아닐까 싶었습니
다. 지금도 가끔 그런 생각이 들 때가 있습니다만. 왜 이런 데
서 이렇게 되느냐고 고개를 갸웃거리게 되거든요. 하지만 시
간이 지나면서 그런 게 점점 외려 쾌감으로 다가온단 말이
죠. 마지막엔 카타르시스 같은 걸 확실하게 얻는데, 하지만

211

중간 과정은 흐지부지 모르고 넘어갈 때가 많습니다.

오자와 7번하고 3번이 특히 그렇죠. 이 두 곡은 상당히 집중해서 하지 않으면 도중에 허우적거리게 돼요. 1번은 됐고, 2번도 됐고, 4번도 됐고, 5번도 됐고. 6번이 수상쩍지만 이것도 뭐, 됐어요. 그런데 7번이 말이죠, 이게 문제거든. 3번도 수상쩍고. 8번은 워낙 거대하니까 그럭저럭 괜찮아요.

무라카미 9번으로 가면 뭐가 뭔지 알 수 없는 부분은 물론 있지만, 뭐랄까, 아예 격이 다르다 싶죠.

오자와 난 3번하고 6번으로 유럽 투어를 한 적이 있거든요. 보스턴 심포니하고.

무라카미 어째 중후한 조합인데요.

오자와 당시 보스턴 심포니의 말러가 평이 좋아서 유럽에서 초청한 거예요. 말러를 해달라고. 한 이십 년쯤 전 일인데.

무라카미 당시 말러 연주라고 하면 번스타인, 솔티, 쿠벨릭 등이 높은 평가를 받았죠. 오자와 씨의 보스턴도 그쪽과는 약간 다른 느낌의 연주로 평가가 높았고요.

오자와 말러를 연주한 오케스트라 중에선 우리가 비교적 초기예요. (과일을 먹는다) 이거 맛있는데요. 망고인가요?

무라카미 파파야입니다.

오자와 세이지 + 사이토 기넨이 연주하는 〈거인〉

무라카미 여기서 오자와 씨가 지휘하신 말러의 교향곡 1번 제3악장을 들어볼까 합니다. 사이토 기넨하고 마쓰모토 음악제에서 하신 연주 디비디입니다.

신비한 분위기를 띤 장중한 장송 마치(장중하지만 결코 심각하지는 않다)가 끝나자, 갑자기 유대교 속요적인 음악이 등장한다.

무라카미 늘 생각하는 건데, 여기 변하는 게 파격적이라고 할지, 평범하지 않죠.

오자와 정말 그렇죠. 장송 음악 뒤에 이런 유대풍 멜로디가 별안간 나오니 말이에요. 조합이 참 터무니없어요.

무라카미 이 부분은 유대계 지휘자가 하면 끌고 나가는 방식이 아주 유대풍 같아지는데요. 하지만 오자와 씨가 하면 그런 냄새가 없어지거든요. 깔끔하다고 할지, 보편적이라고 할지…… 그나저나 당시 빈 사람들은 별안간 이런 음악을 듣고 깜짝 놀랐겠습니다.

오자와 그야 다들 놀랐겠죠. 그리고 기술적인 이야기를 하자면, 예컨대 이런 유대풍 음악 부분에 콜레뇨라고 해서, 바이올린 활을 말이죠, 그게 말총으로 만드는데, 거기 말고 나무 부분으로 두드리는 거예요. 켜는 게 아니라 두드려요. 그럼 소리가 아주 속되게 들리거든요.

213

무라카미   말러 이전에도 그런 기법을 쓴 사람이 있습니까?

오자와   글쎄요, 적어도 베토벤, 브람스, 브루크너, 그런 사람들의 심포니엔 전혀 사용되지 않는군요. 버르토크나 쇼스타코비치엔 어쩌면 있을지도 모르지만.

무라카미   확실히 말러를 듣다 보면 '이런 건 대체 어떻게 내는 건가' 싶어서 고개를 갸웃거리게 되는 소리를 맞닥뜨리게 됩니다. 그렇지만 현대음악, 특히 영화음악 같은 걸 잘 들어보면 그런 소리가 여기저기 쓰인단 말이죠. 예를 들면 존 윌리엄스가 작곡한 〈스타워즈〉 음악이라든지.

오자와   아닌 게 아니라 영향은 있을 거예요. 어쨌거나 이번 악장만 봐도 그 속에 그런 여러 요소를 꽉꽉 쑤셔넣었단 말이죠. 그런 게 가능하다는 게 정말 대단합니다. 당시 청중은 그것만으로도 기절초풍했을걸요.

장송 마치가 복귀했다가 아름답고 서정적인 선율이 새로이 등장한다. 〈방랑하는 젊은 이의 노래〉에 담긴 가곡과 동일한 멜로디.

무라카미   여기서 다시 음악의 분위기가 확 바뀝니다.

오자와   네. 요컨대 파스토랄, 천국의 노래죠.

무라카미   그렇지만 뜬금없다고 할지, 맥락이 없다고 할지, 이게 여기 나오는 필연성 같은 게 없지 않습니까?

오자와   전혀 없죠. 봐요, 여기 하프가 말하자면 기타인 거예요.

무라카미   저런, 그렇습니까.

214

오자와 연주하는 사람은 다들 그때까지 했던 걸 싹 잊고 완전히 새로운 기분으로 이 선율에 몸을 한껏 담그고 연주해야 해요.

무라카미 연주하는 사람은 의미라든지 필연성 같은 걸 너무 많이 생각하면 안 된다는 뜻인지요? 그저 악보에 쓰여 있는 대로 열심히 따라가는 겁니까?

오자와 음, 그러게요…… 이런 식으로 생각해보면 어때요? 처음에 아주 무거운 장송 마치가 있고, 그뒤 속된 민요 같은 게 나오고, 그뒤 파스토랄 음악이 이어집니다. 아름다운 시골 음악이죠. 그랬다가 다시 극적으로 전환해서 심각한 장송 마치로 돌아갑니다.

무라카미 그런 얼거리를 붙여 생각하라는 말씀입니까?

오자와 음, 그냥 있는 그대로 받아들인다고 할지.

무라카미 음악을 이야기처럼 생각하는 게 아니라 그냥 총체적으로, 있는 그대로 **대뜸** 받아들인다는 뜻입니까?

오자와 (잠시 생각한다) 하루키 씨하고 이런 이야기를 하면서 조금씩 알게 됐는데, 난 별로 그런 식으로 뭘 생각하지 않아요. 음악을 공부할 때 난 악보에 상당히 집중하거든. 그러다 보니 그만큼 다른 건 잘 생각을 안 한단 말이죠. 음악 자체밖에 생각을 안 해요. 나하고 음악 사이에 있는 것만 의지한다고 할지…….

215

무라카미 음악 안에서, 또는 그 부분부분에서 의미를 찾는 게 아니라 그저 순수하게 음악을 음악으로만 받아들인다는 겁니까?

오자와 그래요. 그러니까 다른 사람한테 설명하기가 아주 쉽지 않군요. 나 나름대로 음악 속에 푹 들어가버리는 듯한 부분이 있어요.

무라카미 특수 능력이라고 하면 좀 그렇지만, 어떤 복합적인 총체를, 또는 복잡하게 뒤엉킨 하나의 개념을, 정밀사진을 찍듯 동시적으로, 고스란히 파악하는 능력을 가진 사람이 있잖습니까? 오자와 씨는 음악적으로 그와 비슷한 걸 하시는 건지도 모르겠군요. 논리적으로 이것저것 따지고 이해하는 게 아니라.

오자와 전혀 아니죠. 악보를 물끄러미 보고 있으면 음악이 자연스레 몸속으로 슥 들어와요.

무라카미 그러려면 시간을 들여 집중해야 한다?

오자와 네. 사이토 선생은 자기가 그 곡을 작곡했다 생각하고 집중해서 읽으라고 말씀하셨답니다. 예를 들어 나하고 야마모토 나오즈미를 댁으로 부르신단 말이죠. 그래서 가보면 오선지를 주고 저번에 연습한 베토벤 2번 심포니 악보를 외워서 그려보라고 하시는 거예요.

무라카미 총보를 그리는 겁니까?

오자와 네, 총보를. 한 시간 동안 얼마만큼 그릴 수 있는지 시험하는 거죠. 우리는 어쩌면 그런 일도 있을지 모른다고 나름대로 악보를 읽고 준비해가지만 이게 여간 어려운 게 아니에요. 어떨 땐 스무 소절도 못 그리고 나가떨어지기도 했답니다. 프렌치 호른하고 트럼펫의 파트를 틀린다든지 말이죠. 비올라하고 제2바이올린 파트 같은 것도 잘 못 그렸어요.

무라카미 총체적으로, 그냥 그대로 받아들이면, 예컨대 모차르트처럼 비교적 흐름을 따라가기 쉬운 음악이건, 말러처럼 복잡하게 뒤엉킨 음악이건 외우는 데 별 차이가 없습니까?

오자와 뭐, 그렇죠. 물론 최종 목적은 외우는 게 아니라 이해하는 겁니다만. 끝까지 이해하고 나면 나름대로 만족감이 크거든요. 지휘자한테는 이해력이 중요한 거지, 기억력은 별로 상관없어요. 악보를 보면서 지휘하면 되니까.

무라카미 지휘자한테 암보란 하나의 결과에 불과하다, 그렇게 중요한 건 아니다?

오자와 중요하지 않아요. 암보를 하니까 대단하다거나 암보를 안 하니까 글렀다거나, 그런 건 전혀 없죠. 다만 암보했을 때 좋은 건 연주자하고 눈짓으로 신호를 주고받을 수 있는 점이군요. 특히 오페라 같은 건 가수를 보며 지휘하면서 눈으로 양해를 구할 수 있어요.

무라카미 그렇군요.

217

오자와 카라얀 선생은 통째로 암보하면서 글쎄, 내내 눈감고 지휘하거든. 마지막으로 지휘했던 〈장미의 기사〉를 가까이서 지켜봤는데, 처음부터 끝까지 눈을 감고 있지 뭐예요. 맨 끝에 여자 셋이 같이 노래하는 장면 있잖아요? 가수들은 집중해서 선생한테 시선을 딱 고정하고 노래하는데, 선생은 눈 뜰 생각도 안 해요.

무라카미 눈 감고 아이콘택트?

오자와 글쎄요. 어쨌거나 가수들은 선생한테서 한순간도 눈을 떼지 않아요. 세 여자가 꼭 실로 꽉 묶어놓은 것처럼 선생을 주시하는 거예요. 참 기이한 광경이었죠.

파스토랄에서 다시 장송 마치로 전환.

오자와 봐요, 여기, 여기서 바뀌는 게, 이게 또 까다롭거든. 징이 들어오고, 플루트 셋이 조용히 준비하고, 그러고 나서 처음의 구슬프고 단순한 장송 선율이 복귀해요.

무라카미 장조와 단조가 순식간에 바뀌죠.

오자와 네. 여기 작은 클라리넷을 들어봐요. 여기 있는 건 단순한 음악이지만, 단순한 조합이라도 작은 거 하나로 확 바뀐단 말이죠. 따－라라라, 윗, 또, 윗, 또…… 하는 식으로(깊은 숲속에서 새가 예언하는 듯한 불가사의한 음색이 멜로디에 어딘지 모르게 신비한 느낌을 준다). 이런 것도 이전엔 생각할 수 없었거든. 하지만 이렇게 불라고 악보에 확실하게 적혀 있어요.

무라카미 꽤 세세한 것까지 지시를 하는군요.

오자와 네. 이 사람은 오케스트라를, 악기의 성질을 정말 잘 알고 있었어요. 리하르트 슈트라우스하곤 다른 의미에서 오케스트라의 매력을 최대한 끌어낸답니다.

무라카미 두 사람의 오케스트레이션은 아주 간단하게 말해서 어떤 점이 다른지요?

오자와 가장 큰 차이는, 말러의 오케스트레이션은 뭐랄까, 스트레이트하다고 할까요.

무라카미 스트레이트하다는 건 무슨 뜻일까요?

오자와 오케스트라에서 가공되지 않은 부분을 끌어낸다는 뜻이에요. 슈트라우스는 말이죠, 악보에 전부 빠짐없이 적혀 있어요. 아무 생각 말고 거기 있는 대로 연주해라, 그럼 음악이 되니까, 하는 면이 있거든요. 실제로 그대로 연주하면 음악이 된단 말이죠. 그런데 말러는 그렇지 않고 좀더 날것이에요. 슈트라우스의 〈메타모르포젠〉이라고 현악뿐인 곡이 있는데, 이게 정말이지 현만 있는 앙상블의 정밀함의 극치를 달린단 말이죠. 기존의 폼을 철저하게 추구해요. 하지만 말러는 그런 방향으로 생각도 안 할걸요.

무라카미 슈트라우스의 오케스트레이션이 기교적인 부분이 더 많다는 뜻이군요. 아닌 게 아니라 〈자라투스트라〉 같은

219

걸 듣다 보면 벽에 걸린 한 폭의 장대한 그림을 감상하는 기분이 듭니다.

오자와 그렇죠. 반면, 말러는 소리가 떠올라 쫓아와요. 거칠게 표현하자면, 소리를 가공하지 않고 원색으로 씁니다. 악기 하나하나의 개성, 특성을 경우에 따라 도발적으로 끌어내거든요. 그에 비해 슈트라우스는 소리를 융합해서 쓰고요. 이런 식으로 단순하게 판정하면 안 될지도 모르겠지만요.

무라카미 오케스트레이션 기법에 관해 말하자면, 슈트라우스도 그렇지만 말러도 본인이 매우 우수한 지휘자였다는 게 물론 크게 작용하겠죠?

오자와 그건 물론 그렇죠. 그리고 그런 만큼 오케스트라에게 요구하는 게 아주 많아요.

무라카미 말러 1번의 피날레에서 호른 주자 일곱 명이 전원 일어서는데요. 그런 것도 악보에 지시가 있는 겁니까?

오자와 그래요. 전원이 악기를 들고 일어서라고 악보에 쓰여 있어요.

무라카미 그거 음악적으로 무슨 효과가 있는 겁니까?

오자와 글쎄요(생각한다), 뭐, 악기 위치가 높아지니까 소리에 어느 정도 차이가 생기지 않을까요.

무라카미 데몬스트레이션인가 했는데요.

오자와 네, 데몬스트레이션도 있을지 모르죠. 하지만 위치가 높아지면 소리가 더 뚜렷하게 잘 들리지 않겠어요?

무라카미 그 부분은 보기만 해도 박력이 있잖습니까. 그러니까 전 심지어 그냥 데몬스트레이션이라도 상관없지 않나 싶습니다만. 저번에 게르기예프가 런던 교향악단을 지휘한 1번을 콘서트에서 들었는데, 호른이 열 명이나 있고 그게 한꺼번에 우르르 일어나니까 박력이 엄청나더군요. 오자와 씨는 말러의 음악에서 그런 쇼맨십이라고 할지, 세속적인 장식성 같은 걸 느끼신 적이 있는지요?

오자와 확실히 그런 건 있을지도 모르죠(웃음).

무라카미 그러고 보니 2번 최종 악장에도 호른을 쳐든다든지, 그런 지시가 없었던가요?

오자와 글쎄요, 아, 네, 맞아요. 벨 부분을 위로 쳐드는 데 말이죠?

악보의 지시가 좌우지간 세세하다

무라카미 그런 지시는 꽤나 세세하군요.

오자와 얼마나 자세한지 몰라요. 아주 꼼꼼하게 쓰여 있죠.

무라카미 활 쓰는 법이라든지, 그런 것까지 일일이 지정합니까?

오자와 네, 꽤 상세하죠.

221

무라카미 그럼 말러는 연주하면서 당황스러운 경우가 별로 없습니까? 여기는 어떻게 연주해야 하나 몰라서 어쩔 줄 몰라 한다든지.

오자와 네, 연주자 입장에선 당황스러운 부분이 아주 적어요. 가령 브루크너나 베토벤은 그런 부분이 아주 많거든. 하지만 말러는 악기마다 지시가 빽빽이 쓰여 있어요. 여기를 잠깐 볼까요(손때 묻은 커다란 악보의 페이지를 가리킨다). 이 기호, 우리는 솔잎이라고 부르는데(< >, 즉 크레셴도, 데크레셴도), 소리를 팽창시키고 수축시키라는 지시죠. 이런 게 아주 많거든요. 이 부분은 따-라라, 따리따라, 라-라(음악적 억양을 넣어 노래한다) 하는 식이 되는 거예요.

무라카미 그렇군요.

오자와 베토벤 같으면 이런 것까지 쓰지 않아요. 그냥 에스프레시보라고만 쓰죠. 여기 막대기 기호가 있잖아요? 이건 그냥 레가토가 아니에요. 따- -리, 라리라리, 라아아아-바(표정 풍부하게 노래한다), 하라는 뜻이에요. 그렇게까지 자세히 쓰여 있으면 우리 연주자들은 역시 선택의 폭이 확 좁아지죠.

무라카미 그럼, 이해할 수 없는 지시다, 왜 그런 식으로 하는 건지 모르겠다 싶은 부분은 없습니까?

오자와 있죠. 특히 관악기 쪽 사람들한테는 그건 아니지 싶은 부분이 꽤 많지 않을까요?

무라카미 그렇지만 악보에 쓰여 있으면 연주자로선 일단 그렇게 할 수밖에 없는 거죠?

오자와 다들 하는 수 없다고 생각하면서 하죠.

무라카미 주로 기술적으로 까다로운 부분들입니까?

오자와 기술적으로 까다로운 부분들도 많이 있어요. 불가능하다 하는 부분도 있는 것 같고. 연주자 입장에선 이런 걸 어떻게 하라고 싶은 부분도 있는 모양이더군요.

무라카미 하지만 가능한 일이든 불가능한 일이든, 그렇게 자세한 지시가 악보에 적혀 있어서 선택의 여지가 거의 없다면, 말러 연주가 지휘자에 따라 달라지는 건 대체 어떤 요인으로 달라지는 걸까요?

오자와 (시간을 들여 곰곰이 생각한다) 음, 재미있는 질문인데요. 재미있다는 건, 그런 식으로 생각해본 적이 지금까지 없었단 뜻으로. 아까도 말했지만, 브루크너나 베토벤의 음악에 비해 말러는 정보량이 훨씬 많으니까 그만큼 선택의 폭이 좁아져야 해요. 그런데 실제로는 그렇지 않거든.

무라카미 그건 저도 알겠습니다. 다양한 지휘자의 연주를 들어보면 소리 자체가 다르다는 걸 알겠거든요.

오자와 그런 질문을 받으면 난 한참 생각하게 되는데, 음, 그러게요, 요는 정보가 많은 만큼 각 지휘자가 정보를 짜맞추

223

는 법, 다루는 법을 가지고 고민하게 된단 말이죠. 정보의 균형을 어떻게 잡을 것이냐 하는 문제로.

무라카미 말하자면 동시 진행으로 이쪽 악기하고 저쪽 악기에 대해 세세한 지시가 내려져 있는 경우를 말씀하시는 거죠?

오자와 그렇죠. 그런 경우 어느 쪽을 우선할 것이냐…… 그러면서도 또 양쪽 다 살려야 하거든. 말러는 특히 양쪽 다 확실하게 살려야 해요. 하지만 현장에 가서 소리를 내봤더니 양쪽을 동시에 완전히 살리지 못하겠다 싶을 경우, 안배를 해야 하죠. 그러니까 말러만큼 정보량이 많은 작곡가는 없는데도, 말러만큼 지휘자에 따라 소리가 변하는 작곡가 역시 없는 거예요.

무라카미 정말 패러독스인데요. 의식적 정보가 많은 만큼 선택 가능성이 더욱 잠재화된다고 할지. 그렇기 때문에 오자와 씨는 그런 정보를 제약으로 받아들이지 않는다는 말씀이군요?

오자와 네.

무라카미 오히려 있는 게 더 낫다?

오자와 뭐, 그렇죠. 더 쉽게 이해할 수 있어요.

무라카미 제약이 있어도 자기는 자유롭다는 걸 실감한다는 말씀이죠?

오자와 그런 거라고 생각해요. 우리 지휘자는 악보에 그려져 있는 음악을 그대로 실제 소리로 옮기는 게 일이니까, 제약

224

은 제약으로 확실하게 실행합니다. 자유롭다는 건 물론 그 위에서 그렇다는 말이고요.

무라카미 그 위의 일로 생각하면, 베토벤처럼 제약이 별로 없는 음악이건, 말러처럼 제약이 많은 음악이건 연주자가 자유롭다는 기본적 자세에는 별 차이가 없다는 말씀이군요.

오자와 맞아요. 다만 슈트라우스가 주는 정보는 대부분 아주 정합적이고 하나의 방향을 가리키는데, 말러는 그렇지 않거든. 많은 경우 부정합적이고, 가끔은 서로 상충되죠. 심지어 독선적이기까지 해요. 똑같은 제약이라도 성격은 꽤 다르답니다.

무라카미 그렇군요. 하지만 제약이 많은 데 비해 말러는 메트로놈의 템포 지시를 안 써놨는데요.

오자와 네, 안 썼어요.

무라카미 이유가 뭘까요?

오자와 거기엔 다양한 설이 있어요. 이만큼 세밀하게 지시를 해놨으니 속도 정도는 저절로 정해지겠지 생각했을 거라는 설도 있고, 또 속도 정도는 연주자가 알아서 판단하라는 뜻이란 설도 있고.

무라카미 하지만 그런 것치고 말러의 심포니는 지휘자에 따라서 템포가 그렇게 극단적으로 달라지지 않는데요.

오자와 네, 그럴지도 모르겠군요.

225

무라카미 극단적으로 빠르거나 극단적으로 느린 연주가 생각나는 게 없는데요.

오자와 그런데 최근 들어 조금씩 그런 연주가 나오기 시작했어요. 한 오륙 년 전부터. 내가 빈에 있을 때 대상포진 때문에 지휘를 못 한 시기가 있었거든. 그래서 남이 하는 음악을 조금씩 들었는데, 그 무렵부터였나, 그런 연주가 등장한 게. 약간 기발함을 노린다고 할지, 지금까지 레코드를 녹음한 사람들, 가령 번스타인이라든지 아바도, 그리고 나도 하지 않은 템포로 연주하는 사람이 생겼더군요.

무라카미 그렇지만 템포 지정이 없으니까 그 부분은 연주자의 재량인 셈이군요.

오자와 그렇죠.

무라카미 말러 자신이 작곡가 = 지시하는 사람이고, 지휘자 = 해석하는 사람이었으니, 그 부분의 균형은 본인한테도 이율배반이었을지도 모르겠군요. 해석으로 말하자면, 여기 3악장 첫머리에 나오는 장송 마치도 사람에 따라 감정을 넣어 장중해질 때도 있고, 아카데믹한 느낌일 때도 있고, 다소 극화적일 때도 있습니다. 오자와 씨 연주는 중립적이랄지, 순수하게 음악적인 지점에서 세밀하게 처리한다는 느낌이 들고요. 그 뒤 유대풍 음악에선, 앞서 말씀드린 것처럼 특히 유대계 음악가는 대놓고 유대음악처럼 연주하는데요. 피부 감각적으

226

로. 하지만 반대로 그런 부분을 비교적 깨끗이 무시하고 넘어가는 사람도 있단 말이죠. 어떤 자세를 취할지는 연주하는 쪽의 선택으로 남아 있는 셈이군요.

오자와 유대음악 부분은 말이죠, 유대 민요의 멜로디 같은 걸 그대로 가져다 썼으니까 사람에 따라 그런 유대적 성격을 분명하게 강조하기도 하고, 또 긴 악장 안에 위치하는 하나의 모티프로 길게 보기도 해요. 후자의 경우, 처음에 그 테마를 뉘앙스를 곁들여 확실하게 해놓고 그다음 전개에선 그 이상 딱히 맛을 내거나 하지 않는 거예요. 그러곤 뒤로 이어가죠. 그런 방식도 존재해요. 그런 종류의 선택에 관해선 아무런 지시도 쓰여 있지 않아요.

무라카미 혹시 장송 마치 부분에 '장중하게, 단 질질 끌지 말고'라고 쓰여 있던가요?

오자와 네, 그렇죠. (악보를 본다) 맞아요, 그렇게 쓰여 있군요.

무라카미 그거, 잘 생각하면 꽤 까다로운 지시인데요.

오자와 아닌 게 아니라 까다롭죠(웃음).

무라카미 처음에 콘트라베이스의 솔로가 나오는데, 그런 소리의 설정 같은 것도 지휘자가 정합니까? 그건 너무 무겁다든지, 좀더 산뜻하게 해달라든지.

오자와 네, 뭐, 그렇죠. 다만 그 부분은 콘트라베이스 주자의 음색이라든지, 특색으로 정해지는 게 많아요. 지휘자가 그렇

227

게 간섭할 수 있는 부분이 아니죠. 하지만 생각하면 콘트라베이스의 긴 솔로로 악장이 시작된다는 게 이미 전대미문이에요. 콘트라베이스 솔로 자체가 특수한데, 악장 첫머리에 그게 오니 말이죠. 말러는 정말 어지간히 특이한 사람이 아니에요.

무라카미 전 이 부분, 개인적으로 좋아합니다만. 하지만 여기 솔로를 어떻게 연주하느냐에 따라 악장의 분위기가 어느 정도 정해지기도 하니까 연주하기 쉽지 않겠습니다. 혼자서 꽤 길게 하고 말이죠.

오자와 쉽지 않아요. 그러니까 연습 때 말고 무대 밖에서 주자하고 개인적으로 이야기할 때는 있어요. 거기를 좀더 부드럽게 해달라든지, 좀더 인텐시티(집중도)를 높여서 해달라든지, 반대로 좀더 차분하게 해달라든지.

무라카미 콘트라베이스 주자 입장에선 이 솔로가 일생일대라고 할지, 엄청 긴장되겠습니다.

오자와 그야 여간 긴장되는 게 아니죠. 그리고 말이죠, 어느 오케스트라나 콘트라베이스 오디션에서 꼭 이 곡을 연주하게 한답니다. 여기를 잘할 수 있느냐 없느냐로 그 오케스트라에 들어갈 수 있느냐 없느냐가 결정되는 거예요.

무라카미 그렇군요.

228

오자와 팀파니가 뒤에서 이렇게 쿵, 쿵, 쿵, 하고 소리를 내죠?

무라카미 단조로운 리듬을 네 번 넣죠.

오자와 그래요. 레, 라, 레, 라. 여기는 말하자면 심장 뛰는 소리거든. 음악의 그런 틀이 확고하게 만들어져 있고, 설정돼 있어요. 팀파니는 기다려주지 않으니까 콘트라베이스가 어떻게든 거기에 맞춰야 해요. 심장 고동이 기다려주지 않는 거하고 마찬가지죠. 호흡하고 뭐 하고, 그런 여러 가지를 그틀 안에 잘 넣어야 해요. 봐요, 여기 콤마가 있잖아요?

무라카미 이건 대체 뭡니까?

오자와 리―라리라아, 라아(콘트라베이스의 멜로디를 노래한다), 그리고 여기서 숨을 쉬라는 표시예요. 그러니까 전부 쓰여 있는 거예요. 물론 콘트라베이스니까 관악기하고 달리 숨쉬지 않지만, 여기서 숨쉬는 것처럼 음을 잠깐 끊으라는 거죠. 죽 이어서 하지 말라는 거예요. 말러는 그렇게까지 꼼꼼하게 지시를 내리는 사람이에요.

무라카미 대단한데요.

오자와 그럼 말이죠, 뒤에 나오는 오보에의 랏따따리란, 란(통통 튕기듯 노래한다) 하는 프레이즈가 살아나거든. 그리고 하프처럼 나오기 어려운 악기는 이런 식으로 악센트를 써줘요. 하프는 소리가 잘 안 들리잖아요? 큰 소리가 나는 악기가 아니니까. 그리고 또 아까 이 음도 전부 스타카토를 붙였단 말이죠.

229

무라카미 정말인데요. 꽤 세세하군요. 이렇게 자세한 악보를 쓰려면 꽤 힘들었을 것 같습니다.

오자와 그러니까 다들 안절부절못하면서 해요, 연주하는 쪽은.

무라카미 긴장해서 연주한다는 말씀이군요. 치밀한 주의력이 끊임없이 요구되겠습니다.

오자와 그래요. 무척 긴장합니다. 여기도 또리라-야-따따 안, 하고 그냥 하는 게 아니라 또리-라-야-따-딴, 해야 해요. 그렇게 명확하게 지시돼 있어요. 긴장을 풀 수 없죠.

무라카미 여기 있는 미트 파로디란 지시는 패러디처럼 하란 뜻이죠?

오자와 네.

무라카미 이것도 생각해보면 어려운데요.

오자와 거기 패러디 정신이 있어야 하죠.

무라카미 과해도 품위가 없어지고요.

오자와 맞아요. 그 언저리의 가감으로 음악이 크게 달라지죠.

무라카미 말러의 음악은 지시가 많다는 말씀입니다만, 그런데도 연주자가 악보에서 지시하는 대로 분 소리와 오자와 씨가 생각하는 소리가 달랐을 때도 역시 있지 않을까요?

오자와 그런 건 물론 있어요. 내가 악보를 읽고 머릿속으로 만든 소리하고 연주자가 내는 소리가 다른 경우엔 둘 사이의 거리를 좁히려고 노력합니다. 말로 한다든지, 손으로 주문한다든지.

무라카미 그런 게 잘 안 통하는 사람도 있는지요?

오자와 아아, 있죠 물론. 그걸 어느 부근에서 타협 볼지, 아니면 납득할 수 있는 지점까지 밀고 나갈 건지, 그 언저리가 연습할 때 지휘자가 할 일이에요.

말러 음악의 세계 시민성이란?

무라카미 이런 생각이 듭니다만, 이 심포니 1번 3악장을 들어도 알 수 있듯이 말러의 음악엔 참 많은 요소가, 거의 등가로, 때로는 맥락 없이, 때로는 대항적으로, 가득 들어 있거든요. 독일의 전통적인 음악에서 시작해서 유대음악, 세기말의 성숙성, 보헤미아 민요, 희화적인 요소, 해학적인 서브컬처, 진지한 철학적 명제, 기독교 도그마, 동양적 세계관에 이르기까지 좌우지간 잡다하게 꽉꽉 들어차 있습니다. 그중 뭐 하나를 빼서 중심에 놓는 게 불가능한데요. 그 말은 즉, 뭐든 다 된다…… 그렇게 말하면 말은 좀 그렇습니다만, 요는 비유럽계 지휘자도 나름의 방식으로 파고들 여지가 충분히 있다는 뜻인지요? 그런 의미에서 말러의 음악은 보편적이지 않을까, 세계 시민적이지 않을까 하는 생각도 듭니다만.

231

오자와 그건 말이죠…… 그건 복잡한 문제예요. 그렇지만 난 그런 여지는 있다고 봐요.

무라카미 저번에 말씀 나눴을 때, 베를리오즈의 음악엔 일본인 지휘자가 파고들 틈새가 있다고 하셨잖습니까? 베를리오즈의 음악은 크레이지하다고. 같은 말을 말러에게도 할 수 있을까요?

오자와 베를리오즈와 말러의 차이는 말이죠, 베를리오즈는 이렇게 세세한 지시를 내리지 않는다는 점이에요.

무라카미 그렇군요.

오자와 그러니까 베를리오즈는 우리 연주자들한테 주어지는 자유의 폭이 넓죠. 말러는 그에 비해 자유는 얼마 없지만, 마지막 미묘한 곳에 이르면 방금 하루키 씨가 말한 것 같은 보편적인 여지가 확실히 있다고 생각해요. 일본인, 동양인은 독자적인 슬픔의 감정이 있거든. 그건 유대인의 슬픔하고도, 유럽인의 슬픔하고도, 성분이 좀 다르죠. 그런 마음의 모습을 깊은 곳에서 정확히 파악하고 이해하면, 그리고 그런 지점에 서서 선택을 확실하게 해나가면, 길이 저절로 열릴 거라고 생각해요. 서양인이 만든 음악을 동양인이 연주하는 독자적인 의미도 생겨난다는 뜻으로. 그런 걸 시도할 가치는 있다고 생각해요.

무라카미 표층적인 일본 정서 같은 게 아니라 좀더 깊은 곳까지 내려가서 그걸 이해하고 가져와야 한다는 말씀인지요?

오자와 그래요. 일본인의 감성을 살린 서양음악 연주는, 물론 그게 연주로서 뛰어날 때 말이지만, 그 나름의 존재 가치가 있다고 생각하고 싶군요.

무라카미 저번에 우치다 미쓰코 씨의 연주로 베토벤 콘체르토 3번을 들었습니다만, 피아노의 투명감이라든지, 여백을 두는 방식 같은 게 잘 들어보면 일본적이라고 해도 이상하지 않죠. 하지만 의도적으로, 일부러 그렇게 끌어내는 게 아니라 어디까지나 음악 자체를 추구한 결과로 자연스레 나온 게 아닌가 하는 인상을 받는데요. 그런 의미에선 표층적이지 않죠.

오자와 그런 건 있을지도 몰라요. 동양인만 연주할 수 있는 서양음악의 모습이 존재할지도 몰라요. 난 그런 가능성을 믿으면서 음악을 하고 싶군요.

무라카미 말러는 독일음악의 정통성 같은 부분에서 반은 의식적으로, 반은 잠재의식적으로 멀어진 사람이죠?

오자와 네. 바로 그렇기에 거기에 우리가 파고들 여지가 있다고 생각하고 싶은 거예요. 사이토 선생이 예전에 우리한테 좋은 말씀을 해주셨는데요. 이런 거예요. 너희는 지금은 백지 상태다. 그러니까 다른 나라에 가면 그곳 전통을 잘 흡수할 수 있을 거다. 하지만 전통엔 좋은 전통도 있고 나쁜 전통도 있다. 독일에도 그런 건 있고, 프랑스에도, 이탈리아에도 있

233

다. 미국도 요새는 좋은 전통과 나쁜 전통이 생겼다. 그걸 확실하게 가려내서 그 나라의 좋은 전통만 받아들여라. 그게 되면 일본인이든, 아시아인이든 몫이 반드시 있다.

무라카미 제 개인적인 감상을 말하자면, 카라얀은 말러가 가진 잡다함, 외잡함, 분열성 같은 것이 오랫동안 생리적으로 견딜 수 없었던 게 아닐까요?

오자와 아아, 네. 그렇게 말할 수도 있겠군요.

무라카미 아까 이야기에 나왔던 카라얀의 심포니 9번 연주 말입니다만, 그건 분명히 훌륭한 연주였다고 생각합니다. 소리가 참 싱그러움 넘치고 아름답죠. 그런데 잘 들어보면 뭐랄지, 소위 말러적인 말러가 아니거든요. 꼭 쇤베르크라든지 베르크 같은 신新빈 악파의 초기 작품을 연주하는 것 같은 음색으로 말러를 합니다. 다시 말해 제 귀엔 카라얀은 자기가 자신 있는 분야로 말러를 끌어다놓고 거기서 연주하는 것처럼 들리던데요.

오자와 맞아요. 특히 최종 악장이 딱 그런 느낌이죠. 연습 때부터 오케스트라에 평소하고 똑같은 지시를 내리면서 평소하고 똑같은 음악을 만들고 있어요.

무라카미 말러의 소리를 만든다기보다 오히려 말러라는 그릇을 빌려 자기 음악을 만들고 있군요.

오자와 그러니까 카라얀 선생이 한 말러 심포니는 4번, 5번,

234

그리고 이 9번 정도죠?

무라카미 6번도 있을 겁니다. 그리고 〈대지의 노래〉도.

오자와 그랬던가요? 6번도 했던가? 그럼 안 한 건 1번, 2번, 3번, 7번, 8번인가요.

무라카미 다시 말해서 자기 음악세계에 어울리는 그릇(작품)을 골라 녹음한다는 뜻이죠. 말러 음악의 진짜 말러적이라고 할지, 핵심 부분은 카라얀한테는 받아들이기 어려운 것이었을지도 모르겠습니다. 바꿔 말하자면 그건 독일음악의 정통적인 흐름하고는 양립될 수 없는 것이었습니다. 뵘 씨도 어쩌면 그런 부분이 불편했을지도 모르죠. 특히 독일에선 나치가 정권을 장악한 1933년부터 전쟁이 끝나는 1945년까지 십이 년이란 장기간에 걸쳐 말러의 음악이 말 그대로 말살됐으니, 그런 공백이 가져다주는 핸디캡이 역시 클 겁니다. 이건 물론 '나쁜 전통'이란 말로는 다 표현할 수 없는 것이겠습니다만.

오자와 으음.

무라카미 그래서 결국 현대의 말러 부흥은 유럽이 아니라 미국의 주도로 이뤄졌고, 그런 의미에서 말러 등의 음악에 관해 말하자면 본고장 유럽 외의 연주자가 유리한 부분이 있다고 할지, 적어도 핸디캡은 없다는 게 되는데요.

오자와 아니, 그건 말이죠, '말러 **등의** 음악'이 아니라 '말러의 음악'이에요. 말러는 그런 의미에서 특별해요.

무라카미 특별한 걸로 말하자면, 제가 말러를 들을 때 늘 생각하는 건데 그 사람 음악에는 심층의식이 상당히 큰 의미를 갖는 것 같더군요. 프로이트적이라고 할지. 바흐나 베토벤, 브람스, 그런 음악의 경우 역시 독일 관념철학적이라고 할지, 지상에 나와 있는 의식의 정합적인 흐름이 중요한 의미를 갖습니다. 그에 비해 말러의 음악은 언더그라운드적이라고 할지, 지하의 어둠에 숨어 있는 의식의 흐름 같은 걸 적극적으로 다룬다는 느낌이거든요. 모순되는 것, 대항하는 것, 서로 섞이지 않는 것, 분간할 수 없는 것, 그런 몇 개의 모티프가 꼭 꿈을 꿀 때처럼 거의 경계 없이 뒤엉켜 있습니다. 그게 의도적인 건지, 비의도적인 건지, 거기까지는 잘 모르겠습니다만, 적어도 대단히 솔직하고 정직하기는 하죠.

오자와 말러가 살았던 게 프로이트하고 거의 같은 시대죠?

무라카미 네. 둘 다 유대인이고, 태어난 곳도 아마 가까울 겁니다. 프로이트 쪽이 좀더 나이가 많고요. 말러는 부인인 알마가 바람을 피웠을 때 프로이트한테 진료를 받았습니다. 프로이드는 말러를 깊이 존경했다더군요. 그런 무의식의 수맥을 솔직하게 추구하는 것 같은 점이, 가끔 넌더리나는 부분이 있긴 해도, 현재 말러의 음악에 뛰어난 보편성 같은 걸 부여해주는 원인 중 하나가 아닐까, 전 그렇게 생각합니다.

236

오자와 그런 의미에서 말러는 바흐에서 하이든, 모차르트, 베토벤, 브람스로 이어지는 독일음악의 큰 조류에 단독으로 반항한 셈이 되겠죠. 십이음 음악이 나오기 전에 그렇다는 말이지만.

무라카미 하지만 십이음 음악은 생각해보면 아주 논리적인 음악이죠. 바흐의 평균율이 논리적인 음악인 것하고 같은 의미에서.

오자와 맞아요.

무라카미 십이음 음악은 그 자체는 거의 남지 않았지만, 다양한 식으로 분해돼서 이후의 음악에 흡수된 면이 있죠?

오자와 그런 건 있죠.

무라카미 하지만 그건 말러의 음악이 후세에 미친 영향과는 또 다른 거였다고 할 수 있을까요?

오자와 그럴 겁니다.

무라카미 그런 의미에서 말러는 정말 유일무이한 존재였군요.

오자와 세이지 + 보스턴 교향악단이 연주하는 〈거인〉

무라카미 이번엔 오자와 씨가 지휘하는 보스턴 교향악단의 연주로 같은 심포니 1번 3악장을 시디로 들어보겠습니다.

237

1987년 녹음입니다.

콘트라베이스의 솔로 뒤 장송 음악의 오보에 솔로가 나온다.

무라카미 아까 들은 사이토 기넨의 오보에와 소리가 꽤 다르군요. 놀랐습니다.

오자와 네, 보스턴 주자는 소위 미야모토풍으로 안 하니까요 (웃음). 이쪽이 훨씬 마일드한 소리예요.

오보에의 솔로만이 아니라 오케스트라가 연주하는 음악 자체가 사이토 기넨에 비해 마일드하고 부드럽게 들린다.

오자와 이 부분도 꽤 마일드하죠.

무라카미 소리가 아주 잘 정돈돼 있고, 수준이 높습니다.

오자와 그렇지만 좀더 감칠맛을 내도 될 것 같군요.

무라카미 표정도 살아 있고 노래하는 느낌인데요.

오자와 하지만 진한 맛이 없어요. 컨트리 느낌이랄지, 시골 분위기도 안 나고.

무라카미 지나치게 깔끔하다는 말씀인지요?

오자와 보스턴은 좋은 면만 보여주려는 경향이 좀 과할지도 몰라요.

무라카미 아까 말씀하신 '세부를 강조한다'는 면에서 보면, 사이토 기넨이 내는 소리가 오자와 씨의 지금 콘셉트에 맞는지도 모르겠습니다.

238

오자와 그렇죠. 사이토 기넨의 연주자들은 각자 그걸 의식해서 연주하거든요. 보스턴의 연주자들은 다들 오케스트라 전체를 생각해서 연주하고.

무라카미 그건 소리를 들어보니 잘 알겠더군요. 아주 양질의, 수준 높은 팀플레이라고 할지.

오자와 오케스트라 전체의 소리에서 벗어나는 일은 아무도 안 해요. 그렇지만 말러는 그게 꼭 옳다는 보장이 없단 말이죠. 그 언저리의 균형이 어려워요.

무라카미 그래서 그렇다는 식으로 말해도 되는 건지 모르겠지만, 최근엔 말러는 오자와 씨의 사이토 기넨이라든지 아바도의 루체른 음악제 오케스트라, 말러 실내관현악단 같은 부정기적인 오케스트라로 듣는 편이 더 스릴 있고 재미있다는 느낌이 듭니다.

오자와 그건 말이죠, 그편이 더 대담하게 할 수 있어서 그래요. 각각 개인으로 하니까. 사이토 기넨 사람들은 모일 때부터 개인기를 보여주겠다고 작정하고 오거든. 자기 실력을 과시할 생각으로 오죠.

무라카미 요는 다들 개인업자군요.

오자와 물론 그래서 좋은 면도 있고 나쁜 면도 있어요. 하지만 말러엔 그게 잘 맞는단 말이지.

무라카미 사이토 기넨은 다들, 예컨대 '좋아, 올해는 말러 9번이다' 하고 결의를 다지면서 온다는 말씀이죠. 그 한 곡에 전

239

력투구한다는.

오자와 네. 명확한 목적의식을 가지고 와요. 대다수가 악보를 확실하게 읽어옵니다.

무라카미 상설 오케스트라처럼 매주 다른 프로그램을 연주하고 하는 루틴워크가 없죠.

오자와 사이토 기넨은 그런 매너리즘은 없어요. 그런 만큼 아주 신선하죠. 하지만 그 대신 다른 상설 오케스트라들처럼 멤버 전원이 하나가 돼서 이심전심으로…… 그런 유닛으로서 결속력은 부족할지도 몰라요.

무라카미 곡의 컨센서스랄지, 음악에 대한 종합적인 합의 같은 건 세부를 추구하는 과정에서 성립됩니까?

오자와 그래요. 그런 건 손을 써서 실제로 할 수 있는 게 많거든요. 특히 연주자가 우수할 경우 더 그렇죠. 우수한 연주자는 가진 주머니가 아주 많아요. 그래서 지휘자를 보고 '아아, 그래, 이 녀석은 이렇게 하고 싶어하는구나' 하는 걸 알면 그쪽 주머니에서 꺼내는 거죠. '좋아요, 그럼 그쪽으로 합시다' 하는 느낌으로. 뭐, 아직 젊어서 그런 게 안 되는 경우도 물론 있지만요.

무라카미 말러와 잘 맞는 오케스트라가 있고 안 맞는 오케스트라가 있고 합니까?

오자와 아아, 그런 건 있을 거예요. 그리고 기술적인 면에서

240

딸리는 오케스트라도 세상엔 있을걸요. 거기까지 모두가 연주하기는 좀 어렵다 하는 데가. 그런가 하면 말러건, 스트라빈스키건, 베토벤이건 뭐든 다 척척 소화하는 오케스트라도 늘었고요. 예전엔 안 그랬던 것 같거든요. 번스타인이 1960년 대 말러를 하던 때만 해도 뭐, 말러를 한다고? 그거 큰일인데, 하는 풍조가 분명히 있었어요.

무라카미 기술적인 의미에서 말입니까?

오자와 그래요. 현악기도 기술적으로 이 이상은 무리다 싶은 걸 하게 되거든. 말러는 정말 훨씬 앞날을 내다보며 작곡한 거예요. 그 시대에 오케스트라 수준이 그렇게 높지 않았을 텐데 그런 음악을 썼으니 말이에요. 바꿔 말하자면 말러는 오케스트라한테 도전한 셈이죠. 자, 너희는 이런 음악을 연주할 수 있나? 하고. 그래서 다들 기를 쓰고 했을 거 아니에요? 하지만 지금은 프로 오케스트라라면 '말러쯤이야' 하죠.

무라카미 그만큼 연주 기술이 향상됐다는 뜻이군요. 1960년 대에 비해서도.

오자와 맞아요. 지난 오십 년 사이 오케스트라의 기술은 현격하게 진보했어요.

무라카미 악기의 연주 기술만이 아니라 악보를 세밀하게 읽는 능력 같은 것도 역시 진보했습니까?

오자와 그럴 거예요. 나만 해도 1960년대 초에 말러의 악보

241

를 읽기 전과 읽은 후를 비교하면 기술이 확실하게 달라졌으니까요.

무라카미 즉, 말러의 악보를 읽는 게 오자와 씨께는 그 어떤 것과도 다른 특별한 행위였다?

오자와 그래요.

말러 음악의 결과적인 전위성

무라카미 예컨대 리하르트 슈트라우스의 악보를 읽는 것하고 말러의 악보를 읽는 건 어디가 가장 다른지요?

오자와 이런 식으로 간단히 말하기는 뭐하지만, 바흐에서 베토벤, 바그너, 브루크너, 브람스, 이렇게 독일음악의 계보를 짚으면, 리하르트 슈트라우스는 그 흐름으로 읽을 수 있어요. 물론 다양한 요소가 중층화돼 있긴 하지만, 그래도 그런 흐름으로 음악을 읽을 수 있죠. 하지만 말러는 그런 식으로는 못 읽거든요. 전혀 새로운 앵글이 필요해요. 그게 말러가 이뤄낸 가장 중요한 일이랍니다. 당시 말러 외에 쇤베르크라든지 알반 베르크가 있었지만, 그 사람들도 말러가 한 것 같은 일은 안 했어요.

무라카미 아까도 말씀하신 것처럼 말러는 십이음 기법하고는

242

전혀 다른 부분에서 새 지평을 열었군요.

오자와 말러는 말이죠, 재료로 보면 베토벤이라든지 브루크너라든지, 그런 사람들하고 쓰는 재료는 똑같아요. 그런데도 거기서 전혀 다른 음악을 만들어낸 거예요.

무라카미 어디까지나 조성調性을 유지하면서 싸웠다?

오자와 그렇죠. 하지만 그러면서도 말러는 결과적으로 무조無調 음악 방향으로 나아가거든, 명백히.

무라카미 조성의 가능성을 철저하게 추구함으로써 결과적으로 조성의 양상을 혼란에 빠뜨린다는 말씀인지요?

오자와 맞아요. 다중성이라든지, 그런 걸 끌어들여요.

무라카미 한 악장 안에도 다양한 조성이 뒤섞여 있죠.

오자와 그래요, 쉴 새 없이 바뀌고 그래요. 동시에 두 가지 조성을 쓰기도 하고.

무라카미 조성을 배제하지는 않지만 내부에서 확실히 교란시킨다. 뒤흔든다. 그게 결과적으로 무조 쪽으로 향하는 게 됐다. 하지만 말러가 지향했던 건 아마 소위 십이음 음악의 무조성과는 다른 지점이었겠죠?

오자와 네, 다르다고 생각해요. 아니, 사실 말러는 무조성이라기보다 오히려 다조성多調性이겠죠. 무조성으로 넘어가기 전 단계가 다조성이에요. 동시에 다양한 조를 쓰거나, 흐름 속에서 계속해서 조를 바꾸거나. 어느 쪽이건 말러가 지향한

243

무조성은 쇤베르크나 베르크가 제시하는 무조성, 십이음계하고는 성격이 전혀 다르다고 생각해요. 다조성은 나중에 찰스 아이브스 같은 사람이 훨씬 깊이 파고들지만요.

무라카미 말러 본인은 자기가 뭔가 전위적인 일을 하고 있다는 의식이 있었을까요?

오자와 아니, 없었을 거라고 생각해요, 난.

무라카미 쇤베르크나 알반 베르크한테는 있죠.

오자와 크게 있죠. 방법도 있고. 하지만 말러는 그게 없어요.

무라카미 다시 말해서 방법론으로서가 아니라 아주 자연스럽게, 본능적으로 혼란을 끌어들였다, 그런 말씀인지요?

오자와 바로 그게 말러의 재능 아닌가요?

무라카미 재즈의 흐름에도 그런 움직임이 있었습니다. 존 콜트레인은 1960년대에 프리재즈에 한없이 근접하면서도 기본적으로는 모드라고 하는 느슨한 조성 안에 머물면서 음악을 추구했습니다. 콜트레인의 음악은 지금도 듣는 사람들이 있어요. 하지만 프리재즈 쪽은 이제 거의 역사의 한 레퍼런스 정도로만 취급되거든요. 그것하고 좀 유사한지도 모르겠습니다.

오자와 호, 그런 게 있었나요.

무라카미 하지만 생각해보면 말러의 뒤를 잇는 사람은 나오지 않았는데요. 계보상.

오자와 안 나온 것 같죠.

무라카미 그뒤 등장한 심포니 작곡가는 독일이 아니라 쇼스타코비치라든지 프로코피예프 같은 러시아, 소비에트의 작곡가가 중심인데요, 쇼스타코비치의 심포니는 어딘지 모르게 말러가 생각나는 데가 있지 않습니까?

오자와 내 생각도 같아요. 동감입니다. 하지만 쇼스타코비치 쪽이 역시 말끔하게 정돈된 음악이죠. 쇼스타코비치의 음악에선 말러가 가진 광기 같은 게 느껴지지 않아요.

무라카미 쇼스타코비치는 정치적인 이유로 광기 같은 걸 쉽게 드러낼 수 없었던 것도 있지 않을까요. 하지만 말러는 아무리 봐도 근본부터가 정상이 아니라고 할지, 굳이 분류하자면 분열증적이죠.

오자와 정말 딱 그래요. 에곤 실레의 그림도 마찬가지인 게, 과연 같은 시대에 같은 곳에 있던 사람들이라고 그림을 보면서 실감했어요. 나도 말이죠, 빈에 한동안 살다 보니 그런 냄새가 어쩐지 실감으로 이해되는 것 같아요. 빈에서 생활한 건 참 재미있는 체험이었어요.

무라카미 말러의 전기를 보면, 말러는 빈 오페라극장의 감독이 음악세계의 최정상에 위치한다고 말하던데요. 말러는 그 자리를 손에 넣으려고 심지어 유대교를 버리고 기독교로 개종까지 했습니다. 그만 한 희생을 치를 가치가 있는 지위였

245

던 거죠. 생각해보면 오자와 씨는 얼마 전까지 그런 대단한 자리에 계셨던 거군요.

오자와 저런, 그래요? 말러가 그런 말을 했군요. 그 사람은 오페라극장 감독을 몇 년쯤 했죠?

무라카미 한 십일 년쯤 했을 겁니다.

오자와 그런 것치곤 오페라를 안 썼군요. 왜 안 썼을까. 가곡은 그렇게 많이 썼고, 언어란 걸 굉장히 의식하는 사람이었는데.

무라카미 그러고 보니 그렇군요. 유감인데요. 하지만 그런 사람이라서 대본을 고르기가 어려웠을지도 모르죠.

보스턴 심포니의 연주가 계속된다.

무라카미 이렇게 들어보니 보스턴 교향악단의 수준이 가히 압도적인데요.

오자와 세계 일류 오케스트라가 되겠다는 목표 아래 철저하게 실력을 갈고닦았으니 수준이 낮을 수가 없죠. 보스턴, 클리블랜드…… 이런 데는 기술이 대단해요.

현악기 섹션이 유려하게 '파스토랄'의 멜로디를 노래한다.

무라카미 사이토 기넨은 이런 소리를 못 낸다?

오자와 음, 뭐, 그렇죠.

무라카미 다른 소리가 된다는 말씀이군요.

오자와 그건 듣는 사람이 거기서 뭘 원하는지에 따라 달라져요. 조화롭고 아름다운, 완성된 연주를 바라는가, 아니면 그게 아니라 약간 위태로운 느낌을 원하는가…… 그런 차이가 말러의 경우엔 생기기 쉽거든요. 특히 이 악장은 그런 부분이 아주 크죠.

오자와 씨는 한동안 악보를 열심히 바라본다.

오자와 허, 그런가. 초연은 부다페스트였나.

무라카미 그때는 평이 아주 나빴던 모양이더군요.

오자와 그건 말이죠, 내가 상상하기로 연주가 안 좋았던 게 아닐까요.

무라카미 오케스트라도 뭘 어쩌면 좋을지 잘 알 수 없었다?

오자와 스트라빈스키의 〈봄의 제전〉을 파리에서 초연했을 때도 반응이 형편없었잖아요? 그건 물론 곡 잘못도 있을지 모르지만, 어쩌면 연주하는 쪽이 준비가 안 돼 있었던 게 컸을 수도 있어요. 그 곡엔 곡예 같은 부분이 워낙 많으니 말이죠. 그런 것도 피에르 몽퇴를 만났을 때 본인한테 직접 물어봤으면 좋았을 텐데…… 난 그 사람하고 비교적 친했거든요.

무라카미 그러고 보니 몽퇴가 〈봄의 제전〉 초연을 지휘했군요.

말러의 음악, 현악기와 관악기의 소리가 정면에서 어우러져, 복잡한 꿈들의 꼬리처럼 몽롱하게 뒤엉키는 부분.

오자와 이런 부분은 약간 정신병자 같잖아요?

무라카미 광기를 품고 있죠.

247

오자와 그런데 그걸 보스턴 교향악단이 연주하면 이런 식으로 깔끔해지거든요.

무라카미 그런 건 오케스트라의 DNA 같은 걸까요? 혼란이나 파탄이 있으면 그걸 깨끗이 정리해버린다고 할지.

오자와 멤버가 서로의 소리를 들으면서 자연스레 그렇게 조정해요. 그건 물론 뛰어난 점이긴 하지만요.

무라카미 전 말러의 음악이 갖고 있는 분열과 현대를 살아가는 우리가 갖고 있는 분열을 얼마만큼 동질적인 것으로 파악하느냐 하는 게 연주자에게 중요한 문제일 거라고 생각하거든요. 그렇지만 오자와 씨가 만약 지금 보스턴 교향악단하고 이 곡을 하신다면 소리가 꽤 다르지 않을까요?

오자와 그야 다르겠죠. 나도 변했고…….

보스턴 심포니가 연주하는 제3악장이 끝난다.

무라카미 어쩐지 운전기사 딸린 호화로운 벤츠를 타고 여기저기 다니는 분위기의 연주였습니다.

오자와 하하하하하.

무라카미 그에 비하면 사이토 기넨은 좀더 스포츠카 같고, 기어가 시원스레 들어가는, 기동성 좋은 차라고 할지.

오자와 이렇게 들어보니까 보스턴 심포니의 연주는 역시 안정됐는데요.

지금도 변화를 계속하는 오자와 세이지

오자와 하루키 씨하고 이렇게 이야기하면서 깨달았는데, 나도 꽤 많이 변했어요. 바로 얼마 전 사이토 기넨하고 뉴욕에 가서 카네기홀에서 브람스 1번하고 베를리오즈 〈환상 교향곡〉, 그리고 브리튼의 〈전쟁 레퀴엠〉을 했잖아요? 그러면서 내가 또 확 달라졌거든.

무라카미 지금도 계속해서 변하고 계시는군요?

오자와 이만큼 나이를 먹어도 역시 변해요. 그것도 실제 경험을 통해서 변하죠. 그게 어쩌면 지휘자란 직업의 한 특징일지도 모르겠어요. 다시 말하면 현장에서 변화하는 거예요. 우리는 오케스트라가 실제로 소리를 내주지 않으면 아무 소용없거든. 내가 악보를 읽고 머릿속에서 음악을 하나 만들어내서 그걸 오케스트라하고 같이 실제 소리로 만들어가는 건데, 그러면서 생겨나는 게 이것저것 있어요. 인간과 인간의 현실적 관계가 있는가 하면, 음악의 어느 부분에 중점을 둘 것이냐 하는 음악적 판단도 있죠. 긴 프레이즈로 음악을 바라볼 때가 있는가 하면, 반대로 세세한 프레이즈에 구애될 때도 있고. 그런 몇 가지 작업 중 어디에 중점을 둬야 할지 그것도 판단해야 해요. 우리는 그런 여러 가지 체험을 통해 달라지는 거예요. 난 병이 나서 입원도 하고 지휘에서 멀어져 있다

249

가 이번에 뉴욕에 가서 오랜만에 지휘한 셈이잖아요? 그러고 나서 일본으로 돌아와 정월에 달리 할 일이 없길래 녹음한 걸 반복해서 들었거든요. 거기서 아주 많이 배웠어요.

무라카미 배웠다는 건 무슨 뜻인지요?

오자와 음, 자기 연주를 녹음한 걸 그렇게까지 열심히 들은 게 난 생전처음이었거든요.

무라카미 생전처음? 자기 연주를 녹음한 걸 원래 그렇게 열심히 안 듣는 겁니까?

오자와 안 들어요. 연주를 녹음한 디스크가 완성된 시점에는 보통 벌써 다른 음악을 하고 있으니까 말이죠. 물론 레코드 같은 건 일단 듣긴 하지만, 바로 그날 밤 다른 곡을 연주해야 할 경우가 많고 그러니까 주의해서 차분히 듣는 건 불가능 하거든. 하지만 이번엔 다음 일정이 없고 이전 연주의 여운 이 귀에 남아 있는 상태에서 들었으니까, 공부가 꽤 많이 됐 어요.

무라카미 구체적으로는 어떤 공부가 됐는지요?

오자와 꼭 거울로 나 자신을 보는 것 같았어요. 이런저런 디 테일이 뚜렷이 보이더군요. 아직 귀에, 아니, 신체조직에 소 리가 선명하게 남아 있으니까 가능했던 거죠.

무라카미 다른 음악을 시작하고 나면 머리가 그쪽으로 가버 려서 이미 끝낸 음악을 들어도 몰입할 수 없다?

오자와 그래요. 우리 같은 경우 잇따라서 다른 곡을 하지, 다른 오케스트라하고 하지, 심할 때는 장기간의 오페라 연습을 시작한다든지, 그런 식으로 움직여요. 그런 연습 틈틈이 짬을 내서 녹음을 듣긴 하지만, 시간적 여유를 가지고 그때의 음악이 아직 귀에 남아 있는 상태에서 듣는 거하고 그렇게 듣는 건 음악이 귀에 들어오는 차원이 다르거든.

무라카미 다시 들으면서 여기는 이렇게 할 걸 그랬다든지, 반성하는 국면도 있습니까?

오자와 반성할 부분은 물론 있어요. 반대로 여기는 괜찮게 됐다든지, 여기는 남들하고 잘 맞는다든지, 그런 것도 있고요.

무라카미 이번 연주에서 뭐가 제일 좋았다 싶으셨는지요?

오자와 글쎄요, 한마디로 말하자면 음악이 깊어졌다고 할까요. 듣다 보니까 전보다 연주에 깊이가 생겼다는 느낌이 들더군요. 구체적으로 말하면 각 섹션의 캐릭터가 심화됐어요. 또는 더욱 심화될 가능성이 생겼어요. 그런 가능성이 생기면 연주자도 좋아, 더 열심히 해보자, 하게 되거든요. 그럼 연주가 더욱 깊어집니다. 그만큼 우수한 연주자들이 모여 있으니까요.

무라카미 카네기홀 공연에서 사이토 기넨이 여느 때와 좀 달랐다는 말씀입니까?

오자와 네, 확실히 달랐어요. 이런저런 제약 때문에 연습은

251

그렇게 조금밖에 못 했지, 난 회복된 지 얼마 안 됐지, 게다가 감기까지 심하게 걸렸는데, 그런 상황에서 그렇게 힘찬 연주를 해냈으니 여간이 아니죠. 브람스와 베를리오즈는 정말 훌륭했어요. 〈전쟁 레퀴엠〉도 오케스트라, 솔리스트, 합창단, 다들 의욕이 대단했고.

무라카미 〈전쟁 레퀴엠〉은 마쓰모토에서 들었을 때도 눈이 번쩍 뜨일 만큼 훌륭한 연주였는데요.

오자와 그것보다도 더 좋았어요. 마쓰모토에서 했던 코러스도, 애들 코러스까지 그대로 데려갔는데 정말이지 감동적이더군요. 일본은 브라스 밴드하고 코러스가 세계적으로도 굉장히 뛰어난 수준이거든요. 그런 높은 수준이, 그 한 자락이, 이번 공연에서 잘 살려졌어요. 오케스트라도 음악을 확실하게 이해하고 있었고, 그 까다로운 곡이 전혀 까다롭게 들리지 않는 거예요. 난 감기가 워낙 심하게 걸린 상태라 뭐가 뭔지 모르는 상태로 그저 정신없이 지휘했는데요. 콜록콜록 기침을 하면서 했으니 주위 사람들이 참 힘들었을걸요(웃음). 그렇지만 그 정도로 다들 확고한 의욕을 갖고 있으면 지휘자는 아무것도 할 필요가 없거든. 그저 흐름이 방해받지 않게 교통정리만 해주면 돼요. 그런 때가 가끔 있어요. 오케스트라에게도, 오페라에게도 있죠. 그런 때는 궁둥이를 때려줄 필요가 전혀 없어요. 그저 기세를 유지만 하면 되지. 지휘자가 병나서 약해져 있으니 우리가 열심히 해야 한다는 강한 마음이 그때 다들 있었어요. 그 덕분에 내가 살았죠.

무라카미 폐렴이셨잖습니까. 용케 팔십 분 버티셨습니다.

오자와 열은 분명히 꽤 높았던 것 같은데 무서워서 일부러 체온은 안 쟀어요(웃음). 전곡을 이어서 할 수 없으니까 중간에 휴식을 취했죠.

무라카미 이 곡엔 원래 휴식이 없죠?

오자와 특별히 넣은 거예요. 그렇지만 전에도 한 번 어디서 휴식을 취한 기억이 있군요. 악보에 파우제(휴식)라고 쓰여 있겠다. 하지만 어디였는지 생각이 안 나는데요. 어쩌면 탱글우드였는지도 몰라요. 연주 시간이 긴 데다 야외고 화장실에 가야 할 사람도 있을 거라고 말이죠. 여름이고 날씨가 굉장히 더워서 그랬을지도 모르고.

무라카미 카네기홀에서 한 녹음은 아직 브람스밖에 못 들었는데, 꽤 긴밀한 연주더군요.

오자와 네, 긴장감으로 인해 생겨난 거겠죠. 참 좋은 경험이었어요.

무라카미 문득 깨달았는데, 그러고 보니 오자와 씨는 지금까지 오랜 경력 가운데 〈대지의 노래〉를 한 번도 녹음하지 않으셨군요.

253

오자와 그렇죠.

무라카미 뜻밖인데요, 이유는 뭘까요? 1번은 세 번이나 녹음하셨는데.

오자와 글쎄요, 왜 그럴까? 나도 잘 모르겠군요. 뭐, 아무래도 뛰어난 가수를 우연히 둘 모으지 못한 게 아닐까요? 그 곡엔 테너하고 알토 혹은 메조소프라노가 필요하니까요. 남자 둘이 하는 경우도 있지만. 난 콘서트에선 제시 노먼하고 자주 하는데요.

무라카미 그 곡이야말로 동양인 지휘자가 하면 독자적인 느낌이 나지 않을까 늘 생각합니다만.

오자와 맞아요. 그러고 보니 난 예전에 〈대지의 노래〉를 했을 때 손가락이 부러졌어요. 봐요, 여기(새끼손가락을 가리킨다).

무라카미 원래 지휘하다가 손가락이 부러지고 그럽니까?

오자와 그게 말이죠, 벤 헤프너란 캐나다 사람 테너가 있었는데, 이 사람이 워낙 덩치가 컸거든. 내 이쪽(오른쪽)에서 그 사람이 노래하고 제시 노먼이 이쪽(왼쪽)에서 노래하고 있었어요. 이틀 연습하는 동안 헤프너는 줄곧 악보를 손에 들고 노래했는데, 막상 공연이 닥쳤더니 두 손을 자유롭게 쓰고 싶으니까 보면대를 앞에 놔달라고 하지 뭐예요. 그런 게 대체로 위험하단 말이죠, 연습 때랑 다른 걸 하는 거. 게다가

254

덩치가 워낙 크니까 당연히 보면대도 높아지고, 이게 앞으로 넘어져서 객석으로 떨어졌다간 청중이 다칠 거 아니겠어요? 큰 사고가 나는 거예요. 그래서 보통 보면대가 아니라 커다란 강대 같은 걸 들고 왔어요. 왜 있죠, 목사가 설교할 때 쓰는 그런 튼튼한 거. 그때 어째 불길한 예감이 들었는데, 아니나 다를까, 포르테에서 팔을 확 휘두르다가 새끼손가락이 보면대 밑에 걸리는 바람에 딱 부러졌지.

무라카미 아프셨겠습니다.

오자와 그야 더없이 아프죠. 삼십 분 이상 아픈 걸 참으면서 지휘했는데, 끝나고 보니 이렇게 통통 부었더군요. 그래서 바로 병원 가서 수술하고…….

무라카미 지휘자란 직업도 여러모로 힘들군요. 생각지도 못한 곳에 위험이 도사리고 있는데요.

오자와 헤헤헤(즐겁게 웃는다).

무라카미 어쨌든 〈대지의 노래〉 녹음이 없다는 게 참 아쉽습니다. 계속해서 변화하는 오자와 씨의 최신 연주로 그 곡을 꼭 들어보고 싶은데요.

시카고 블루스에서
모리 신이치까지

무라카미 오자와 씨는 클래식 아닌 음악도 자주 들으십니까?

오자와 재즈는 좋아해요. 블루스도. 래비니아 음악제 때 시카고에서 지낼 때는 일주일에 사나흘은 블루스를 들으러 가곤 했죠. 원래는 일찍 자고 일찍 일어나서 악보 공부를 해야 하지만, 블루스가 듣고 싶어서 클럽을 부지런히 드나들었어요. 그러다가 얼굴을 익혀서 원래는 안에 들어가려면 줄을 서야 하는데, 내가 가면 "됐으니까 들어가라" 하고 옆문으로 들여보내줬지.

무라카미 시카고의 블루스클럽은 대개 환경이 별로 안 좋지 않습니까?

오자와 솔직히 좋지 않죠. 하지만 불쾌하거나 무서운 경험을 한 적은 없어요. 내가 래비니아에서 지휘한다는 건 다들 아는 것 같았고 말이죠. 삼십 분 거리를 직접 운전하고 가서 블루스를 잔뜩 듣고 또 운전해서 래비니아에 빌려 살던 집으로 돌아오는 거예요. 완전한 음주 운전(웃음). 시카고에선 피터

256

제르킨하고 자주 같이 연주했는데, 그 친구가 자기도 가고 싶다고 해서 가끔 따라오곤 했군요. 하지만 피터는 당시 아직 미성년이었으니까 가게 안엔 못 들어가거든. 미국은 그런 문제엔 굉장히 까다로워요. 신분증을 보여줘야 들여보내주죠. 그러니까 피터는 내가 안에서 음악을 듣는 내내 바깥 창 근처에 서서 거기서 열심히 들어요(웃음).

무라카미 불쌍해라.

오자와 그런 일이 몇 번 있었답니다.

무라카미 흑인이 연주하는 소위 시카고 블루스군요. 짙은 거.

오자와 그런데 거기서 연주하던 코키 시겔은 백인이거든. 딴 사람들은 다 흑인인데, 그 사람만 백인이었어요. 나중에 코키하고 같이 녹음도 했는데. 어쨌거나 당시 시카고의 블루스는 참 좋았어요. 아주 진하고 말이죠. 실력 있는 사람들이 다양하게 많고, 다양하게 편성된 밴드도 있고. 나한테는 참 좋은 체험이었어요.

무라카미 손님도 대부분이 흑인이겠죠?

오자와 네. 또 시카고로 말하자면, 비틀스가 시카고에 와서 공연했거든. 그래서 어쩌다 표가 생겨서 들으러 갔답니다. 아주 좋은 자리였는데 아무 소리도 안 들리지 뭐예요. 실내 공연장이라 음악이 엄청난 환성에 죄 파묻혀버린 거죠. 그냥 비틀스 생김새만 보고 왔어요.

257

무라카미 별로 의미가 없군요.

오자와 전혀 없죠. 하지만 그렇게 놀란 건 처음이었어요. 오프닝 밴드가 연주하는 동안엔 꽤 즐거웠는데, 비틀스가 나오고 나니까 아무것도 안 들리는 거예요.

무라카미 재즈클럽엔 안 가셨습니까?

오자와 별로 안 갔어요. 다만 내가 뉴욕 필에 부지휘자로 있을 때 흑인 바이올린 주자가 딱 한 명 있었거든요. 당시엔 단원이 전부 백인이었는데 혼자 흑인이었어요. 그 사람이 내가 재즈를 좋아한다는 말을 듣고 날 몇 번 할렘의 재즈클럽에 데려가줬답니다. 흑인만 가는 그런 곳. 번스타인의 비서였던 헬렌 코츠는 자칭 내 미국 어머니였는데, "세이지, 그런 데는 위험하니까 절대로 가면 안 돼"라고 했죠. 하지만 그 클럽은 정말 좋았어요. 가게 안의 냄새가 상당히 강렬해서 말이죠, '이런 음악을 들을 땐 이 냄새가 나야 진짜 어떻게 좋은지를 알겠구나' 하고 생각했던 게 기억나는데요.

무라카미 솔 푸드의 냄새가 주방에서 확 풍기는군요. 아닌 게 아니라 미드타운의 재즈클럽에선 그런 냄새가 안 나겠죠.

오자와 래비니아 음악제에 사치모하고 엘라 피츠제럴드를 부른 적이 있어요. 내가 부르자고 밀어붙였거든. 사치모를 워낙 좋아해서 말이에요. 그때까지 래비니아는 백인만의 음악제였어요. 재즈 연주자를 부른 건 그때가 처음이었죠. 그 콘서트는 정말 좋았군요. 흥분할 대로 흥분해서 대기실에 놀러 갔는데, 참 즐거웠어요. 사치모의 그 느낌은 정말이지, 뭐라 표현할 수가 없어요. 일본에서 말하는 '은근함'이 그 느낌에 가깝군요. 당시 이미 나이가 꽤 많았을 텐데, 그런데도 노래 도 트럼펫도 최고였어요.

무라카미 그렇지만 뭐니 뭐니 해도 블루스 체험이 가장 강렬 했다?

오자와 그렇죠. 난 그때까지 블루스를 전혀 몰랐고 말이죠. 그리고 또 난 래비니아에서 생전처음 보수다운 보수를 받았 거든. 그래서 겨우 제대로 된 식사를 할 수 있게 돼서 레스토 랑에도 가고 집 같은 집에서 살 수 있게 됐어요. 그런 여유가 생겼을 때 마침 블루스란 음악을 알았으니, 그런 타이밍도 꽤 컸을 거라고 생각해요. 그때까진 돈 내고 음악 들으러 갈 여유가 전혀 없었으니까……. 그런데 지금도 시카고에서 블 루스를 하나요?

무라카미 네, 합니다. 자세히는 모르지만, 아마 아직 왕성할걸 요. 하지만 시카고 블루스라고 하면 역시 1960년대 초반이 가장 전성기 아니었을까요. 롤링 스톤스가 직접 영향을 받은 시기니까요.

오자와 그 당시 괜찮은 블루스클럽이 다 합해서 세 군데쯤 있 었던 것 같아요. 몇 블록 안에 말이죠. 출연하는 밴드가 이삼

일마다 바뀌니까 부지런히 드나들었어요.

무라카미 그러고 보니 도쿄에서 오자와 씨와 같이 재즈클럽에 두 번 정도 갔죠? 우연히 그렇게 된 거지만.

오자와 그렇군요.

무라카미 처음이 오니시 준코 씨였고, 다음이 시다 월튼.

오자와 그래, 그때 참 좋았는데요. 그런 클럽이 일본에도 있군요. 다행이에요.

무라카미 전 오니시 준코 씨 팬이거든요. 오니시 씨도 그렇지만, 요새 젊은 재즈 뮤지션의 수준이랄지, 테크닉의 레벨이 아주 높더군요. 이십 년 전하곤 비교도 안 될 정도로.

오자와 그런 모양이더군요. 그러고 보니 1960년대 말쯤에 뉴욕에서 아키요시 도시코 씨 연주를 들었는데, 그 사람도 말도 안 되게 좋던데요.

무라카미 터치가 굉장히 명석하죠. 망설임이 없고, 주장이 있어요.

오자와 정말 남자 같은 터치였어요.

무라카미 그 사람도 오자와 씨처럼 만주 태생이죠? 오자와 씨보다 몇 살은 연상이라고 생각합니다만.

오자와 지금도 연주하려나요.

무라카미 네, 아직 현역으로 활동하고 있다고 알고 있습니다. 꽤 오랫동안 빅밴드를 이끌었죠.

260

오자와 빅밴드라니 대단한데요. 그리고 또 보스턴 시절에 모리 신이치를 자주 들었군요. 후지 게이코도.

무라카미 아, 예.

오자와 그 둘은 참 좋았어요.

무라카미 지금은 후지 게이코 씨 딸이 가수로 활약하고 있습니다만.

오자와 호, 그래요?

무라카미 우타다 히카루라고 합니다.

오자와 혹시 영어로 노래하고 이목구비가 뚜렷한 사람?

무라카미 영어로 노래하는 건 맞을지 몰라도 제 기억에 이목구비는 그렇게 뚜렷하지 않은 것 같은데요. 물론 보는 사람 따라 다르긴 하겠습니다만.

오자와 허어.

무라카미 (옆을 지나가려던 여성 어시스턴트에게) 저기, 우타다 히카루, 이목구비가 뚜렷한가?

어시스턴트 이와부치 음, 뚜렷하지 않을걸요.

무라카미 그렇다는데요.

오자와 그래요, 그럼 모르겠군요. 그 사람 노래를 들은 적이 한 번 있는데, 아주 잘한다 싶었거든.

무라카미 전 학창시절 신주쿠의 작은 레코드 가게에서 아르바이트를 했는데, 거기에 후지 게이코 씨가 오신 적이 있었

261

습니다. 몸집이 작고 복장도 수수해선 그렇게 눈에 띄지 않는데, "후지 게이코입니다. 제 레코드를 잘 부탁드려요" 같은 말을 저희한테 하곤 생긋 웃고 머리를 숙여 인사하고 가더군요. 그때 이미 대스타였는데도 그런 식으로 레코드 가게를 일일이 돌아다니는구나 싶어서 감탄했던 기억이 있습니다. 1970년경에 있었던 일입니다만.

오자와 맞아요, 딱 그즈음이었어요. 모리 신이치의 〈항구 도시 블루스〉라든지 후지 게이코의 〈꿈은 밤에 핀다〉라든지, 카세트테이프로 갖고 있어서, 보스턴과 탱글우드 사이를 운전할 때 자주 들었죠. 마침 베라와 아이들이 일본으로 돌아가고 혼자 지내던 때라 일본 생각도 많이 나고 그랬거든. 라쿠고도 틈만 있으면 들었군요. 신쇼라든지 말이에요.

무라카미 외국에서 오래 지내다 보면 어쩐지 일본어가 못 견디게 듣고 싶어질 때가 있죠.

오자와 야마모토 나오즈미 씨가 하던 〈오케스트라가 왔다〉란 정규 프로그램이 있었는데, 거기 게스트로 나오라고 하길래 모리 신이치 씨가 나오면 나가겠다고 했더니 정말 모리 씨가 와줬어요. 그래서 내가 모리 씨 노래에 오케스트라로 반주했죠. 한 곡뿐이었고 결과는 별로 좋지 않았을 수도 있지만 말이에요. 그랬더니 뭐였더라, 유명한 소설가가 트집을 잡았어요. 좌우지간 형편없이 욕을 먹었죠(웃음).

무라카미 대체 뭐가 문제였을까요?

오자와 말하자면 그거죠, 클래식을 안다고 엔카도 아는 건 아니다.

무라카미 아, 예.

오자와 난 물론 거기에 대해 아무 말도 안 했지만, 나 나름의 반론은 있어요. 엔카는 일본의 독특한 문화라고들 하잖아요? 일본인만 노래할 수 있고 일본인만 이해하는 음악이라고. 하지만 내 생각은 다르거든요. 엔카란 건 기본적으로 서양음악에서 출발했고, 오선보로 전부 설명할 수 있다고 생각해요.

무라카미 예에.

오자와 꺾기 같은 것도 비브라토로 표기할 수 있거든요.

무라카미 악보에 정확히 적기만 하면 엔카를 지금까지 한 번도 안 들어본, 가령 카메룬의 음악가도 부를 수 있다?

오자와 그래요.

무라카미 꽤나 독특한 반론인데요. 엔카도 적어도 악리樂理상으로는 보편적인 음악이 될 수 있다. 과연.

다
섯
번
째

오 페 라 는

즐 겁 다

다음 대화를 나눈 3월 29일, 우연히 우리 둘 다 호놀룰루에 있었다. 도호쿠 대지진이 있고 십팔 일 뒤였다. 지진이 발생했을 때 나는 마침 하와이에서 일하고 있었다. 귀국할 수도 없는 상황에서 매일 CNN 뉴스로 사태의 추이를 지켜보는 수밖에 없었다. 뉴스에서 흘러나오는 것은 고통스럽고 가혹한 사실뿐이었다. 그런 상황에서 오페라의 즐거움에 관해 이야기하는 것은 어쩐지 어울리지 않는다는 생각도 들었지만, 다망하신 오자와 씨께 길게 말씀을 들을 수 있는 기회는 그리 흔치 않다. 원자력 발전소 사고는 앞으로 어떻게 될 것인가, 일본이란 나라는 앞으로 어디로 가려는 것인가, 그런 절실한 이야기를 섞어가며 얼마 동안 오페라에 관해 이야기했다.

267

원래 나보다 더 오페라와 인연 없는 사람이 없었다

오자와 토론토 감독이 되고 거기서 처음으로 오페라를 지휘했어요. 생전처음 하는 오페라, 〈리골레토〉를 콘서트 형식으로 했죠. 무대 세트가 없는 공연. 당시는 자기 오케스트라를 갖게 돼서 얼마나 즐거웠는지. 즐겁다고 할지, 하루하루가 참 충실했군요. 내가 하겠다고 마음만 먹으면 말러도 할 수 있지, 브루크너도 할 수 있지, 오페라까지 할 수 있지.

무라카미 오페라 지휘는 보통 오케스트라 작품을 지휘하는 것과 방법이 꽤 다를 것 같은데요, 어디서 본격적으로 공부하셨습니까?

오자와 카라얀 선생이 여하간 오페라를 꼭 하라면서 날 부지휘자로 삼아줬어요. 잘츠부르크에서 선생이 〈돈 조반니〉를 지휘할 때. 그래서 〈돈 조반니〉는 처음부터 끝까지 피아노로 칠 수 있게 됐죠. 카라얀 선생은 우선 〈돈 조반니〉의 부지휘자를 시켜서 오페라를 공부하게 한 다음, 이 년 뒤 〈코지 판 투테〉를 지휘하게 한 거예요. 그게 첫 무대였군요.

무라카미 어디서 하셨는지요?

오자와 그것도 잘츠부르크. 그전에, 조지 셸리라고 아주 좋은 테너가 미국에 있었는데, 흑인이고 그 사람이 날 아주 잘 봐줘서 "세이지, 같이 오페라를 하자" 이렇게 된 거예요. 그때

268

그 사람이 하고 싶어한 게 〈리골레토〉라서, 그래서 토론토에서 〈리골레토〉 전곡을 했죠. 참 재미있었는데. 〈리골레토〉는 일본에선 문화회관에서 일본 필하고 했는데, 그것도 역시 콘서트 형식이었군요. 생각해보니 난 〈리골레토〉를 오페라 형식으로 해본 적이 없는데요, 아직. 2013년 봄, 그러니까 이 년 뒤에 오자와 세이지 음악 아카데미에서 풀세트로 공연할 계획이에요. 데이비드 니스가 무대 감독을 맡아서. 데이비드하고는 거의 삼십 년 이상 같이 일했군요. 탱글우드에서 했던 오페라도 전부 그 사람이 연출했고.

무라카미 기대하겠습니다.

오자와 그래서 〈코지 판 투테〉가 내가 생전처음 무대 공연을 지휘한 오페라가 됐어요. 장피에르 포넬이란 사람이 연출을 맡았고. 이 사람은 뛰어난 연출가였는데, 그뒤 무대에서 오케스트라 피트로 떨어지는 사고를 당하는 바람에 가엾게도 척추를 다쳤던가, 건강을 망쳐서 그것 때문에 얼마 안 돼서 죽었어요. 이 오페라는 원래 카를 뵘이 지휘할 예정이었는데, 건강이 안 좋아서 내가 대신 했거든요. 눈 수술을 했나 그럴 걸요.

무라카미 굉장한 발탁이었군요.

오자와 그래요. 동시에 저쪽 입장에선 굉장히 불안했을 테고 (웃음). 어쨌거나 오페라를 지휘하는 게 처음이니 말이에요.

269

카라얀 선생도, 뵘 선생도 공연을 보러 와줬어요. 걱정돼서 오신 모양이더군요. 연습도 보러 왔고. 그러고 보니 그 전 해에 클라우디오 아바도가 역시 잘츠부르크 같은 무대에서 〈세비야의 이발사〉를 했거든. 그게 잘츠부르크 데뷔였어요. 이탈리아에선 물론 그전에도 오페라를 지휘했겠지만.

무라카미 아바도는 오자와 씨보다 약간 연상이죠?

오자와 그래요. 한두 살 위일걸요. 레니의 부지휘자를 한 건 내가 좀 먼저였지만.

무라카미 〈코지 판 투테〉는 평이 어땠는지요?

오자와 그건 내가 잘 모르겠어요. 하지만 그뒤 빈 필에서도 초청했고, 빈 국립 오페라극장에서도 조금씩 부르기 시작했으니까 나쁘지 않았을 것 같군요.

무라카미 생전처음 오페라를 지휘해봤더니 즐거우시던가요?

오자와 그야 더할 나위 없이 즐거웠죠. 그게 1972년이었던가. 가수는 테너인 루이지 알바를 비롯해서 다들 훌륭했어요. 다 같이 화기애애하게 즐기면서 했군요. 그다음 해도 잘츠부르크에서 〈코지 판 투테〉를 또 지휘했어요. 잘츠부르크에선 한 작품을 이삼 년 이어서 하거든. 그뒤 역시 잘츠부르크에 초청돼서 〈이도메네오〉를 했고. 모차르트 오페라를 두 편 지휘한 거예요. 〈코지 판 투테〉는 늘 모차르트를 상연하는 클라이네 슈필하우스란 작은 홀에서 했고, 〈이도메네오〉는 바

270

위로 된 홀에서 했군요. 내 오페라 체험은 생각하면 파리 오페라극장 가르니에, 그리고 밀라노 스칼라가 대부분인데요. 그리고 빈 오페라극장, 이렇게 세 곳이려나. 베를린에선 아직 오페라를 안 해봤고.

무라카미 그런 오페라 지휘는 보스턴 교향악단의 음악감독으로 있으면서 하신 거죠?

오자와 그래요. 그러니까 보스턴 일을 일단 쉬고 유럽으로 가는 거죠. 오페라 일은 적어도 한 달은 걸리니까 휴가를 그 정도 내거든. 그러니까 새 프로덕션을 좀처럼 못 했어요. 시간이 걸리니까. 파리 오페라극장에선 새 프로덕션을 꽤 했지만. 〈팔스타프〉라든지 〈피델리오〉라든지. 〈투란도트〉는 전에 해본 프로덕션이었지만. 여기선 나중에 도밍고하고 같이 〈토스카〉도 했군요. 그리고 메시앙의 〈아시시의 성 프란체스코〉, 이건 초연이었고.

무라카미 오자와 씨께 오페라는 오래 전부터 아주 중요한 레퍼토리죠.

오자와 그게 말이죠, 원래는 나보다 더 오페라와 인연 없는 사람이 없었어요, 실은(웃음). 왜 그런가 하면 사이토 선생이 오페라를 전혀 안 가르쳐주셨으니까. 그래서 일본에 있는 동안엔 오페라하고 거의 인연이 없었어요. 하지만 아직 학교 다닐 때 와타나베 아케오 선생이 일본 필하고 라벨의 〈어린

271

이와 주문〉이란 걸 공연했거든요. 그게 분명 1958년이었을 거예요.

무라카미 짧은 오페라죠?

오자와 네, 짧아요. 대충 한 시간쯤일까. 분명히 콘서트 형식이었고 풀 스테이지는 아니었다고 기억하는데…….그때 내가 대리 지휘무라카미 주▶리허설에서 대리로 지휘하는 것를 했었어요. 와타나베 선생은 그때 음악감독으로 계셔서 아주 바쁘셨거든. 그게 내 첫 오페라 체험이었답니다.

무라카미 어디서 하셨는지요?

오자와 산케이홀 아니었던가? 아케오 선생은 당시 이 년에 한 번 꼴로 오페라를 하셨어요. 내가 외국에 가고 나서 드뷔시의 〈펠레아스와 멜리장드〉도 하셨던 걸로 기억하고. 약간 안 흔한 오페라를 다뤘거든요.

무라카미 그럼 오자와 씨가 처음 본격적으로 오페라를 공부하신 건 카라얀의 지도하에서였군요?

오자와 그래요. 카라얀 선생은 정말 좋은 조언을 해주셨답니다. 이런 말을 했어요. 심포니 레퍼토리와 오페라는 지휘자에게 차의 좌우 바퀴 같은 거다. 어느 한쪽이 빠져도 문제다. 심포니 레퍼토리엔 콘체르토라든지 교향시라든지, 그런 것도 들어가요. 하지만 오페라는 그런 것과 전혀 다르다. 오페라를 한 번도 지휘해보지 않고 죽으면 바그너를 거의 모르는 채

272

죽는 것 같은 일 아니냐. 아닌 게 아니라 그렇죠. 그러니까 세이지, 넌 꼭 오페라를 공부해야 한다. 그렇게 힘주어 말씀하시더군요. 푸치니, 베르디, 이것도 오페라를 빼고 말할 수 없어요. 모차르트도 에너지의 절반쯤은 오페라 작품에 쏟았단 말이죠. 그런 말씀을 듣고 오페라를 꼭 해봐야겠구나 생각하게 됐어요.

무라카미 그래서 굳게 결심하고 토론토에서 〈리골레토〉를 하신 거고요?

오자와 그래요. 그리고 카라얀 선생께 보고드렸죠. 그랬더니 내가 샌프란시스코 교향악단 감독을 그만두고 보스턴으로 옮기게 됐을 때, 선생이 그러시더군요. 바로 옮기지 말고 휴가를 내서 이쪽으로 오라고. 그럼 오페라 지휘법을 확실하게 가르쳐주시겠다고.

무라카미 상당히 친절한데요.

오자와 그러게요. 날 직제자처럼 생각해주신 모양이에요. 그래서 원래 여름마다 래비니아 음악제 감독을 하던 걸 그만두고 탱글우드 음악제 쪽으로 옮기게 돼 있었는데, 그걸 일 년만 기다려달라고 사정해서 그해 여름 스케줄을 비우고 카라얀 선생 밑에서 공부하러 갔답니다. 그게 잘츠부르크의 〈돈 조반니〉예요. 그때 선생은 지휘만이 아니라 연출도 맡고 계셨거든. 심지어 조명까지 직접 하셨어요.

무라카미 대단한데요.

오자와 아무리 그래도 의상까지 직접 하진 않았지만, 어쨌거나 그러다 보니 선생은 무척 바쁘셨어요. 그 때문에 리허설에선 내가 꽤 많이 지휘했죠.

프레니의 미미

오자와 그때 주인공은 니콜라이 기아우로프였어요. 불가리아 출신의 베이스. 체를리나는 미렐라 프레니. 난 매일같이 피아노를 치면서 연습을 거들어줬거든. 그러는 사이에 두 사람이 눈이 맞아서 결혼하게 됐지 뭐예요. 그러니까 난 기아우로프, 프레니하고는 가족이나 다름없답니다(웃음). 나중에 두 사람을 탱글우드에도 불러서 베르디의 〈레퀴엠〉을 했어요. 무소륵스키의 〈보리스 고두노프〉를 했을 때도, 차이콥스키의 〈예브게니 오네긴〉을 했을 때도 기아우로프가 출연해줬고. 물론 타티야나 역(오네긴)은 미렐라 프레니였죠. 그래서 공연이 끝나면 셋이 같이 식사하는 게 오랜 습관이었어요. 기아우로프는 칠 년쯤 전에 죽었지만요.

무라카미 프레니는 러시아어로 오페라를 부르는 게 가능하죠?

오자와 네. 프레니는 〈스페이드의 여왕〉도 자주 했어요. 기아우로프는 레퍼토리에 러시아 작품이 많았으니까, 부부가 같이 다니려면 프레니가 러시아어 오페라를 익히는 게 불가결했던 거죠. 늘 사이좋게 같이 출연하곤 했어요.

무라카미 그래서 프레니의 장기가 러시아어 오페라였군요.

오자와 그렇게 해서 알게 된 프레니 덕분에 난 꽤 여러 오페라를 할 수 있었어요. 같이 한 건 대여섯 작품이지만. 그중에서도 프레니가 제일 하고 싶어한 게 〈라 보엠〉이었죠.

무라카미 미미. 프레니의 유명한 역이죠.

오자와 세이지, 우리 다음번엔 〈라 보엠〉을 같이해. 줄곧 그렇게 말했는데, 어떻게 된 건지 끝내 못 하고 말았군요. 저, 이런 말을 하면 좀 뭐 하지만, 당시 카를로스 클라이버가 스칼라 극장 오케스트라를 데리고 일본에 와서 〈라 보엠〉을 했거든요. 난 그때 그 공연을 보고 '아, 난 이건 안 되겠다' 싶었어요. 하도 훌륭해서 말이에요. 아아, 틀렸다, 난 이 이상은 못 한다 싶었죠.

무라카미 1981년 일본 순회공연 말씀이군요? 테너가 드보르스키.

오자와 그리고 미미가 미렐라 프레니. 나중에 나도 겨우 〈라 보엠〉을 하게 됐지만, 그때는 이미 미렐라가 노래를 거의 그만둔 다음이었어요. 지금은 고향인 모데나로 돌아가서 학생들을 가르치는데. 타이밍이 서로 안 맞았던 거예요.

무라카미 아쉽군요.

오자와 미렐라의 미미는 말이죠, 그 사람이 아니면 하기 싫다 싶을 만큼 훌륭했어요. 연극 같은 데서 보면 연기를 하는 것처럼 안 보이는 배우가 있잖아요? 본인한테 물어보면 아니, 그래 봬도 열심히 연기하는 거라고 대답하는데, 옆에서 보면 아무것도 안 하는 것처럼 보인단 말이죠. 그냥 있는 그대로, 자연스럽게 거기 있는 것처럼 보여요. 그냥 자기 자신이 아닐까 싶고. 미렐라의 미미는 딱 그런 느낌이에요.

무라카미 〈라 보엠〉은 미미가 관객으로 하여금 감동의 눈물을 흘리게 해야 성립되는 오페라죠.

오자와 정말 그래요.

무라카미 프레니는 자연스럽게 그게 가능했다?

오자와 오늘은 절대 안 울겠다고 결심하고 들어도 나도 모르게 울고 말아요. 다음에 피렌체에 가면 모데나로 만나러 갈까 하는데요.

뜨거운 홍차를 마신다.

오자와 이거 설탕이죠?

무라카미 네, 설탕입니다.

카를로스 클라이버에 관해

무라카미 클라이버의 〈라 보엠〉이 그 정도로 훌륭했군요.

오자와 지휘자가 드라마에 완전히 몰입해 있어요. 지휘 테크닉 같은 건 이미 어디로 날아가버리고 없고. 나중에 물어봤거든. 어떻게 그런 게 가능하냐고. 그랬더니 클라이버가 "아니, 이런, 무슨 소리야, 세이지. 난 〈라 보엠〉 같은 건 자면서도 지휘할 수 있다고" 하더군요.

무라카미 하하하, 대단한데요.

오자와 그때 옆에 베라가 있었기 때문에 이 인간 폼 잡는 건가 생각했는데(웃음), 그렇지만 클라이버는 젊었을 때부터 〈라 보엠〉을 진짜 신물이 날 정도로 했거든요.

무라카미 구석구석 빠짐없이 머릿속에 들어 있군요. 그렇지만 클라이버는 레퍼토리가 한정된 사람 아닙니까?

오자와 맞아요. (레퍼토리로 삼는) 오페라도 안 많고, 오케스트라도 안 많죠.

무라카미 그렇지만 저번에 책을 읽는데 리카르도 무티의 회상이 나오더군요. 무티가 바그너의 〈반지〉를 지휘할 때 클라이버가 대기실로 와서 같이 이야기하다가, 클라이버의 머릿속에 〈반지〉가 완벽하게 들어 있다는 걸 알고 경악했다고 말이죠. 클라이버는 〈반지〉를 한 번도 지휘한 적이 없는데도 악

277

보를 아주 치밀하게 공부하고 있었던 겁니다.

오자와 클라이버는 공부를 많이 하는 사람이었고 곡도 잘 알고 있었어요. 그렇지만 트러블을 워낙 잘 일으켜서 말이죠, 베를린에서 베토벤 4번을 지휘했을 때도 날이면 날마다 하네 마네, 하네 마네, 하고 싸웠어요. 난 그 사람하고 친해서 그때 곁에서 상황을 다 봤는데, 내 눈에는 클라이버가 어떻게든 지휘를 그만둘 구실을 찾는 것처럼 보이더군요.

무라카미 오자와 씨는 지휘를 취소하신 적이 있습니까?

오자와 이번처럼 병나서 취소한 적은 있어요. 하지만 열이 좀 있어도 대개는 참고 그냥 하는 편이에요.

무라카미 싸우고 그만두신 적은?

오자와 딱 한 번 있군요. 베를린(필하모니)에서, 어디 보자, 객연 지휘자가 되고 나서 이 년째였나. 히나스테라란 아르헨티나 작곡가가 있는데, 아시는지?

무라카미 아뇨, 모릅니다.

오자와 좌우지간 그런 사람이 있는데, 그 사람이 작곡한 〈에스탄시아〉란 곡을 지휘했어요. 대규모 편성으로 하는 곡. 어째선지 카라얀 선생이 이 곡을 골라서, 자기는 안 하고 나한테 "세이지, 이 곡을 네가 공부해라" 그런 거예요. 이유는 모르지만 아르헨티나 곡을 연주할 상황이었겠죠. 그래서 어쩔 수 없으니까 열심히 공부해서 갔거든요. 프로그램 후반은 브

278

람스 심포니였던가? 몇 번이었는지는 잊어버렸지만. 그래서 〈에스탄시아〉를 연습하는데, 타악기 파트가 아주 어려운 거예요. 타악기 주자가 합해서 일곱 명쯤 있었는데 말이죠. 하도 어려워서 타악기만 따로 연습시켰거든. 다른 파트는 잠깐 기다리게 하고. 그런데 도중에 연주가 완전히 막혀버렸어요. 리듬이 지나치게 복잡해서. 그랬더니 한 타악기 주자가, 젊은 남자애인데, 웃지 뭐예요. 그래서 내가 울컥해서 "어떻게 웃을 수가 있냐"하고 화냈거든. 그런데 그 녀석이 사과도 안 하고 그냥 앉아 있더군요. 그래서 머리에 피가 거꾸로 솟구쳐서 "천하의 베를린 필이 내일모레가 공연인데 이 모양이면 어쩌냐"하고 고함을 쳤더니, 그뒤로 연주가 더 안 되는 거예요. 그래서 화가 머리끝까지 나서 악보를 놓고 딱 한마디 "파우제!"하고 나와버렸죠.

무라카미 저런.

오자와 그리고 나선 뉴욕에 있는 내 매니저인 윌포드한테 전화해서 "난 이런 데서 못 해먹겠으니 돌아가련다. 당신이 대신 카라얀 선생께 사과드려줘라" 그랬어요. 그리고 오케스트라 쪽에도 미국으로 돌아가겠다고 통고하고 당장 켐핀스키 호텔로 돌아왔죠. 하지만 당시엔 베를린이 동서로 나뉘어 있어서 서베를린에서 뉴욕으로 바로 가는 비행기가 없었거든요. 어디서 갈아타야 했지. 그래서 호텔에 항공권을 구해달라

279

고 부탁하고 난 곧바로 짐을 싸기 시작했어요.

무라카미 어지간히 화가 나셨나 보군요.

오자와 그랬더니 호텔도 체크아웃했고 이제 떠나기만 하면 된다 하는 순간에 베를린 필 악단장이, 제페리츠 씨라고 카라얀 선생의 신임이 두터운 콘트라베이스 주자인데, 그 사람이 단원 몇 명을 데리고 사과하러 왔어요. 정말 죄송하다, 당신이 가고 나서 타악기 주자들이 잘 안 됐던 부분을 지금도 열심히 연습하고 있다, 그러니까 내일 한 번 더 연습에 나와서 어떤지 봐주기라도 하지 않겠나, 그러더군요. 그런 식으로 말하면 나도 안 갈 수 없잖아요?

무라카미 뭐, 그렇죠.

오자와 그래서 다시 윌포드한테 전화해서 하루 더 있겠다고 알리고, 항공권도 호텔에 취소해달라고 하고…… 그런 일이 있었어요. 꽤 유명한 사건인데요.

무라카미 그래서 결국 〈에스탄시아〉는 연주하셨는지요?

오자와 했어요. 돌아가서 지휘했죠.

무라카미 클라이버 같으면 절대로 안 돌아갔고요?

오자와 안 돌아갔겠죠(웃음). 난 뉴욕 직항편이 없었던 게 컸어요.

무라카미 환승 편을 조정하는 사이에 설득되셨군요(웃음).

오자와 제페리츠 씨는 사이토 기넨이 처음 생겼을 때부터 이

280

십 년 이상 콘트라베이스 리더를 맡아줬어요. 얼마 전에 죽었지만요.

무라카미 주 ▶ 〈에스탄시아Estancia〉 작품8은 알베르토 히나스테라가 1941년 작곡한 발레음악. 발레음악으로서는 〈파남비〉에 이어 두번째 작품이며 히나스테라의 대표작이라 할 수 있다. 가우초의 생활과 팜파스에 사는 사람들을 그린 민족색 짙은 작품이다. 후에 모음곡(작품8a)이 나와 현재는 이 모음곡이 일반적으로 연주된다.

무라카미 아까 하던 이야기로 돌아와서, 클라이버의 〈라 보엠〉 일본 공연에서는 로돌포가 드보르스키고 미미가 프레니였군요.

오자와 네.

무라카미 전 그런 생각이 드는데, 카를로스 클라이버는 브람스 2번이라든지 베토벤 7번, 그런 아주 친숙한 곡도 이따금 그 속에서 전혀 새로운 도형을 떠오르게 할 수 있는 것 같더군요. '어, 이 곡 안에 이런 게 숨어 있었어?' 하는 신선한 발견 같은 게 있습니다. 우수한 지휘자, 재능 있는 지휘자는 많지만, 그런 게 가능한 사람은 별로 없죠.

오자와 아아, 그렇군요.

무라카미 그러려면 악보를 아주 깊이 읽어야 하지 않을까 상상해봅니다만.

오자와 네, 뭐, 대단히 열심히 읽기는 했죠. 다만 딱하게도 아

281

버지가 심하게 대단한 사람이라 말이에요.

무라카미 에리히 클라이버.

오자와 아마 그 탓이겠지만 무척 초조해했어요. 정말 굉장했죠. 하지만 카를로스는 어쩐지 날 꽤 잘 봐줘서 애정을 갖고 대해줬어요. 왜 그랬을까. 베라에게도 호의적이라 비교적 친하게 지냈군요. 내 콘서트에도 몇 번 와줬고, 이것저것 많이 얻어먹었고. 내가 빈 오페라극장 음악감독으로 취임했을 때 맨 먼저 축전을 보낸 것도 카를로스였어요. 그게 또 얼마나 장문이었는지.

무라카미 상당히 까다로운 사람이죠?

오자와 엄청 까다로워요. 유명한 취소 대마왕이라 걸핏하면 출연 예정을 취소해요. 그래서 그뒤 카를로스한테서 축하 전화가 왔을 때, 난 곧바로 말했어요. 이제 내가 왔으니까 빈에서 가끔 지휘해달라고. 잘 안 와주는 사람이라 말이죠. 그랬더니 이러더군요, 이거 봐, 난 그것 때문에 축전을 친 게 아니라고(웃음).

무라카미 그거하고 이건 다른 이야기다?

오자와 사이토 기념에도 클라이버를 불렀어요. 지휘를 해달라고. 클라이버는 사이토 기념에 관심이 있어서 독일에서 한 콘서트도 들으러 왔을 정도였거든. 그렇지만 하겠다고도 안 하겠다고 말을 않더군요. 카라얀 선생도 마지막쯤에 초청했

282

어요. 결국 안 와줬지만. 다만 보스턴 심포니를 지휘해주기로 돼 있었거든요. 카라얀 선생은 시카고 심포니도 지휘했으니까, 잘츠부르크에서. 솔티의 부탁을 받고. 그러니까 보스턴까지 가는 건 안 되지만, 혹시 보스턴 심포니가 유럽에 올 일이 있으면 지휘해줄 수 있다고 해주셨어요. 그런데 그게 실현되기 전에 돌아가신 거예요.

무라카미 그건 아쉽게 됐군요.

오자와 사이토 기념에 관해선 한다고도, 안 한다고도 명언하지 않았지만, 대신 카라얀 선생이 사이토 기념을 잘츠부르크로 불러주셨어요. 그때 내가 한 번 지휘하고 나머지 한 번은 선생을 위해 비워놓을 테니까 지휘해주지 않겠느냐고 부탁드렸는데, 그때도 끝까지 예스, 노를 분명히 말씀 안 하시더군요. 선생은 그 이듬해 돌아가셨어요. 분명히 그때 이미 건강이 안 좋았겠죠.

무라카미 클라이버나 카라얀이 지휘하는 사이토 기념, 무척 들어보고 싶은데요.

오자와 카라얀 선생은 사이토 기념에 꽤 관심이 많으셨어요. 그러니까 일부러 잘츠부르크에도 불러주신 거지. 거기에 오케스트라를 부르는 게 그렇게 간단한 일은 아니거든요.

오페라와 연출가

무라카미 그러고 보니 예전에 켄 러셀 연출로 오페라를 한다는 계획이 있었다고 하셨는데요.

오자와 맞아요. 켄 러셀 연출에 내 지휘로 빈에서 〈예브게니 오네긴〉을 할 예정이었어요. 미렐라 프레니가 노래하고. 내가 빈 음악감독이 되기 전, 로린 마젤이 음악감독으로 있을 때 이야기예요. 그래서 켄하고 몇 번 만나서 이야기했죠. 그런데 무슨 일이 있었던 건지는 모르지만 도중에 극장 측하고 대판 싸워서 켄이 하차해버린 거예요. 난 그 일하곤 아무 상관이 없는데.

무라카미 만약 실현됐다면 대단히 기발한 연출이었겠군요.

오자와 그렇겠죠. 그전에 그 사람이 연출한 〈나비 부인〉도 꽤나 문제가 됐으니 말이에요. 원폭 사진을 배경에 크게 비추고, 미국의 상징으로 거대한 코카콜라병을 만들어서 무대에 내다놓고⋯⋯. 내가 만났을 때도 상당히 급진적인 사람이란 인상을 받았어요.

무라카미 그 사람이 만든 영화 〈말러〉도 상당히 특이했죠.

오자와 네, 그때 그 영화를 보여주더군요. 런던 한복판에 있는 클럽 같은 곳에서 만나서, 남자만 들어갈 수 있는 아주 어둡고 괴상한 느낌이 나는 곳이었는데, 거기서 이야기했군요.

원작 〈예브게니 오네긴〉에선 주인공 오네긴이 더 추잡한 남자로 그려진다고 말하더군요. 차이콥스키의 오페라에선 아닌 게 아니라 우유부단한 점은 있지만 그렇게 방탕한 사내로 설정되지는 않는다고. 하지만 원작에선 완벽한 난봉꾼이니까 연출에서 그런 어두운 측면을 강조하고 싶다고 했답니다.

무라카미 딱 물의를 빚게 생겼군요(웃음). 하지만 어쨌거나 그 기획은 중단됐단 말씀이죠.

오자와 네, 중단됐어요.

무라카미 연출가를 정하는 것도 상당히 어려울 것 같은데요.

오자와 내가 〈코지 판 투테〉로 처음에 같이 일한 장피에르 포넬, 이 사람은 참 훌륭한 연출가였어요. 지금도 천재라고 생각해요. 좌우지간 음악을 참 잘 알고 있단 말이죠. 오페라를 할 때 처음엔 음악만 연습하잖아요? 세트 같은 것 없이 피아노 반주만 붙여서. 그런 때도 그 사람이 몸짓이나 동작을 지도했을 때 음악이 훨씬 자연스러워지는 거예요. 그런 게 난 처음 하는 체험이었고, 그야말로 신발견이었어요. 그래서 물어봤거든요. 어떻게 그런 게 가능하냐고. 그랬더니 음악이 몸에 완전히 배어들 때까지 좌우지간 찬찬히 듣는다더군요. 분명히 음악을 잘 아는 사람이었겠죠. 내 생각엔 그래요.

무라카미 실제 음악을 듣기 전에 짠 하고 세트부터 만들어내는 사람은 아니었군요.

285

오자와 전혀 그런 사람이 아니었어요. 나랑 아주 마음이 잘 맞았죠. 그래서 그 사람이 죽기 얼마 전에 파리에서 만났을 때 다음에 〈호프만 이야기〉를 같이 하잔 말이 나왔어요. 그 사람은 그때 파리 오페라코미크에서 〈호프만 이야기〉 새 프로덕션을 하고 있었는데, 그걸 더 큰 극장으로 옮겨서 하지 않겠느냐는 거죠. 나도 꼭 하고 싶었는데, 그뒤 얼마 안 돼서 그만 죽고 말았어요. 참 안타까웠어요. 나한테도 그 사람은 정말 훌륭한 연출가였는데.

무라카미 저번에 NHK에서, 빈에서 오자와 씨가 지휘하신 〈마농 레스코〉 무대를 봤습니다. 설정을 현대로 바꾼 것.

오자와 연출가는 로버트 카슨이죠. 그 사람이 연출한 것 중에 제일 훌륭했던 건 뭐니 뭐니 해도 리하르트 슈트라우스의 〈엘렉트라〉였어요. 아주 현대적인 무대였는데, 정말 완벽했답니다. 그리고 또 하나, 야나체크의 〈예누파〉도 흠잡을 데 없었고. 아, 그리고 그 사람하고 〈탄호이저〉도 했군요. 그거 노래 대결 이야기잖아요? 그걸 그 사람은 그림 콘테스트로 바꿔서 했어요.

무라카미 저런, 그런 게 가능합니까.

오자와 그림 대결. 그걸 내가 지휘했어요. 일본의 '오페라의 숲' 음악제에서도 하고, 그뒤 파리에서도 하고. 일본에서는 그저 그랬지만, 파리에선 그 연출이 꽤나 평이 꽤 좋았죠. 프

286

랑스 사람은 그림을 좋아하나 봐요.

무라카미 돈을 들여서 새로운 오페라 프로덕션을 만들면, 역시 어느 정도는 공연을 해야 본전을 찾을 수 있겠군요.

오자와 극장 입장에선 사실 한 작품을 십 년, 이십 년 하고 싶어요. 본전을 찾으려면 말이죠. 가령 제피렐리의 〈라 보엠〉 같은 건 빈에선 아직도 하고 있거든. 그거 이제 삼십 년 됐죠? 새 프로덕션을 만들 때는 최소한 삼 년은 할 예정으로 한단 말이죠. 삼 년이면 일 년에 열몇 번 공연하니까 대개 마흔 번은 무대에 올릴 수 있어요. 그럼 본전은 찾으니까, 그뒤로는 격이 약간 낮은 극장에 세트를 빌려주고 수익을 거두고.

무라카미 오페라극장은 그렇게 해서 수익을 내는군요.

오자와 네.

무라카미 몇 년 전 오자와 씨가 일본에서 지휘하신 베토벤의 〈피델리오〉, 그 세트도 그런 식으로 빌린 겁니까?

오자와 그야 물론이죠. 배로 운반했어요. 다만 그건 빈의 출장 공연이니까 빌린 건 아니에요. 다음에 차이콥스키의 〈스페이드의 여왕〉을 하는데, 그 세트도 전부 빈에서 가져올 거예요.

무라카미 그런 세트라고 할지, 프로덕션 자체가 오페라극장한테 하나의 재산인 셈이군요?

오자와 그래요. 다만 일본의 경우, 세트를 보관하고 싶어도

287

놔둘 장소가 없거든. 빈은 빈 교외에 거대한 보관 장소가 있어요. 정부한테서 넓은 땅을 빌려서 거기 모조리 넣어놓죠. 그걸 트럭으로 싣고 왔다 싣고 갔다 하는 거예요. 빈 오페라 극장엔 오페라 두 편분의 장치밖에 안 들어가니까 거의 매일 운송 트럭이 극장하고 보관 장소를 왔다 갔다 해요.

밀라노에서 받은 야유

무라카미 오페라 하면 근대 유럽문화의 진수 같은 존재잖습니까? 왕후귀족의 보호를 받던 시대에서 부르주아지의 열렬한 지지를 받던 시대, 기업 스폰서가 주체인 지금에 이르기까지 늘 문화의 화려한 부분을 짊어져왔죠. 그런 부분에 일본 사람이 끼어드는 데 대해 거부감 같은 건 있었는지요?

오자와 그런 건 물론 있었어요. 내가 처음 스칼라 극장에 섰을 때는 야유가 쏟아졌는걸요. 파바로티하고 한 〈토스카〉였는데요. 난 파바로티하고 친했던 터라 그 사람 초청을 받고 밀라노에 간 거였거든요. 세이지, 우리 같이 하자, 그렇게 열심히 권해서, 난 파바로티를 좋아했기 때문에 그만 사탕발림에 넘어간 거지(웃음). 카라얀 선생은 꽤나 강력하게 반대하셨어요. 자살 행위라고. 그러다 죽는다고 위협하셨죠.

무라카미 누가 죽이는 겁니까?

오자와 청중이. 밀라노의 청중은 까다로운 걸로 유명하거든요. 아니나 다를까 처음엔 야유를 얼마나 받았는지 몰라요. 그래도 다 합해서 일곱 번쯤 공연했는데, 사흘쯤 지나서 문득 보니까 '어라, 오늘은 야유가 안 나오는데' 그렇게 돼서, 결국 무사히 끝났답니다.

무라카미 유럽에선 야유를 꽤 하죠?

오자와 맞아요. 특히 이탈리아에서 많이들 해요. 일본에선 안 하지만.

무라카미 일본에선 안 합니까?

오자와 좀 하기도 하지만 이탈리아처럼 집단으로 하는 건 없어요.

무라카미 제가 이탈리아에서 살던 때 신문에 곧잘 나오곤 했습니다. 어젯밤 밀라노에서 리차렐리가 성대한 야유를 받았다든지. 이탈리아에선 오페라극장에서 야유하는 게 꽤나 큰 뉴스가 되는구나 싶어 그때 깜짝 놀랐는데요.

오자와 하하하하하(즐겁게 웃는다).

무라카미 야유가 하나의 문화인 것 같죠. 전 소설가니까 물론 작품을 비판받는 일이 허다합니다만, 그런 건 안 보고 싶으면 비평을 안 읽으면 그만이거든요. 그럼 화날 일도 없습니다. 우울할 일도 없고요. 하지만 음악가는 청중 앞에 노출돼

289

있는 셈이니까 눈앞에서 야유하면 도망칠 길이 없잖습니까? 그거 괴롭지 않습니까? 참 힘들겠다고 늘 생각하는데.

오자와　내가 스칼라 극장에서 〈토스카〉를 하고 생전처음 야유를 받았을 때, 어머니가 밀라노에 와 계셨어요. 애들이 아직 어려서 베라는 못 왔거든요. 대신 어머니가 와서 일본음식을 해주셨죠. 그래서 극장에도 오셨는데, 객석에서 들으면서 주위에서 나한테 보내는 야유를 브라보로 착각하셨지 뭐예요(웃음). 다들 엄청나게 큰 목소리로 요란하게 하니까 기뻐한다고 생각하신 거죠. 그래서 돌아와선 나한테 "잘됐구나, 오늘은 브라보도 많았고" 그러셨어요.

무라카미　하하하하.

오자와　그건 브라보가 아니라 야유라고 설명드렸어요. 하지만 그런 소리, 태어나서 처음 들어보니 잘 모를 만도 하죠.

무라카미　그러고 보니 펜웨이 구장에서 레드삭스의 유킬리스가 나오면 '유잉' 하잖습니까? 구장 전체가 '유우' 하죠. 전 처음에 그게 야유하는 건 줄 알았습니다. 그래서 왜 유킬리스가 나오면 매번 야유하는 걸까 이상했는데…….

오자와　네, 확실히 소리가 비슷하죠. ……그래서 밀라노에서 야유를 받았을 때, 파바로티가 날 위로해줬어요. 세이지, 여기서 야유를 받았다는 건 일류란 징표다, 하고요. 그뒤 오케스트라 쪽 사람이 와서 여기서 야유를 안 받은 지휘자가 없다고

290

가르쳐줬어요. 토스카니니도 여기선 야유를 받았다고 말이죠. 그런 말을 들은들 위로가 안 된다고 생각했지만(웃음).

무라카미 그래도 다들 꽤 마음을 써주는군요.

오자와 매니저도 신경 쓸 거 없다고 했어요. 마에스트로, 악단원은 당신을 지지한다. 당신 편이다. 중요한 건 그거다. 단원의 지지를 못 받는 지휘자가 야유를 받으면 그 사람은 끝장이다. 하지만 당신은 경우가 다르다. 그러니 걱정할 거 없다. 잠깐만 참아라. 그럼 반드시 잘 풀린다. 아닌 게 아니라 단원들은 내 편을 들어줬어요. 객석에서 야유하면 야유로 맞받아치기도 했고. 나도 그런 건 보고 있었어요.

무라카미 그래서 결국 잘 풀렸다?

오자와 과연 며칠 지나니 야유가 없어졌어요. 조금씩 소리가 작아지더니 어느 날 뚝 끊겼죠. 그때부터 마지막까지 야유는 전혀 없었고요. 만약 마지막까지 야유가 계속됐다면 기죽었을지도 모르겠군요. 거기까지 당한 경험은 없으니까 잘 모르겠지만.

무라카미 그뒤로도 스칼라 극장에서 오페라를 여러 번 지휘하셨죠?

오자와 네, 꽤 많이 했어요. 베버의 〈오베론〉이라든지 베를리오즈의 〈파우스트의 영벌〉이라든지, 그리고 차이콥스키의 〈예브게니 오네긴〉하고 〈스페이드의 여왕〉, 그리고 또 뭘 했

291

더라…….

무라카미 그때 말고는 야유를 받은 경험이 없으십니까?

오자와 글쎄요, 그런 경험은 또 없는 것 같은데요. 개인한테 당한 적은 여러 번 있지만, 그런 식으로 떼로 당한 적은 없군요.

무라카미 밀라노 스칼라 극장의 경우, 동양인이 이탈리아 오페라를 지휘한다는 데 대한 거부감 같은 것도 있었을까요?

오자와 음악이 그 사람들 생각하는 것하고 역시 좀 다르지 않았을까요? 내가 내는 소리는 그들이 생각하는 〈토스카〉의 소리가 아니었다, 그런 거였을 거예요. 동양인이 와서 〈토스카〉를 지휘하는 게 이탈리아 사람으로서 참을 수 없었다 하는 면도 조금은 있겠죠, 물론.

무라카미 당시 유럽의 일류 오페라극장에서 지휘하는 동양인은 오자와 씨 말고 아무도 없었죠?

오자와 그러게요, 없었을걸요. 그렇지만 스칼라에선 아까도 말했다시피 오케스트라 단원이라든지, 코러스라든지, 그런 사람들이 날 아주 열심히 응원해줬어요. 정말 고마운 일이었죠. 그러고 보니 시카고에서도 마찬가지였군요. 내가 래비니아 음악감독으로 취임한 첫 해에 신문에서 형편없이 헐뜯었거든. 유력 신문에서 음악평을 담당하는 기자가 내가 마음에 안 들었는지, 사실 이것저것 배후 사정도 있었던 모양이지만, 좌우지간 내 연주를 철저하게 혹평했어요. 레니가 뉴욕타임

스 음악 담당 기자인 숀버그한테 철두철미하게 당한 거하고
마찬가지로. 그렇지만 그때도 단원들이 다들 날 지지해줬거
든. 그래서 첫 시즌이 끝날 때 날 위해 '샤워'란 걸 해줬어요.

무라카미 샤워라고요?

오자와 나도 그때 처음 알았는데, 지휘자가 마지막 곡을 끝내
고 퇴장했다가 다시 무대로 나오잖아요? 그때 단원이 다들
각자 자기 악기로 멋대로 노이즈를 내는 거예요. 트럼펫도,
현도, 트롬본도, 팀파니도, 큰 소리로, 우야야와아, 오그아아,
하고. 대충 알겠어요?

무라카미 네.

오자와 그걸 샤워라고 한대요. 난 그걸 몰라서 이건 또 뭔가
하고 어안이 벙벙했거든. 그랬더니 제2바이올린을 연주하는
오케스트라 인사 담당 매니저가 다가와서 "세이지, 이게 샤
워라는 거야, 기억해두라고" 하고 가르쳐줬어요. 요는 말이
죠, 신문에서 날 하도 짓밟아서 단원 일동이 그에 대해 음악
으로 항의한 거예요.

무라카미 그렇군요.

오자와 샤워를 체험한 건 그때가 처음이자 마지막이었군요.
시카고 신문은 날 어떻게든 짓뭉개려고, 죽이려고 공격한 건
데, 난 그다음 해도 음악제하고 계약해서 결국 총 몇 년 했던
가, 한 오 년 했을걸요. 짓뭉개지지 않은 거죠.

293

무라카미 그런 외압을 견디면서 살아남아야 하는군요.

오자와 뭐, 그렇게 되려나요. 그렇지만 난 그 무렵엔 그런 일에도 어느 정도 익숙해져 있었어요. 빈에서도, 잘츠부르크에서도, 베를린에서도, 처음엔 꽤 혹평을 받았거든요. 그러니까 두들겨맞는 거엔 꽤 익숙했어요.

무라카미 혹평이란 건 무슨 말을 하던가요?

오자와 그 부분은 잘 몰라요. 난 신문을 못 읽으니까. 하지만 안 좋은 말을 들은 건 확실한 모양이에요. 주위에서 다들 그랬거든.

무라카미 신인으로 등장하면 처음엔 다들 그런 세례를 받는 걸까요?

오자와 아니, 꼭 그렇지도 않아요. 그런 경험을 안 하는 사람도 많으니까요. 가령 클라우디오(아바도만 해도), 그 친구는 혹평을 받아본 적이 없지 않을까. 처음부터 재능 있는 지휘자로 인정받았죠.

무라카미 당시는 지금하고 달리 유럽에서 활동하는 동양인 음악가가 없었기 때문에 역풍이 그만큼 강했던 걸까요?

오자와 당시 비올라 주자인 쓰치야 구니오 씨가 1959년 베를린 필에 입단한 게 큰 뉴스거리였으니 말이죠. 그 정도로 획기적인 일이었어요. 그러던 게 지금은, 특히 현악기 섹션은 동양인이 없는 유럽이나 미국의 주요 오케스트라를 찾기가 어려울 정도죠. 꽤 많이 달라졌어요.

무라카미 그때는 동양인이 서양음악을 이해할 리 없다고 생각했군요.

오자와 그런 건 역시 있었을지도 몰라요. 구체적으로 어떤 말을 들었는지 전혀 기억 안 나지만. 대신 말이죠, **오히려**라고 할지, 악단 연주자들이 다들 날 따뜻하게 응원해줬어요. 일본식으로 말하면 약한 사람 편들기라고 할지, '요 젊은 녀석이 동양에서 혼자 와서 다른 사람들한테 괴롭힘을 당하는 게 불쌍하군, 우리가 키워주자.' 뭐 그런 거죠.

무라카미 언론에서 아무리 헐뜯어도 현장 사람들이 지원해주면 든든하죠.

고생보다 즐거움이 훨씬 크다

────────────

오자와 어쨌거나 카라얀 선생은 꽤나 진지하게 나한테 오페라를 가르쳐줄 작정이셨던 것 같아요.

무라카미 오페라를 지휘할 때는 오케스트라뿐 아니라 가수와의 관계성도 중요해지는데요. 양쪽 다 컨트롤해야 합니다. 그런 건 익숙해지기 전에는 어렵지 않습니까?

오자와 결국은 소통이에요. 오케스트라와 소통하는 동시에

295

가수하고도 소통해야 해요.

무라카미 가수는 오케스트라 단원하고 달리 개인업자라고 할지, 스타 같은 존재니까 다루는 데 애먹거나 하진 않습니까?

오자와 까다로운 사람도 없진 않아요. 하지만 일단 곡이 시작되고 나면 여기는 이렇게 해달라고 할 때 그에 대해 이러쿵저러쿵하는 사람은 없어요. 다들 제대로 하고 싶으니까.

무라카미 그렇게 애먹은 적은 없으시다는 말씀입니까?

오자와 잘츠부르크에서 〈코지 판 투테〉를 할 때는, 그때가 생전 처음 오페라를 하는 거였는데, 주위에 그 사실을 감추지 않았어요. 처음부터 사람들 앞에서 "이게 내가 처음 하는 오페라야" 하고 말했죠. 그랬더니 다들 친절하게 이것저것 가르쳐주더군요. 가수부터 시작해서 어시스턴트까지 뭐든 다 가르쳐줬어요. 카라얀 선생도 물론 이것저것 지도해주셨고, 클라우디오까지 와서 가르쳐줬어요. 가수와 소리를 맞추는 법이라든지 말이죠.

무라카미 심술부리거나 하진 않고요?

오자와 그랬나? 어쩌면 그랬을 수도 있지만 난 몰랐군요(웃음). 다들 꽤 친하게 지냈어요. 아주 가정적인 분위기로. 집에 불러서 만두 파티도 열고.

무라카미 오페라에 도전한다 하는 것보다 즐거움이 더 컸군요.

오자와 그러게요, 그런 느낌이었어요. 물론 여기서 확실하게 공부해놔야 한다는 마음은 강하게 있었죠. 그렇지만 일단은 즐거웠군요. 오페라는 내 경우 뒤에 와서 나타난, 뒤에 와서 손에 넣은 보물 같은 거거든. 지금도 기회만 있으면 오페라를 더, 더, 더 많이 하고 싶어요. 공부는 했지만 아직 실제로 안 해본 오페라도 많이 있으니까.

무라카미 빈 국립 오페라극장에서 음악감독을 하지 않겠느냐고 제안한 건 비교적 갑작스러운 일이었습니까?

오자와 네, 갑작스러웠어요. 난 그때까지 매년처럼 지휘하러 갔었어요, 빈에. 빈 필만 지휘하지 않고 오페라도 자주 했죠. 그런데 갑자기 오페라극장 음악감독을 해보지 않겠느냐는 거예요. 그때 난 이미 보스턴에 이십칠 년쯤 있었거든. 그래서 삼십 년은 아무리 그래도 너무 길겠다, 슬슬 그만둬도 되겠다 싶었죠. 보스턴보다 오페라극장 쪽이 일은 좀더 편할지도 몰라요. 시간 여유도 생기니까 일본에도 더 오래 머무를 수 있을지 모른다 하는 마음도 있었고. 뭐, 실제로는 영 그렇게 안 됐지만. 새 작품을 하려면 시간이 걸리거든요. 특히 빈은 시간을 충분히 들이니까 말이죠. 게다가 연주 투어도 늘었고. 오페라하고 같이 여기저기 다녀야 해요. 무대가 아니라도 콘서트 형식으로 여기저기서 공연하는 거죠.

무라카미 그럼 결과적으로 바쁘신 건 보스턴 시절하고 별로 다를 바 없었습니까?

297

오자와 네, 바빴어요. 하지만 그렇게 엄청난 격무도 아니었거든요. 다들 힘들겠다고 걱정했지만 그 정도는 아니었고, 즐거웠어요. 아주 좋은 공부가 됐고. 좀더 이것저것 하고 싶었는데요. 병만 안 났으면……. 아쉽군요.

무라카미 빈의 슈타츠오퍼(국립 오페라극장) 하면, 문외한인 제 입장에서는 알 수 없는 역사가 그득 쌓여 있고 음모가 소용돌이치는 복마전 같은 인상이 있습니다만.

오자와 하하하하, 다들 그렇게 말하더군요. 하지만 실제로는 그렇지 않아요. 내가 특별히 못 느끼는 걸 수도 있지만.

무라카미 정치적인 공작 같은 건 없습니까?

오자와 아, 그거 말이죠, 난 그런 부분엔 되도록 관여하지 않아요. 보스턴 시절에도 가급적 그런 일엔 접근 안 했어요. 어디서든 안 해요. 일본에서도 안 하고. 특히 빈의 경우, 난 독일어를 잘 못 하니까 그게 거꾸로 도움이 됐는지도 모르죠. 말을 못 하면 물론 불편하지만, 경우에 따라선 상당히 편리하기도 하답니다. 그러니 빈에 있었던 팔 년간 참 즐거웠어요. 하고 싶은 오페라는 거의 뭐든 다 할 수 있고, 오페라도 자주 볼 수 있고.

무라카미 그야말로 오페라에 흠뻑 젖어 지내셨군요.

오자와 그렇지만 미안하긴 해도 오페라를 처음부터 끝까지 본 적은 거의 없어요. **하이라이트**라고 할지, 제일 중요한 대

298

목이 있잖아요? 거기에 맞춰서 보러 가서 그 부분만 보고 올 때가 많았어요(웃음). 미안하게 생각하긴 하지만.

무라카미 저런, 아까워라…… 하는 생각도 들긴 하지만, 뭐, 오페라는 워낙 기니까 말이죠.

오자와 하이라이트만 보고 방(극장내 사무실)으로 돌아와서 내 일을 했어요. 사실은 전부 봐야겠지만, 나도 낮엔 꽤 바쁜 터라 그만 한 시간을 내기가 쉽지 않았거든. 낮엔 빈 필 연습도 하고 다음 오페라를 위한 스튜디오 연습도 하니까요. 스튜디오 연습이란 건 피아노 반주만 곁들여 하는 리허설이에요. 그런 걸 아침에 세 시간, 오후에 세 시간 하니까 저녁이 되면 지쳐서 오페라 전곡을 다 듣기가 벅차더군요. 세 시간 정도 걸리니까 배도 고프고(웃음).

무라카미 뭐, 오페라는 원래 한가한 사람들을 위해 만들어졌으니까요. 전 몇 년 전, 오자와 씨가 아직 음악감독으로 계실 때 빈에 가서 오페라를 몇 편 봤습니다. 오페라를 보고, 빈 필의 콘서트를 듣고, 또 오페라를 보고……. 한가한 덕도 있었지만 참 행복한 체험이었죠. 건강을 되찾으시면 또 빈에서 오페라를 해주시면 좋겠습니다.

스위스의

작은 도시에서

나(무라카미)는 2011년 6월 27일부터 7월 6일까지 '오자와 세이지 스위스 국제음악아카데미'와 행동을 같이했다. 이것은 스위스 레만 호수 연안, 몽트뢰 근처에 위치한 롤Rolle이란 소도시를 본거지로 오자와 씨가 주관하는 젊은 현악기 주자들을 위한 세미나다. 기간은 약 열흘, 매년 여름에 개최되며, 올해로 칠 년째다.

이십대를 중심으로 다양한 국적을 가진 우수한 현악기 주자들이 유럽 전역에서 모여 합숙하며 지도를 받는다. 그들이 기거하고 연습하는 장소는 시영 문화센터 같은 곳이다. 소도시인 데 비해 시설이 아주 훌륭할뿐더러 호수 앞, 녹음이 가득한 널따란 부지 안에 위치한다. 오래된 건물은 운치가 있고 유서 있어 보인다. 활짝 열린 창밖을 이따금 정기 연락선이 가로지른다. 프랑스와 스위스를 오가는 배 앞뒤에서 양국 국기가 기분 좋게 바람에 펄럭인다.

오자와 씨의 주관 아래 패멀라 프랭크(바이올린), 이마이 노부코(비올라), 하라다 사다오(첼로) 등 일류 프로 주자들이 강사로 학생들을 지도하고, 특별강사로 줄리아드 현악 사중주단에서 반세기 가까이 제1바이올린을 맡았던 로버트 맨 씨(그야말로 전설적 존재)가 미국에서 참가한다. 물론 이런 알찬 내용의 세미나에 참가하고 싶은 지원자는 수두룩하다. 따라서 사전에 엄격한 오디션을 열어 정말로 뛰어난 사람들에게만 참가를 허용한다. 유럽 전역에서 선발된 젊은 엘리트들이 모이는 것이다.

303

지도는 현악 사중주 단위로 진행되는데 세 명의 강사가 그룹들을 돌며 연습을 듣고 세세하게 주의와 조언을 준다. 템포며 음색에 관해, 소리의 밸런스에 관해. 하지만 그것은 소위 교육과는 조금 다르다. '선배 프로 음악가의 유익한 조언'이 더 가까운지도 모르겠다. '이렇게 해라'라기보다 '거기는 이렇게 하는 게 낫지 않을까' 하는 식의 지도가 중심이다. 여기 모인 젊은 음악가들은 '교육'이라면 이미 (십중팔구) 신물이 날 정도로 받았다. 그들에게 필요한 것은 그보다 한 단계 위의 어떤 것이다. 이 세미나에는 그런 공통 인식이 존재한다. 음악가들의 느슨한 동지의식comradeship이라고 할까. 오자와 씨도 이따금 같이 끼어 조언을 제공한다.

로버트 맨 씨는 그와는 별도로 '마스터 클래스'를 열어 역시 그룹별로 특별지도를 한다. 마스터 클래스를 여는 큰 방은 늘 꽉꽉 들어찬다. 여기서 하는 것은 민주적인 지도라기보다 농축된 형태의 비법을 전수하는 것에 가깝다. 강사도 학생도 거의 전원이 그에 참가해 실내악의 위대한 멘토가 하는 말 한마디, 한마디를 주의 깊게 경청한다. 나도 모든 '마스터 클래스'를 청강했는데, 현악기에 관해 아는 게 거의 없는 내가 들어도 아주 흥미로웠다. 음악이란 것을 아는 데 유익한 가르침이 매우 많았다.

학생들은 그처럼 낮에는 '문화센터'에서 각자 현악 사중주 연습에 힘쓰고, 저녁이 되면 악기를 들고 호반을 따라 걸어서 십 분쯤 간 곳에 있는, 탑이 붙은 오래된 석조건물로 이동한다. '성'이라고 불리는 건물이다. 과거에는 영주의 저택 같은 곳이었으리라. 지금은 시에서 보존하는 듯하다. 그곳 2층의 큰 홀 같은 장소에서 전원이 참가하는 앙상블 연습을 한다. 과거 그곳에서 무도회가 열리기도 했을 것이다. 높다란 천장은 장식이 되어 있고, 벽에는 다양한 옛 초상화가 걸려 있으며, 커다란 창들이 여름날 저녁을 향해 열려 있다.

오케스트라 연습은 뭇 사람들에게도 공개되는 터라, 매일 저녁 많은 사람들이 찾아와 준비된 파이프의자에 앉아 리허설 광경을 즐긴다. 창밖에는 아직 환한 하늘을 배경으로 무수한 제비들이 휙휙 날아다닌다. 섬세한 피아니시모 부분에서는 새들이 지저귀는 소리가 오히려 크게 들릴 정도다. 한 시간쯤 계속되는 연습이 끝나면, 사람들은 음악을 누리게 해준 데 대해 따스하고 진심 어린 박수를 보낸다. 주민들과 아카데미는 그 같은 형태로 친밀하게 연결돼 있는 듯하다. 음악이 일상의 한 토막으로 장소에 뿌리내리고 있다.

이 오케스트라는 오자와 세이지 씨와 로버트 맨 씨가 지휘한다. 올해 선택된 곡목은 오자와 씨가 지휘하는 모차르트의 〈디베르티멘토 K136〉과 로버트 맨 씨가 지휘하는 베토벤 〈현악 사중주 제16번〉 제3악장. 그리고 콘서트에서 연주할 앙코르 곡으로 차이콥스키 〈현악 세레나데〉 제1악장을 준비한다. 이쪽은 오자와 씨가 지휘한다.

305

수강하는 학생들은 다들 그렇게 아침부터 밤까지, 쉴 시간도 거의 없이 철저하게 훈련을 받는다. 말 그대로 음악에 흠뻑 젖어 지내는 나날이다. 하지만 좌우지간 다들 이십대 젊은 남녀(여자가 조금 더 많다)인지라, 바쁜 와중에도 어떻게든 짬을 내서 부지런히 청춘을 즐긴다. 식사도 다 같이 와자지껄 떠들면서 한다. 연습이 끝난 뒤 시내에 있는 술집으로 몰려가서 떠들썩하게 즐기기도 하고 휴식을 취하기도 한다. 당연히 몇몇 로맨스가 탄생하기도 하는 모양이다.

나는 그곳에 '특별 게스트' 같은 느낌으로 참가했다. 오자와 씨께 "하루키 씨도 현지로 와서 우리가 거기서 어떤 걸 하는지 자기 눈으로 직접 보는 게 좋아요. 그럼 음악을 듣는 방식이 달라질 거예요"라는 말을 듣고 반신반의하며 스위스까지 온 것이었다. 비행기를 예약하고, 제네바 공항에서 렌터카를 몰고 현지로 와서 둘째 날부터 세미나에 참가했다. 롤에는 묵을 수 있는 호텔이 없었던지라(작은 도시라 숙박 시설이 몇 개 없다), 차로 십오 분 걸리는 니옹Nyon이라는, 이 역시 레만 호반에 위치한 도시에서 지냈다. 호텔 부근에 호수에서 잡은 생선을 요리해주는 맛있는 레스토랑이 몇 곳 있다. 눈앞이 바로 호수고, 건너편에 보이는 거리는 프랑스다. 오른쪽으로 저 멀리 흰 눈으로 덮인 알프스의 산이 뚜렷이 보인다.

여름철 스위스는 참 기분 좋은 곳이다. 낮 동안 내리쬐는 햇볕은 따갑지만, 고원 기후라 나무 그늘은 시원하고 상쾌한 바람이 호수 위로 불어온다. 해가 지고 나면 얇은 웃옷이 필요하다. 에어컨이 없어도 땀 한 방울 흘리지 않고 연습에 집중할 수 있다. 나는 아침에 일어나면 한 시간쯤 조깅을 했다. 호반을 달려가 고요한 숲속 자연 산책로를 지나 호텔로 돌아온다. 기분 좋게 땀을 흘린다. 책상 앞에 앉아 잠깐 일한 다음 차를 운전해 롤로 간다. 롤로 가는 길 양옆으로 해바라기 밭과 포도밭이 끝없이 펼쳐져 있다. 광고 간판 같은 것은 하나도 없다. 편의점도, 스타벅스도 없다. 오후 1시면 다들 안마당에 모여 뷔페식으로 점심을 먹는다. 이 지역에서 수확한 신선한 야채가 중심인, 건강에 아주 좋은 메뉴다.

점심을 먹고 나면 각기 방방이 흩어져 하는 연습을 듣고 다니며 틈틈이 학생들과 다양한 이야기를 나누었다. 국적은 프랑스계, 동유럽계가 많은데, 음악 세계에서 공용어는 일단 영어인지라 대체로 말이 통한다. 다들 처음에는 다소 부끄러워하지만 결코 **주눅들지**는 않는다. 작가인 내가 왜 이런 곳을 얼쩡거리는지 이상하게 생각하지만, 내가 사정을 설명하면(오자와 씨와 함께 음악에 관한 책을 만들려고……) 특별 게스트로 자연스레 받아들여주었다. "방금 연주 어땠나요?" 하고 내게 의견을 묻기도 했다. 고맙게도 왠지 모르겠지만 내 책을 읽은 사람도 적잖이 있었다.

물론 하라다 씨, 이마이 씨와 패멀라에게, 그리고 때로는 로버

307

트 맨 씨에게도 여러 유익한 이야기를 들을 수 있었다. 이 아카데미는 이를테면 '기간 한정' 공동체 같은 것이라, 일단 안으로 들어오면 다양한 사람과 꽤 허심탄회하게 이야기할 수 있다. 그 점이 내게는 참 고마웠다.

세미나에 참가하면서 내가 가장 관심을 가졌던 것은 어떻게 해서 '좋은 음악'이 만들어지는가 하는 과정이었다. 우리는 좋은 음악을 듣고 감동하고 그다지 좋지 못한 음악을 듣고 실망한다. 그런 것을 아주 자연스럽게 한다. 하지만 사실 어떤 식으로 '좋은 음악'이 만들어지는가 하는 과정에 관해서는 아는 게 많지 않다. 가령 피아노 소나타처럼 개인적 자질에 의해 행하는 음악 작업이라면 대체로 상상할 수 있지만, 앙상블에 관해서는 도무지 이미지가 잡히지 않는다. 그곳에 어떤 규칙이 있고, 어떤 경험칙이 있는 걸까. 어쩌면 프로 음악가라면 누구나 실체험을 통해 알고 있을 수도 있지만, 일반 청중인 우리는 영 모르겠다.

거의 초면에 가까운 젊은 연주자들이 한곳에 모여 약 일주일에 걸쳐 일류 연주자의 세밀한 지도를 받는다. 그 결과 그곳에 어떤 음악이 만들어져가는지, 그것을 시계열에 따라 관찰하는 게 내 역할 중 하나였다. 그렇기에 되도록 부지런히 연습장을 드나들며 그들이 연주하는 음악을 들었다. 오자와 씨와 강사들은 악보를 읽으면서 연주를 꼼꼼하게 체크했지만, 나는 악보를 잘 볼 줄 모르는 터라 그저 무심히 음악에만 귀를 기울였다. 그 정도로 음악에 흠뻑 젖어 지낸 것은 그때가 처음이었다. 그곳에서 들은 온갖 곡이 지금도 귓가에 들러붙어 있을 지경이다.

그곳에서 학생들이 연습했던 과제곡의 곡명을 일단 적어둔다. 내 귀에 어떤 곡이 들러붙어 있는지, 이미지는 어느 정도 파악할 수 있을지 모른다.

1. 하이든 현악 사중주곡 제75번 작품 76 - 1
2. 스메타나 현악 사중주곡 제1번 〈나의 생애로부터〉
3. 라벨 현악 사중주곡
4. 야나체크 현악 사중주곡 제1번 〈크로이처 소나타〉
5. 슈베르트 현악 사중주곡 제13번 〈로자문데〉
6. 베토벤 현악 사중주곡 제6번
7. 베토벤 현악 사중주곡 제13번

그들은 원칙적으로 전곡을 처음부터 끝까지 연습하지만, 최종 콘서트에서는 그중 한 악장만 연주하게 되어 있었다. 전곡을 연주하기에는 시간이 모자라기 때문이다. 어느 악장을 연주할지는 최종적으로 강사가 결정한다. 그리고 악장에 따라 제1바이올린과 제2바이올린이 교대한다. 콘서트는 제네바와 파리에서 열리는데, 각각 다른 악장을 연주하며 각각 다른 바이올린 주자가 제

309

1바이올린을 담당한다. 다만 이번에는 시간 관계상 베토벤 13번
만은 콘서트에서 연주하지 않았다.

최종 콘서트에서는 또한 현역 프로 연주자인 세 강사와 우수한
학생들(그중 네 명은 베토벤 13번을 연습했던 사람들)로 구성된
옥텟이 멘델스존의 현악 팔중주곡(내가 좋아하는 곡이다. 멘델스
존은 열여섯 살에 이 곡을 작곡했다)을 연주하게 되어 있었다. 이
연습도 현악 사중주와 병행해서 진행되었다.

세미나에 참가한 첫날, 그들이 연주하는 음악을 처음 들었을
때 나는 조금 당황했다. 어느 쪽인가 하면 어색하고 거친 음악이
었기 때문이다. 물론 여기저기서 모인 집단이 소리를 맞춘 지 이
제 겨우 이틀째니까, 거기서 세련되고 깊이 있는 음악을 요구하
는 것은 불가능하다. 그 점은 나도 잘 알고 있었다. 하지만 그래도
'고작 일주일 만에 이게 콘서트 무대에 올릴 만한 음악이 될까?'
하는 의심이 마음속에 싹텄다. 그곳에서 내가 들은 것은 우리가
'좋은 음악'이라 부르는 것과 상당히 거리가 있었다. 아무리 오자
와 씨라도 그것을 완성품의 영역으로 끌어올리는 데 일주일이라
는 기간은 너무 짧지 않나? 상대는 아무리 그래도 경험 많은 프로
단원이 아니라 아직 학생인데.

"괜찮아요, 하루하루 좋아질 테니까." 오자와 씨는 빙글빙글 웃
으며 단언했지만, 나는 역시 반신반의했다. 그 시점에서는 현악

310

사중주도, 오케스트라도, 어떤 것을 들어도 미완성인 부분만 귀에 들어왔다. 하이든은 하이든의 소리가 나지 않고, 슈베르트는 슈베르트의 소리가 나지 않고, 라벨은 라벨의 소리가 나지 않았다. 악보대로 정확히 연주하기는 하는데 진짜 그 음악은 아니었다.

그래도 어쨌든 나는 매일 마력에 다소 문제가 있는 포드 포커스 왜건을 몰고 롤로 가서, 부지 내에 흩어져 있는 교실을 돌아다니며 젊은 현악 주자들의 연주를 열심히 들었다. 일곱 개 현악 사중주곡의 각 악장을 외우고 그게 어떤 식으로 매일 변화해가는지 관찰했다. 학생들 한 사람, 한 사람의 이름과 얼굴을 외우고 연주의 특징을 기억했다. 처음에는 진보가 아주 완만해 보였다. 눈에 보이지 않는 물렁한 벽이 그들 앞을 가로막고 있는 듯했다. 나는 내심 '이래선 콘서트 전까지 못 끝내지 않을까' 걱정했다.

그러나 어느 순간, 맑은 여름 햇살 아래 그들 사이에서 뭔가가 소리 없이 스파크를 일으킨 듯했다. 낮에 하는 현악 사중주도, 저녁에 하는 앙상블도, 갑자기 소리가 하나로 어우러지기 시작했다. 공기가 묘하게 고조되는 듯한 느낌이 있었다. 연주자들의 호흡이 미묘하게 들어맞기 시작하면서 소리가 아름답게 공기를 진동시켜, 점점 하이든은 하이든의 소리가 나고 슈베르트는 슈베르트의 소리가 나고 라벨은 라벨의 소리가 났다. 그들은 단순히 자신의 연주를 하는 데 그치지 않고 '서로의 연주를 듣게' 된 듯했다. '나쁘지 않다'는 생각이 들었다. 전혀 나쁘지 않다. 그곳에서

311

분명히 뭔가가 생겨나려 하고 있었다.

그래도 그것은 진정한 의미에서의 '좋은 음악'은 아니었다. 얇은 막 같은 게 한두 장 덮여 있어서 듣는 이의 심금을 울리는 것을 방해하고 있었다. 나는 그 막 같은 것을 지금까지 여러 곳에서 신물이 날 만큼 봐왔다. 음악에서도, 문장에서도, 그밖의 어떤 예술 형태에서도, 그 마지막 한 장의 막을 벗기는 게 때로는 무척 어려운 작업이다. 하지만 그것을 어떻게든 벗겨내지 않으면 예술이 예술인 의미가 없어진다. 없는 것이나 다름없다.

로버트 맨 씨가 세미나에 참가한 것은 마침 그즈음이었다(그는 도중에 참가했다). 로버트 맨 씨는 마스터 클래스를 열어 각 그룹의 연주를 듣고 그에 대해 적확한 지적을 했다. 때로는 너무나도 신랄한 지적이었다.

예컨대 라벨의 현악 사중주곡 제1악장을 듣고 나서 그는 이렇게 말했다. "고맙다. 멋진 연주였어. 훌륭해. 하지만…… (씩 웃으며) 난 영 마음에 안 드는데." 교실에 있던 이들은 모두 그 말을 듣고 웃었지만, 연주자들은 도저히 웃을 수 없었을 것이다. 하지만 맨 씨가 무슨 말을 하는지는 나도 알 수 있었다. 그들이 연주하는 음악은 아직 **진짜** 라벨의 소리가 아니었기 때문이다. 그곳에는 참된 의미에서의 음악적 '공감'이 발생하고 있지 않았다. 나는 그것을 알 수 있었고, 그 자리에 있던 다른 사람들도 알 수 있었을 것이다. 맨 씨는 그저 그런 사실을 솔직하게 말로 표현한 것뿐이다. 쓸데없이 당의를 입히지 않고, 스트레이트하고, 간결하게. 그것은 음악에서 지극히 중요한 의미를 갖는 사실이거니와, 하잘 것없는 배려를 하고 있기에는 주어진 시간이 너무 짧았다. 주어진 시간은 학생들에게도 짧았고, 맨 씨에게도 짧았다. 그는 그곳에서 결과적으로 치과의사가 쓰는 밝고 정밀한 거울 같은 역할을 다했다. 흐리멍덩한 '자기만족 거울'이 아니라 가차 없이 환부를 드러내는 진실의 거울. 아마 그 같은 사람이 아니면 불가능한 역할이었을 것이다.

맨 씨는 흡사 기계 각 부분의 나사를 하나하나 단단히 죄듯 세부를 철저하게 지도했다. 그가 주는 조언과 주의는 늘 구체적이고, 의도하는 바는 누구의 눈에도 명료했다. 시간을 유효하게 활용해야 하니 모호한 부분은 손톱 끝만큼도 없다. 학생들은 그가 연달아 빠른 말투로 내리는 지시를 필사적으로 따라갔다. 삼십분 이상 그런 지도가 이어졌다. 긴박감에 숨이 막히는 삼십 분이었다. 학생들도 녹초가 됐겠지만, 아흔두 살인 맨 씨도 꽤나 체력을 소모했을 것이다. 하지만 음악을 말하는 맨 씨의 눈은 참으로 생기 넘치고 젊디젊었다. 노인의 눈이 아니었다.

그로부터 며칠 뒤 제네바 콘서트에서 들은 라벨은 몰라보게 훌륭한 연주였다. 라벨의 음악에서만 찾아볼 수 있는 싱그러움 넘치는 독특한 아름다움을 그들의 연주에서 들을 수 있었다. 나사가 단단히 죄어졌던 것이다. 시간과의 경쟁에 보기 좋게 승리했

313

다. 물론 완벽한 연주는 아니었다. 더 깊이 성숙될 여지는 아직 남아 있었다. 하지만 진정한 '좋은 음악'이 가지고 있어야 할 흐르는 듯한 긴박감이 분명히 감돌고 있었다. 그리고 뭣보다도 그곳에는 정열이, 젊음의 기쁨이 있었다. 얇은 막은 말끔히 떨어져나갔다.

한마디로 말해서 그들은 일주일 남짓 동안 많은 것을 배우고 성장했다. 그리고 그 과정을 목격한 내게도 마치 나 자신이 배우고 성장한 듯한 감각이 있었다. 라벨만이 아니다. 콘서트에서 여섯 개 그룹이 연주하는 곡을 들으면서, 다소의 차는 있을지언정 그 하나하나에서 비슷한 종류의 느낌을 받았다. 마음이 훈훈해지고 솔직한 감동을 주는 감각이었다.

같은 말을 오자와 씨가 지휘하는 학생 전원의 오케스트라에 관해서도 할 수 있었다. 그들은 말 그대로 하루하루 구심력을 습득해갔다. 그러더니 어느 시점을 경계로 갑자기, 그때까지 발동이 잘 안 걸리던 엔진이 점화된 양 하나의 공동체로서 자율적인 움직임을 보이기 시작했다. 비유해서 말하자면 신종 동물 하나가 무명無明의 세계에 탄생한 것 같았다. 그것은 어떤 식으로 팔다리를 움직이고 어떤 식으로 꼬리를 움직이며 어떤 식으로 귀와 눈, 의식을 움직이면 좋을지, 나날이 구체적으로 체득했다. 처음에는 당황하기도 했지만, 움직임은 하루하루 자연스러워지고, 우아해지고, 그리고 효율적이 되어갔다. 동물은 오자와 씨가 어떤 소리

314

를 염두에 두고 어떤 리듬을 원하는지 본능적으로 이해하기 시작한 듯했다. 그것은 조련이 아니었다. 그곳에 있었던 것은 '공감'을 구하기 위한 특별한 커뮤니케이션이었다. 그들은 커뮤니케이션을 한다는 행위 자체에서 음악의 풍요로운 의미를, 자연스러운 기쁨을 찾아내기 시작한 듯했다.

오자와 씨는 물론 부분부분 오케스트라에 세밀한 지시를 내렸다. 템포에 관해, 음량에 관해, 음색에 관해, 활 쓰기에 관해. 그리고 같은 부분을, 흡사 정밀 기계를 미세하게 조정하듯, 수긍할 수 있을 때까지 몇 번이고 반복하게 했다. 명령하는 게 아니라 '한번 이렇게 해볼까' 하고 제안한다. 가벼운 농담을 던져 모두가 웃는다. 긴장이 약간 누그러진다. 하지만 오자와 씨의 음악에 대한 이미지는 시종 일관된다. 거기에는 타협의 여지가 전혀 없다. 농담은 그저 농담에 불과하다.

오자와 씨가 내리는 지시는 개별적으로는 나도 대체로 의미를 이해할 수 있다. 하지만 그런 상세하고 구체적인 지시의 집적이 음악 전체의 이미지를 어떻게 그리도 선명하게 만들어내는지, 그 울림과 방향성이 단원 전원의 컨센서스로서 공유되게 되는지, 그 연결 과정은 내게 전혀 보이지 않는다. 그 부분이 일종의 블랙박스 같다. 어떻게 그런 일이 가능한 걸까?

그것은 아마도 반세기 이상 세계적인 일류 지휘자로 활약하신 오자와 씨의 '직업상 비밀'일 것이다. 아니, 아닐지도 모른다. 그

315

것은 비밀도, 블랙박스도, 아무것도 아닐지 모른다. 그저 누구나 알고는 있지만 **실제로는 오자와 씨만이 할 수 있는** 일인지도 모른다. 어느 쪽이든 상관없다. 내가 아는 사실은 그게 정말이지 완벽한 마술이라는 것뿐이다. '좋은 음악'이 완성되는 데 필요한 것은 일단 스파크(발화)이고, 그다음이 마술이다. 둘 중 하나라도 빠지면 '좋은 음악'은 그곳에 존재하지 않는다.

그게 내가 스위스의 작은 도시에서 배운 것 중 하나다.

7월 3일 제네바 '빅토리아홀'에서 첫 콘서트가 열리고, 7월 6일 파리 '살 가보'에서 두번째(그리고 마지막) 콘서트가 열렸다. 실내악과 학생 오케스트라라는 수수한 프로그램에도 불구하고 양쪽 모두 표가 매진되었다. 물론 그중 다수는 오자와 세이지를 보러 오는 사람이었다. 오자와 씨가 무대에 서서 지휘하는 것은 작년 카네기홀 이래 반년 만이었으니 그럴 만도 할 것이다.

프로그램 전반은 현악 사중주단 여섯 팀의 연주였다. 앞서 언급했듯이 각각 한 악장씩 연주한다. 후반은 멘델스존 팔중주곡으로 시작해서, 그뒤 오케스트라가 등장해 로버트 맨 씨가 베토벤을 지휘했다. 참으로 아름다운 음악이었다. 다음으로 오자와 씨가 모차르트를 지휘하고, 앙코르로는 차이콥스키를 했다.

결론부터 말하자면 양쪽 다 마음에 남는 멋진 콘서트였다. 연주 수준이 대단히 높고, 마음이 한없이 실려 있었다. 긴장감에 차

있으면서도 자발적이고 순수한 기쁨이 느껴졌다. 젊은 연주자들이 무대 위에서 전력을 다해, 결과는 더할 나위 없이 훌륭했다. 특히 마지막 차이콥스키가 압권이었다. 감성적이고 싱그러운 아름다움이 가득했다. 청중이 모두 기립했고, 박수는 언제까지고 그칠 줄 몰랐다. 특히 파리 청중의 반응은 열광적이었다.

박수에는 물론 무대에 복귀한 오자와 씨에게 음악 팬들이 보내는 격려의 의미도 있었을 것이다. 파리에는 예전부터 오자와 팬이 많다. 또 건투한 학생 오케스트라에 대한 칭찬의 의미도 있었을 것이다(정말이지 학생 오케스트라의 수준을 훨씬 뛰어넘는 연주였다). 하지만 그것만은 아니다. 그곳에 있던 것은 진짜 '좋은 음악'에 대한 아낌없고 순수한, 진심 어린 박수였다. 지휘를 한 사람이 누구건, 연주한 사람이 누구건, 그런 것은 관계없다. 그것은 틀림없이 '좋은 음악'이었다. 불꽃이 있고, 마술이 있었다.

콘서트가 끝나고 아직 흥분이 가라앉지 않은 학생들의 이야기를 들어보니 "연주하면서 나도 모르게 눈물이 났어요"라느니 "이렇게 근사한 체험은 분명 평생 몇 번밖에 못 할 거예요" 같은 말을 했다. 이렇게 거리낌 없이 감동하는 그들을 보자, 또 청중의 뜨거운 반응을 보자, 오자와 씨가 아카데미 활동에 심혈을 기울이는 마음이 이해되었다. 분명 그것은 오자와 씨께 다른 어떤 것과도 바꿀 수 없는 소중한 일일 것이다. 진짜 '좋은 음악'을 다음 세대에게 물려주는 것. 그 확실한 감촉을 전달하는 것. 젊은 음악가

317

들이 순수한 감동에 가슴 떨게 하는 것. 그곳에는 십중팔구 보스턴 교향악단이며 빈 필 같은 초일류 오케스트라를 지휘하는 것에도 결코 뒤지지 않는 깊은 기쁨이 있을 것이다.

하지만 그와 동시에, 몇 차례에 걸친 큰 수술에서 아직 완전히 회복되지 않은 몸을 혹사해서 말 그대로 뼈를 깎아가며 거의 무상으로 젊은 음악가 육성에 힘쓰는 오자와 씨를 보고 있노라면, '이 사람은 몸이 몇 개가 있어도 모자라겠다' 싶어 깊은 한숨을 내쉬지 않을 수 없었다. 솔직히, 뭐라고 말하면 좋을까, 보고 있기가 꽤 괴롭기도 했다. 만약 내게 그런 능력이 있다면 오자와 씨를 위해 예비 몸뚱이를 한두 개 찾아다드리고 싶은데…….

여섯 번째

"정해진 방식이 있는 건 아니에요.

그때그때 생각하면서 가르치죠."

다음 인터뷰는 7월 4일, 제네바에서 파리로 가는 특급열차 안에서 했다. 다만 이때 녹음에 약간 문제가 있어(내 부주의로), 이튿날 파리 아파르트망에서 그 부분을 보완하기 위해 한 번 더 인터뷰를 했다. 콘서트와 콘서트 사이의 이틀간, 오자와 씨는 피로한 기색이 역력했다. 콘서트의 성공이 가져다준 흥분은 아직 얼굴에 남아 있었지만, 무대 위에서 아낌없이 발산한 에너지를 아직 회복하지 못한 상태였다. 조금씩의 잠과 식사, 그리고 자기격려. 체력은 그렇게 해서 조금씩밖에 되찾지 못했다. 그런데도 오자와 씨가 먼저 내 자리로 와서 "자, 이야기를 합시다" 하고 말씀해주셨다. 젊은 사람의 교육을 이야기할 때 오자와 씨는 훨씬 말수가 많아진다. 자신의 음악에 관해 이야기할 때보다도 훨씬.

무라카미 어제 리허설하는 짬짬이 로버트 맨 씨와 잠깐 말씀을 나눴는데, 칠 년 전부터 세미나에 참가해왔지만 올해 학생 수준이 제일 높았다고 하시더군요.

오자와 그러게요, 내 생각에도 그래요. 왜 그럴까 생각해봤는데, 작년에 내가 병이 나서 못 왔잖아요? 그게 반대로 좋은 방향으로 작용했을 수도 있다는 생각이 드는군요. 어쨌거나 주관자인 데다 매년 꼭 오던 내가 없었으니, 이거 어떻게든 해야겠다 싶어서 선생들도 학생들도 정신이 바짝 든 게 아닐까요. 전엔 내가 아침부터 저녁까지 돌았거든요. 모든 연습에 나가서 확실하게 지켜봤어요. 하지만 작년엔 병 때문에 못 왔고, 올해도 조금씩밖에 얼굴을 못 비쳤거든. 현장은 거의 선생들에게 맡겨놓고.

무라카미 선생님은 작년에도 같은 분들이었죠?

오자와 네, 그래요. 처음 시작했을 때부터 한 번도 안 변했어요. 그렇지만 내 보기에 (하라다) 사다오 씨도 그렇고, (이마이) 노부코 씨도 그렇고, 요 몇 년 사이에 교사로서 장족의 발전을 했어요. 패멀라는 뭐, 옛날부터 그랬지만, 다들 가르치는 기술이 확 늘었군요. 특히 이 아카데미 학생들은 수준이 높은 데다 매년 오는 학생도 많고 말이죠.

무라카미 그만큼 가르칠 맛이 있다는 말씀이군요.

322 **오자와** 그렇죠.

무라카미 여기 오는 젊은 연주자들은 다들 신분은 학생인 셈입니까?

오자와 대체로 그렇지만 다 그런 건 아니고, 개중엔 프로 연주자로 이미 무대에 서서 활동하는 사람도 있어요. 처음엔 이 프로그램에 참가하는 걸 삼 년까지라고 제한했는데, 그러다가 그 조건을 없앴어요. 오디션에만 합격하면 몇 년이든 오케이, 원하는 만큼 얼마든지 와라, 하는 걸로 바꿨죠. 그래서 여러 번 오는 사람이 늘면서 전체적인 수준도 향상된 거예요. 현재는 아직 연령 제한이 있지만, 이것도 내년부터는 그만둘까 생각 중이에요. 몇 살이 됐든 다시 오고 싶은 사람은 오라고 하자 싶어서.

무라카미 현재는 나이가 제일 많은 사람이 스물여덟 살 정도죠. 제일 젊은 사람이 열아홉 살. 이십대 초반이 주축입니까.

오자와 네. 그걸 서른 살이든 마흔 살이든 상관없게 만들까 해요. 오디션에만 붙으면 되게. 그것하고 별도로 오디션 없이 받아들이는, 특대생 대우의 우수한 사람이 몇 명 있어요. 구체적으로 이름을 들자면 알레나와 사샤, 아가타, 이렇게 세 명. 셋 다 바이올리니스트인데, 이 사람들은 참가하고 싶으면 언제든 참가할 수 있어요. 아마 내년부터는 한 명 더 생길 건데.

무라카미 중심이 확실하게 잡히고 있군요. 그렇지만 전체의

323

틀이랄지, 정원은 있는 거죠?

오자와　원래는 쿼텟 여섯 팀, 스물네 명이 한도인데, 올해는 이런저런 사정이 있어서 인원수가 늘어나는 바람에 일곱 팀이 됐어요. 콘서트에서 발표하는 건 여섯 팀이 한계인데 말이죠. 그래서 올해는 강사들을 멤버에 넣어 멘델스존 옥텟을 프로그램에 포함시킨 거예요. 남은 사람들이 거기 끼어서 연주할 수 있게 말이죠. 또 내가 만약 올해도 못 올 경우, 오케스트라 연주는 빼고 이 옥텟으로 빈틈을 메꿀 생각도 있었거든. 하지만 이렇게 이럭저럭 올 수 있었고, 아마 어려울 거라고 했던 맨 선생도 와주셨고…….

무라카미　덕분에 음악적으로 아주 알찬 프로그램이 됐군요. 콘서트로서 구성이 아주 재미있었습니다. 맨 씨는 부인 말씀을 듣기로 가르치는 걸 아주 좋아하신다죠?

오자와　그래요. 또 나하고 인간적으로 마음이 아주 잘 맞거든. 사실 맨 선생은 여러 유명한 곳에서 초빙을 받아요. 빈이라든지 베를린이라든지. 그런데 그런 걸 전부 거절하고 일부러 나한테 우선적으로 와주는 거예요. 여기 롤도 그렇고, 마쓰모토도 그렇고. 그래서 다들 곧잘 그래요, 세이지, 좋겠어, 맨 씨가 와주다니.

무라카미　그렇지만 이제 고령이시고(아흔두 살) 솔직히 앞으로 언제까지 와주실 수 있을지 알 수 없죠. 만약 맨 씨가 못

324

오게 되면 빈자리가 꽤나 크지 않겠습니까? 맨 씨의 존재가 이 아카데미에서 꽤 큰 것 같은데요.

오자와 맞아요. 그렇지만 만약 맨 씨가 못 오게 돼도 후임은 없이 지금 멤버, 패멀라, 하라다, 이마이, 이렇게 세 선생만으로 계속하게 돼 있어요. 맨 씨를 대신할 수 있는 사람은 없거든. 여러모로 생각해봤지만, 현재 살아 있는 연주자들 중에서 그 사람 빈자리를 메꿀 수 있는 사람은 없어요. 그건 그렇고 맨 씨가 오케스트라 지휘를 하게 된 건 사실 내가 강력하게 권한 거예요. 처음엔 못 한다고 고사했는데, 내가 한사코 해달라고 졸라대서 일본에서 처음으로 지휘했답니다. 최근엔 꽤 자신감이 붙은 것 같던데요.

무라카미 악기 연주는 아직 하시는지요?

오자와 조금은 하지만 거의 안 할 거예요. 다음에 마쓰모토에서 연주한답니다. 하라다 사다오 씨와 함께 버르토크 쿼텟을 해요. 마쓰모토선 지휘는 안 하고 쿼텟 연주만. 이번 멘델스존 옥텟도 원래는 맨 씨가 연주할 예정이었는데, 결국 안 하게 됐어요. 지휘와 연주 둘 다 하는 건 부담이 너무 크다고 해서 지휘 쪽을 골랐죠. 우리 입장에선 고마운 일이지만요.무라카미 주▶유감스럽게도 마쓰모토에서 할 예정이던 맨 씨의 지휘는 취소되고 말았다.

무라카미 그렇지만 아쉬운데요. 맨 씨 연주를 들어보고 싶었는데요. 전 십대 때부터 줄리아드 현악 사중주단 팬이었으니까요. 어쨌든 여기 학생들을 보면 여러 나라에서 모였다는 것도 있겠지만, 다들 음악의 캐릭터가 뚜렷하더군요. 요새 유행하는 말로 말하자면 각자 캐릭터가 살아 있다고 할지.

오자와 맞아요. 그러니까 가르치면서 재미있고, 가르치는 보람도 있죠.

무라카미 현악 사중주의 경우가 특히 그렇죠. 개성과 개성이 겹치는 부분이 있으니까 캐릭터가 뚜렷하면 스릴이 넘칩니다. 물론 그게 좋은 방향으로 나오는 경우하고 반대 경우가 있겠지만.

오자와 맞아요.

무라카미 오케스트라에 대해 말하자면, 이번에 오자와 씨는 모차르트의 디베르티멘토 K136을 지휘하고, 앙코르로 차이콥스키의 〈현악 세레나데〉 첫 악장을 하셨는데요, 연주곡은 매년 바뀌죠?

오자와 네, 매년 달라요. 지금까지 어떤 걸 했더라? 차이콥스키의 〈현악 세레나데〉를 전곡 다 한 적도 있어요. 하지만 그거 꽤 길단 말이죠. 그리고 그리그의 〈홀베르그 모음곡〉도 했군요. 또 버르토크의 〈현악을 위한 디베르티멘토〉. 난 여기서 육 년 지휘했으니까 여섯 번 다른 곡을 했어요. 쇤베르크의 〈정화된 밤〉을 한번 해보고 싶은데, 그것도 꽤 기니까 말이죠. 아쉽게도 올해는 좀 무리였어요.

무라카미 곡목을 들어보니 오자와 씨가 학창 시절 사이토 선생께 배운 레퍼토리하고 거의 겹치는데요.

오자와 그러네요. 네, 아닌 게 아니라. 듣고 보니 방금 내가 말한 곡은 전부 내가 옛날 사이토 선생께 배운 곡들이에요. 〈정화된 밤〉도 그렇고. 이건 내년엔 꼭 하고 싶군요. 올해는 체력이 따라주지 않아서 아쉽게도 못 했지만. 드보르자크의 〈현악 세레나데〉도 사이토 선생께 배운 적이 있는데, 이것도 언젠가 하고 싶어요. 오르프도 〈이탈리아 세레나데〉란 곡이 있어요, 현악으로만 된 곡.

무라카미 처음 듣는데요.

오자와 프로도 대개 몰라요. 그렇지만 좋은 곡이랍니다.

무라카미 로시니도 현악으로만 된 곡이 있지 않았던가요?

오자와 네, 있어요. 그것도 사이토 선생이 하셨죠. 그렇지만 그거, 의외로 가벼워서 말이에요. 좀 너무 가볍지 않나 싶어서.

무라카미 결국 오자와 씨가 젊었을 때 사이토 선생께 배운 걸, 이번엔 오자와 씨가 오자와 씨 방식으로 다음 세대에게 건네주는 건가요.

오자와 그렇죠. 버르토크도, 차이콥스키 〈현악 세레나데〉도 사이토 선생께 열심히 배운 곡이에요.

무라카미 그렇지만 도호 오케스트라는 현악 말고 관악기도

327

좀 있었죠?

오자와 좀 있을 때도 있었지만, 현악뿐일 때가 압도적으로 많았어요. 실제로 관을 하는 사람이 거의 없었으니까. 가령 로시니의 〈세비야의 이발사〉 서곡을 오보에 하나, 플루트 하나로 한 적도 있거든. 그렇게 편곡해서. 엄청난 작업이었죠. 비올라가 관 소리를 내고 그랬어요.

무라카미 이럭저럭 수를 써서 하는군요. 그러고 보니 어제 차이콥스키도 아주 훌륭한 연주였지만 콘트라베이스가 두세 명 더 있으면 저음이 더 풍부했을 텐데 싶더군요. 한 명만으로는 좀 미흡하던데요.

오자와 뭐, 원래 악보가 그런 악기 편성이니 말이죠.

무라카미 콘서트를 듣다 보니까 이대로 상설 오케스트라로 만들어도 충분히 통하겠더군요. 유스 오케스트라 이상의 박력이 느껴졌습니다.

오자와 그렇죠. 어젯밤 정도의 연주가 가능하면 그대로 세계 순회를 해도 될 거예요. 레퍼토리를 늘리고, 솔로를 할 수 있는 사람이 여러 명 그중에 있으니까 그 사람들 솔로 시키고, 콘체르토 같은 걸 하면 빈에서든, 베를린에서든, 뉴욕에서든 통할 테죠. 어디 내놔도 부끄럽지 않을 거예요.

무라카미 전체적인 수준이 대단히 높습니다. 일사불란이란 말이 있는데, 엉킬 실이 없어요. 올이 풀린 데가 안 보이더군요.

오자와 네. 말은 좀 그렇지만 찌꺼기가 없거든. 빈 구멍이 없어요. 올해는 다들 훌륭해요. 하지만 말이죠, 이건 결코 요행이 아니라 하다 보니 점점 그렇게 된 거예요. 해를 거듭할수록 오디션이 꽤 치밀해졌고, 가르치는 방식도 많이 보완됐으니까요.

무라카미 솔직히 말씀드려서 처음에 연주를 들었을 때는, 아마 이틀째 연습이었던 것 같은데, 이거 어떻게 되려나 싶었습니다. 라벨을 들어도 라벨 소리가 아니고, 슈베르트를 들어도 슈베르트 소리가 아니고, 이래서 되겠나 싶더군요. 일주일 남짓 사이에 여기까지 올 줄은 예상도 못 했습니다.

오자와 다들 아직 처음 만났을 때니까 말이죠.

무라카미 그때 제일 강하게 느꼈던 건 다들 소리가 젊구나 하는 거였습니다. 포르테는 지저분하고, 피아노는 불안정하고…… 그런 느낌으로. 그런데 연습을 매일 듣다 보니까 점점 포르테가 탄탄해지고, 피아노에 심이 생기는 겁니다. 그런 부분에 감탄했습니다. 그래, 음악가란 이런 식으로 좋아지는구나 하고.

오자와 학생들 중엔, 연주는 확실히 잘하고 내는 소리도 자연스럽고 아름다운데 음악이란 걸 아직 진정한 의미에서 이해 못 하는 사람도 가끔 있어요. 자질은 있는데 깊이가 없는 거죠. 자기 생각밖에 안 하고. 그런 사람이 있으면 선생들이 오

329

디션 때 아주 고민해요. 그런 사람을 받아도 될지 말지. 전체의 조화를 깨뜨리지 않을까 싶어서. 하지만 난 오히려 그런 사람을 넣고 싶거든. 소리가 그렇게 자연스럽고 훌륭하다면, 여기로 데려와서 음악이란 걸 철저하게 가르치면 그만이니까. 그럼, 그게 '잘될' 경우에 그렇다는 뜻이지만, 훌륭한 연주자가 될 수 있어요. 천성적으로 자연스럽고 아름다운 소리를 낼 수 있는 사람은 그렇게 많지 않으니까.

무라카미 천성적인 건 가르칠 수 없지만, 사고방식이나 자세는 가르칠 수 있다?

오자와 그런 거죠.

무라카미 제가 들은 학생들 쿼텟 중에선 야나체크가 제일 훌륭했는데요. 처음 듣는 곡이었습니다만.

오자와 네, 대단했죠. 훌륭했어요. 그 곡은 제1바이올린을 연주한 사샤란 애가 이 곡을 꼭 하고 싶다고 해서 한 거예요. 보통은 선생이 '이걸 해라' 하고 과제곡을 주는데, 야나체크는 학생 쪽에서 하고 싶다고 희망했어요.

무라카미 그 유닛은 조금만 더 다듬으면 정규 현악 사중주단으로도 충분히 통하지 않을까요?

오자와 네, 지금 상태로도 충분히 팔릴지 모르죠. 하지만 여기 오는 사람들은 다들 솔리스트가 하고 싶거든.

330 **무라카미** 실내악을 하고 싶은 젊은 사람은 많지 않죠.

오자와 그러게요. 이 정도로 철저하게 실내악을 하고 싶은 사람은 거의 없을지도 몰라요. 그렇지만 여기서 실내악을 이만큼 확실하게 공부해두면 음악가로서 오래갈 거예요. 아마도, 내 생각으론.

무라카미 로버트 맨 씨는 일관되게 실내악을 추구해온 사람이잖습니까? 그런 건 그 사람의 원래 성격에 따라 달라지는 겁니까? 실내악을 하고 싶은 사람이 있고, 솔리스트가 되는 데에만 관심 있는 사람이 있고……. 아니면 실내악으로는 먹고살기가 쉽지 않은 걸까요.

오자와 그런 부분은 있을지도 몰라요. 그러니까 다들 솔리스트를 목표로 삼았다가 그게 안 되면 오케스트라에 들어가서 연주하는 거죠.

무라카미 그렇지만 오케스트라에 들어가면 그 안에서 현악 사중주단을 만들어서 활동하거나 하는 게 전통으로 존재하잖습니까? 빈 필이라든지 베를린 필이라든지…….

오자와 맞아요. 그런 사람들은 오케스트라로 정규 수입을 얻으면서 남은 시간에 실내악을 하는 거예요. 자기들을 위한 음악을 하는 거지. 하지만 사중주만으로 먹고사는 건 간단한 일이 아니거든.

무라카미 실내악을 즐겨 듣는 사람들 층이 두껍지 않다는 것도 이유일까요?

331

오자와 그건 있을지도 몰라요. 실내악은 좋아하는 사람은 더없이 좋아하지만, 전체적인 숫자는 역시 적을지도 모르죠. 최근엔 애호가가 늘었다는 말도 들리지만요.

무라카미 도쿄 도내를 보면 실내악에 맞는 작은 홀도 많이 늘었죠. 기오이홀이라든지, 이젠 없어졌지만 카살스홀 같은 타입의 장소가.

오자와 그러게요. 예전엔 그런 홀이 많지 않았어요. 예전엔 미쓰코시 극장 같은 데서 실내악을 했죠. 사이토 선생라든지, 이와모토 마리라든지. 또 다이이치세이메이홀도.

무라카미 오자와 아카데미는 현악 사중주에 상당히 집중한다고 할지. 현악 사중주란 포맷을 중심에 두고 프로그램을 진행하는데요. 그건 왜 그런 건지요?

오자와 이번 프로그램엔 쿼텟 중에 모차르트가 안 들어갔고, 나중 것에선 버르토크라든지 쇼스타코비치도 안 들어갔지만, 하이든부터 시작해서 현대에 이르기까지 이름 있는 음악가는 하나같이 현악 사중주곡을 작곡했어요. 모차르트도, 베토벤도, 슈베르트도, 브람스도, 차이콥스키도, 드뷔시도. 그런 작곡가들은 사중주를 작곡할 때 정말 전력을 다했거든. 그러니까 그들이 작곡한 현악 사중주곡을 연주함으로써 작곡가를 더욱 깊이 이해할 수 있는 거예요. 특히 베토벤의 후기 현악 사중주곡을 모르고 베토벤을 진짜로 이해하는 건 불

332

가능해요. 그런 의미도 있어서 현악 사중주곡을 중시하는 거랍니다. 음악의 기본 중 하나니까.

무라카미 하지만 이십대 초반의 학생이 베토벤의 후기 현악 사중주곡을 연주하는 건 어려울 것 같은데요. 이번엔 상급자 그룹이 작품 130을 연주했습니다만.

오자와 음, 베토벤의 후기 작품은 인생 경험을 쌓아야 연주할 수 있다고 말하는 사람도 있어요. 복잡하니까. 하지만 학생들이 먼저 하고 싶다고 해서 하는 거고, 난 그런 게 아주 좋은 일이라고 생각하거든.

무라카미 굉장히 건투들 했다고 저도 생각합니다. 그런데 현악 사중주곡 말고는 안 다루십니까? 예컨대 모차르트 오중주는 비올라가 하나 더 들어 있죠. 그런 건 안 하시는지요?

오자와 아니, 그런 건 아니에요. 해요, 우리도. 예를 들어 내년엔 브람스 육중주곡을 해볼까 하는데. 그리고 그것도 했어요, 콘트라베이스가 들어가는 드보르자크 오중주. 앙상블 때문에 부른 콘트라베이스가 할 게 아무것도 없으면 불쌍하니까요.

무라카미 콘트라베이스 하는 그 애, 불쌍하죠. 아까 이야기하면서 물어봤거든요. 다들 현악 사중주곡을 연습할 때 넌 뭘 하느냐고. 그랬더니 "혼자서 묵묵히 연습해요" 하던걸요(웃음). 슈베르트 오중주곡도 좋지 않습니까? 첼로가 두 개인 거.

오자와 물론 그런 베리에이션은 줘요. 그렇지만 현악 사중주 곡이 거의 중심이죠. 그게 기본이에요.

무라카미 그런 시스템은 오자와 씨가 고안하신 겁니까? 절반은 현악 사중주곡을 하고, 나머지 절반은 전원이 참가하는 앙상블로 한다는 구성은?

오자와 네, 뭐, 내가 만들었지만 그건 오쿠시가에서 줄곧 해왔던 거예요. 그걸 그대로 이쪽(스위스)으로 가져온 거죠. 오쿠시가에서도 처음엔 현악 사중주만 할 예정이었거든요. 그런데 모처럼 이렇게 사람들이 모였는데 해서 식사가 끝나고 놀이 같은 느낌으로 다함께 합주를 시작한 거예요. 재미로. 그래서 마침 나도 있겠다, 지휘를 하게 돼서, 음, 뭐였더라, 처음엔 모차르트 디베르티멘토를 했던가? 그게 그대로 프로그램의 일부가 돼서 매년 곡을 바꿔서 합주를 하게 됐어요.

무라카미 자연발생적으로 그렇게 됐군요. 오쿠시가에서 하시는 프로그램은 지금 몇 년째죠?

오자와 스위스가 칠 년이니까 오쿠시가가 십오 년쯤 되려나요.

무라카미 오쿠시가에서 대략적인 시스템을 확립해서, 그걸 거의 그대로 유럽으로 들여왔군요.

오자와 그래요. 오쿠시가에 와주던 로버트 맨 씨가 이런 걸 유럽에서도 하면 좋겠다고 해서, 그래서 시작했죠.

무라카미 하지만 오자와 씨는 오케스트라 지휘가 전문이신

데, 그런 사람이 이런 현악 사중주곡이 중심인 프로그램을 시작한다는 게 좀 신기합니다만. 이유가 뭘까 싶어서요.

오자와　네, 다들 그런 말 해요. 난 사이토 선생 밑에서 배우던 시절 중요한 현악 사중주 레퍼토리는 대체로 다 공부했는데, 그게 꽤 도움이 많이 됐어요. 다만 이번처럼 야나체크라든지 스메타나, 그런 모르는 곡을 하려면 미리 공부해놓을 필요가 있죠. 하이든도 모르는 곡이 수두룩하겠다, 공부는 필요해요. 그렇지만 내가 여기서 하는 가장 중요한 일은 좋은 선생을 선택해 데려오는 일이거든. 그것만 잘되면 나머지는 어떻게든 돼요. 그건 일본이든, 유럽이든 마찬가지죠.

무라카미　그럼 오자와 씨는 선생님들이 가르치는 걸 돌아보면서 보조적으로 조언을 해준다든지, 그런 식으로 움직이시는군요?

오자와　네, 필요한 게 있으면 말하고, 그냥 잠자코 듣기만 할 때도 있고, 저쪽에서 의견을 구하면 발언도 하고. 하지만 어쨌거나 실제로 가르치는 건 선생들이에요.

무라카미　그걸 현악에만 한해서 하시는 거죠?

오자와　그건 역시 현악 사중주가 기본이란 생각이 밑바탕에 깔려 있기 때문이에요. 관악기도 넣을까 생각한 적은 있어요. 그래서 플루트라든지 오보에 선생도 만나봤는데, 그렇게까지 범위를 넓히면 여간 힘들지 않거든. 규모가 너무 커져요.

335

무라카미 피아노도 없습니까?

오자와 피아노는 안 넣어요. 피아노를 넣으면 느낌이 변해버리단 말이죠. 가령 피아노 트리오라면 솔리스트가 셋처럼 돼요. 그에 비해 현악 사중주란 건 합주의 기본이에요.

무라카미 제가 견학하면서 재미있게 생각한 건 제1바이올린과 제2바이올린이 악장에 따라 교대하는 거였습니다. 보통은 경험이 풍부한 사람이라든지 실력 있는 사람이 제1을 연주하잖습니까? 그런데 여기선 다르거든요.

오자와 그거 아주 좋은 방법이에요. 오쿠시가에서 시작해서 여기서도 그대로 따라하는데, 좌우지간 우리한테 오는 바이올리니스트는 전부 실력하고 상관없이 제1과 제2 양쪽 다 시켜요.

무라카미 오자와 씨 자신에 관해 말하자면, 현악 사중주를 지도하는 게 오자와 씨의 음악 활동에 이바지하는 부분이 있을까요?

오자와 글쎄요, 음, 있을 것 같군요. 예컨대 악보를 아주 세세하게 보게 돼요. 사성부밖에 없으니 말이지. 다만 사중주니까 심플하다 하는 건 아니에요. 다양한 음악적 요소가 그 안에 응축돼서 들어 있으니까.

무라카미 로버트 맨 씨의 마스터 클래스 지도를 보면서 생각했는데, 맨 씨가 말하는 바는 정말 철저하게 일관되더군요.

336

일곱 개 유닛의 연주를 듣고 하나하나에 세세하게 조언을 해주는데, 하는 말은 거의 똑같았습니다. 첫째는 안소리를 좀더 뚜렷하게 드러내라는 것이었는데요. 현악 사중주곡에선 그런 균형이 아주 중요하죠.

오자와   그렇죠. 서양음악의 합주에선 안소리가 무척 중요한 요소예요.

무라카미   최근엔 오케스트라도 안소리를 더욱 뚜렷하게 드러내는 게 더 큰 의미를 갖게 됐죠? 말하자면 실내악적으로 됐다고 할지.

오자와   네, 맞는 말이에요. 좋은 그룹은 다들 그렇게 하죠. 그걸 안 하면 맛이 안 살게 됐어요.

무라카미   하지만 학교에서 솔리스트가 되기 위한 공부를 하는 학생은 주선율을 주로 연주하느라 안소리를 담당하는 입장에 설 일이 거의 없습니다. 그렇기에 현악 사중주에서 제2바이올린을 하는 데 의미가 있는 거죠?

오자와   내 생각엔 그래요. 안소리를 연주하면서 음악의 내면을 볼 수 있는 거예요. 그게 가장 중요한 게 아닐까요? 그런 걸 하다 보면 귀도 살찌고 말이죠. 비올라나 첼로도, 뭐, 바이올린에 비하면 원래 합주에 어울리는 악기이긴 하지만, 여기 와서 그런 부분을 더 깊이 볼 수 있게 되는 건 있다고 생각해요.

337

무라카미 또 맨 씨가 여러 번 말씀하신 게 이건데요. 피아노란 지시는 약하게 연주하라는 게 아니다, 피아노란 포르테의 절반이란 뜻이다, 그러니까 작고 강하게 연주해라. 입이 닳도록 그런 말씀을 하시더군요.

오자와 아, 네. 우리는 피아노 하면 무심코 부드럽게 연주하잖아요? 하지만 맨 씨 말로는, 소리는 작아도 뚜렷하게 내라, 약한 음이라도 그 속에 리듬을 확실하게 살려라, 정감이 들어 있어야 한다, 그러거든. 좌우지간 고저와 강약을 주라는 게 맨 씨가 말하려는 거예요. 그게 반세기 이상 현악 사중주를 해온 그 사람의 신념이랍니다.

무라카미 줄리아드 현악 사중주단의 소리가 바로 그렇죠. 확실하게 고저와 강약을 준다고 할지, 명료하고 어디까지나 분석적이라고 할지. 유럽 사람은 그런 걸 별로 안 좋아하는지도 모릅니다.

오자와 그렇죠. 유럽 사람은 좀더 모호해도 되지 않나, 좀더 분위기가 있어도 되지 않나, 분명 그렇게 말할 거예요. 하지만 맨 씨의 사고방식은 작곡가의 의도를 분명하게 소리로 표현해서 연주하는 거거든. 소리를 청중의 귀에 정확하게 전달하는 것. 그게 맨 씨가 지향하는 바죠. 어물거리지 않는 충실한 연주라고 할지.

무라카미 그리고 또 "안 들린다I can't hear you"란 말도 자주 하시더군요. 예컨대 디미누엔도 같은 데서 마지막 음이 안 들리는 걸 자주 주의 주셨습니다. 그런 부분을 약하면서 뚜렷하게 연주하려면 분명 어려울 테죠.

오자와 맞아요. 그리고 맨 씨가 자주 하는 말이, 약한 음을 정확하게 내려면 그 앞 음을 약간 세게 연주하라는 거예요. 그 전에 약한 음을 내면 갈 데가 없어지니 말이죠. 그런 계산이랄지, 그런 걸 정확하게 하는 사람이랍니다.

무라카미 자네 그 소리는 여기선 들리지만 커다란 홀에선 안 들려, 같은 말씀도 하시더군요.

오자와 네, 그런 건 오랜 경험의 산물이에요. 워낙 경험이 풍부하니까. 작은 홀에서 할 때도 늘 큰 홀에서 할 때의 소리를 예상해요.

무라카미 하라다 사다오 씨께 그에 관해 여쭤보니까, 작은 홀에서든 큰 홀에서든 똑같이 분명하게 들리는 소리가 진짜 소리라고 하시더군요. 홀의 크기에 따라 소리를 다르게 내는 사람이 있는데, 그건 진정한 의미에서의 올바른 연주가 아니라고.

오자와 네, 그게 제일 올바른 표현일 거예요. 실행하기는 아주 어렵지만 제일 좋은 말이군요.

무라카미 그렇지만 제네바에선 빅토리아홀, 파리에선 살 가보라는 홀에서 콘서트를 하셨는데, 양쪽의 음향이 전혀 딴판이

339

라 학생들이 꽤 당황한 것 같던데요.

오자와 그래요. 연습을 잘 해놓지 않으면 서로의 소리를 듣기가 쉽지 않죠.

무라카미 그리고 또 맨 씨가 자주 하신 말씀이 "말해라Speak!"였습니다. '노래해라'가 아니라 '말해라', 즉, 언어적으로 이야기해라.

오자와 그건 말이죠, 노래하는 것보다 더 폭이 넓은 거예요. 노래만 하는 게 아니라. 노래한다는 건 이렇게 그냥, 우아아 아아(두 팔을 활짝 벌린다) 하는 거잖아요? 그런 게 아니라, 물론 그런 것도 있지만 그게 다가 아니라, 노래를 시작하는 것, 노래를 끝내는 것, 그런 걸 명확히 표현하라는 뜻이랍니다. 그런 단계를 의식하라든지, 그런 말이라고 생각해요.

무라카미 또 그에 관련해서 하신 말씀, 작곡가한테는 고유의 언어가 있으니까 그 언어로 이야기해라.

오자와 작곡가의 스타일이죠. 작곡가 고유의 목소리를 습득해야 해요.

무라카미 그것과 동시에 한 말이, 스메타나한테는 체코어적인 표현이 있고 라벨한테는 프랑스어적인 표현이 있다, 그런 점까지 생각하는 게 좋다는 거였습니다. 꽤 재미있는 지적이다 싶더군요. 아무튼 맨 씨는 그런 식으로 자기 의견을 명확하게, 반복해서 말하는 사람이던데요. 상대방에 따라 지도법을

340

바꾸지 않아요. 좌우지간 일관된 독자적인 철학 같은 걸 갖고 있고 그걸 관철시킵니다.

오자와 맨 씨는 그런 게 전부 자기 경험에서 나오는 거예요. 독자적인 사고방식을 갖고 있는 거죠. 어쨌거나 누구보다도 오랫동안 한결같이 실내악의 길을 걸어온 사람이겠다, 경험은 누구보다도 풍부해요.

무라카미 패멀라라든지 이마이 씨, 하라다 씨와 지도법이 안 맞는 부분도 가끔 있겠습니다.

오자와 그런 건 있는 게 당연해요. 그래서 난 늘 학생들한테 말하죠. 선생님에 따라 의견이 다른 게 당연하다고. 선생들한테도 그렇게 말하고, 맨 씨한테도 말해요. 다른 의견이 있는 게 당연한 거고, 그런 게 음악이라고. 그런 게 있어서 음악이 재미있어지는 거라고. 하는 말은 달라도 도달점은 같을지 모른다고. 물론 다를 때도 있지만.

무라카미 가령 구체적으로 어떤 차이가 있을까요?

오자와 예를 들면 말이죠, 지난번 맨 씨가 라벨의 쿼텟을 지도할 때 있었던 일인데, 악보에 이런 긴 이음줄이 있거든요. 바이올린이나 첼로 주자들은 대개 이 이음줄을, 활 방향을 바꾸지 말고 켜라는 지시라고 해석해요. 활 쓰기를 실제적으로 지시하는 표시라고. 그런데 작곡가한테 그건 프레이즈 지시이기도 하단 말이죠. 그러니까 맨 씨는 그걸 음악적 프레

341

이즈를 의미한다고 해석해서 끊어서 켜라고 지도한 거예요.

무라카미 도중에 활 방향을 바꿔도 괜찮다는 말이군요.

오자와 그렇죠. 그런데 패멀라는 그전에 그거하고 다르게 지도했거든요. 작곡가가 기껏 그렇게 썼으니 일단 그런 식으로 활을 써보라고. 거기서 의견이 갈린 거예요. 그러니 그 자리에서 패멀라가 바로 해명했겠죠. 제가 그렇게 지도해서 그래요, 하고.

무라카미 아아, 그게 그런 뜻이었군요. 기술적인 문제라 전 잘 이해를 못 했습니다.

오자와 패멀라 입장에선 다소 무리는 있을지 몰라도 작곡가가 그렇게 썼으니까 일단 한번 해봐라, 그런 거예요.

무라카미 다소 무리가 있어도 원전을 존중해 일단 끝에서 끝까지 원 스트로크로 해봐라, 시도해봐라. 그런데 맨 씨 말은, 구태여 그렇게 어려운 걸 할 필요 없다?

오자와 그래요. 작곡가가 원하는 소리만 나오면 되는 거지, 활 방향을 바꾼다고 문제될 건 전혀 없다. 활 길이는 정해져 있으니 무리한들 의미가 없다. 그게 맨 씨 의견이에요. 둘 다 옳아요. 그건 학생이 양쪽 다 해보고 자기가 옳다고 생각하는 쪽을 택하면 되는 거예요.

무라카미 결론은 사람마다 다르겠죠.

오자와 폐활량이 큰 사람과 작은 사람이 노래 방법이 다른 거하고 마찬가지예요. 호흡이 필요하냐 아니냐. 원 스트로크로 켤 수 있는 사람도 있고, 켤 수 없는 사람도 있어요.

무라카미 그러고 보니 맨 씨는 호흡에 관해서도 말씀을 많이 하셨습니다. 사람이 노래할 때 어디선가 숨을 쉬어야 한다, 하지만 현악기는 불행히도 숨을 안 쉬어도 된다, 그러니까 더더욱 호흡을 의식해서 연주해야 한다고. **불행히도**란 표현이 재미있더군요. 그리고 또 침묵에 관해서도 여러 번 이야기하셨습니다. 침묵이란 건 단순히 소리가 없는 상태가 아니다, 거기에 침묵이란 소리가 분명히 존재한다고.

오자와 아아, 그건 일본의 '여백'이란 개념하고 똑같은 거예요. 아악이라든지, 비파라든지, 퉁소 같은 거하고 마찬가지죠. 아주 비슷해요. 서양음악 악보에도 그런 여백이 쓰여 있는 게 있어요. 하지만 안 쓰여 있는 것도 있거든. 맨 씨는 그런 걸 잘 아는 사람이에요.

무라카미 또 제 생각에 의외였던 게, 맨 씨는 보잉(활 쓰기)이라든지 핑거링(운지)에 관해선 별로 세세한 지시를 안 내린다는 거였습니다. 전문가로서 뭐라 더 할 줄 알았는데요.

오자와 여기 오는 학생들은 그런 단계는 이미 넘었겠죠. 그래서 맨 씨는 그보다 한 단계 위를 지도하는 거예요. 그런 종류의 문제는 이미 없어요. 내 생각엔 그렇군요.

무라카미 다만 이 부분은 좀더 브리지에 가까운 부분에서 켜

343

라, 손가락판 위에서 켜라, 그런 기술적인 지도는 많이 하시더군요.

오자와 네, 그럼 소리가 달라지거든요. 손가락판 위에서 켜면 소리가 뭉개지고, 브리지 가까운 부분에서 켜면 소리가 뚜렷해져요. 그건 확실히 맨 씨가 자주 말하는군요.

무라카미 전 음악을 하는 사람이 아니지만, 맨 씨의 그런 지도를 보면서 공부가 많이 됐습니다.

오자와 그럴 거예요. 그런 걸 그 자리에서 볼 수 있다는 건 두 번 다시 없을 귀중한 기회랍니다. 아주 좋은 공부가 되죠. 전부 비디오로 녹화해서 나중에 볼 수 있게 한답니다.

무라카미 맨 씨는 확고한 자기 방식을 가진 사람이죠. 하지만 지도자로서의 오자와 씨는 그와는 약간 다르다는 생각이 듭니다만. 그때그때 조금씩 바꾸시죠?

오자와 네, 그렇죠. 내가 가르침을 받은 사이토 선생도 맨 씨와 비슷해요. 늘 명확한 방식을 가지고 계셨죠. 난 그런 부분에 반항했거든요. 결국은 하는 말이 늘 정해져 있는 셈이에요. 다 만들어져 있는 거죠. 그렇지만 난 음악은 그런 게 아니지 않을까, 줄곧 그런 생각으로 해왔거든요. 그런 게 아니도록 일부러 의도해서 하고 있어요.

무라카미 젊었을 때 배우신 것과 오히려 반대로 한다?

344 **오자와** 지휘에 관해서도 그렇고, 가르치는 데 관해서도 그래

요. 이래야 된다, 하는 틀을 준비해서 가는 게 아니라, 아무 준비도 안 하고 가서 그 자리에서 상대방을 보고 정해요. 상대방이 하는 걸 보고 그때그때 대응하죠. 그러니까 나 같은 사람은 교본 같은 걸 못 써요. 상대방이 실제로 눈앞에 있지 않으면 할 말이 없으니까.

무라카미 상대방에 따라 하는 말이 달라지는군요. 그렇지만 그런 사람이 있고, 동시에 맨 씨처럼 확고한 철학을 가진 사람이 있고, 그런 콤비네이션이 분명히 좋은 결과를 가져오겠죠.

오자와 그렇겠죠.

무라카미 오자와 씨는 언제부터 젊은 사람들을 가르치는 데 관심을 갖게 되셨습니까?

오자와 그러게요, 탱글우드에 가고 나서 얼마 지나서니까 보스턴 음악감독으로 취임하고 십 년쯤 됐을 때일까요. 그전에도 가르쳐보란 말을 계속 들었는데, 관심이 별로 없었어요. 보스턴에 간 직후 사이토 선생이 도호에서 가르쳐달라고 꽤나 여러 번 말씀하셔서 그걸 계속 거절했었거든. 싫다고. 그러다가 겨우 오케이하고 가르치기 시작했는데, 얼마 안 돼서 사이토 선생이 돌아가신 거예요. 그래서 책임을 느꼈다고 할지, 선생이 돌아가시고 나서 꽤 본격적으로 가르치기 시작해서, 그러다 탱글우드에서도 지도하기 시작했어요.

345

무라카미 지휘법을 지도하신 겁니까?

오자와 아뇨, 지휘가 아니라 오케스트라를 지도했어요. 그러다가 끝 무렵엔 탱글우드에서도 현악 사중주를 지도하기 시작했군요. 현악 사중주를 못 하면 아무것도 못 한다는 시각에서. 지금 여기서 하는 것처럼 본격적이지는 않았지만, 뭐, 비슷했어요.

무라카미 전 소설 쓰는 일을 하면서 창작만 합니다만, 지금까지 두 번쯤 대학에서 강의해본 적이 있거든요. 미국 프린스턴하고 터프츠란 대학에서 일본문학 강좌를 담당했는데, 강의 준비하랴, 페이퍼 읽으랴, 시간과 노력이 엄청나게 들어서 전 그런 일엔 안 맞는다는 걸 뼈저리게 느꼈습니다. 젊은 학생을 접하는 건 아주 즐겁고 자극도 되지만, 현역 작가로서 자기가 정말 하고 싶은 일을 할 수 없게 된단 말이죠. 오자와 씨는 그런 걸 느끼실 때가 없는지요?

오자와 그런 건 탱글우드에서 질리도록 느꼈죠. 매주 음악회를 하면서 남까지 가르친다는 게 정말 여간 힘든 게 아니었어요. 마쓰모토에서 가르치기 시작했을 때도 마찬가지였고, 그래서 장소를 오쿠시가로 옮겨서 지휘 활동하고 분리해서 전문적으로 가르칠 수 있게 한 건데, 그랬더니 내 휴가가 완전히 없어졌지 뭐예요.

346 **무라카미** 여름철은 연주자한테 휴가인 셈이니까, 그 시기를

가르치는 데 써버리면 쉴 시간이 없어지죠.

오자와 그러게요. 마쓰모토에서 사이토 기넨을 하게 되면서 내 여름휴가는 거의 없어진 거나 다름없었지만, 거기에 오쿠시가까지 하게 되면서 완전히 없어졌군요. 그렇지만 뭐, 어쩔 수 없죠. 가르치기 위해서니까. 그러니까 나처럼 현역 연주자로 활동하면서 가르치기도 한다는 건 현실적으로 무리가 있어요.

무라카미 현역으로 활발하게 활동하는 프로 중에서 오자와 씨 외에 그런 일을 하는 지휘자나 음악가가 또 있습니까?

오자와 모르겠군요. 별로 없을지도 몰라요.

무라카미 실례되는 질문입니다만, 이런 건 노력 봉사라고 할지, 무보수인지요?

오자와 원칙적으로는 무보수예요. 강사들한테는 일단 보수를 지급하지만, 난 스위스에서도 오쿠시가에서도 보수를 받지 않아요. 그런데 큰 병을 앓았다고 올해 처음으로 보수를 받았답니다. 다른 지휘 일이 있는 것도 아니고 오로지 이거 하나 때문에 스위스에 왔다고, 예외적으로. 하지만 그것만 빼면 지금까지 한 번도 보수를 받은 적 없어요.

무라카미 가르치는 것 자체가 보수인 셈이시군요. 하지만 오자와 씨의 지휘법은 오자와 씨가 사이토 선생에게 받은 지도와 전혀 다른 셈 아닙니까? 선생님들 지도도 다들 온건하던데요. 언성을 높이지도 않고.

오자와 가끔 큰 소리가 날 때도 있어요. 한 번은 사다오 씨가 리허설에서 학생한테 호통을 친 적이 있는데 그때 다들 얼어붙었지. 쥐 죽은 것처럼 조용해져서 말이에요. 가끔은 그런 일도 있어요. 사이토 선생은 자주 화를 내셨지만(웃음).

무라카미 학생들은 다들 엘리트라고 할지, 지금까지 자기가 일등이란 느낌으로 자라왔으니, 주의를 줘도 말을 쉽게 안 듣는 사람도 더러 있겠습니다.

오자와 그런 건 물론 있어요. 그러니까 선생이 어지간히 능력 있지 않으면 안 돼요. 다들 나름대로 자신 있으니까.

무라카미 뒤집어서 말하면 그 정도로 경쟁심이 없으면 프로 음악가로서 해나갈 수 없겠죠?

오자와 맞아요.

무라카미 모인 학생들을 예닐곱 유닛으로 나눠서 각각 과제 곡을 주는 작업이 여간 힘들지 않겠습니다.

오자와 그건 사다오 씨가 도맡아서 하는데, 이게 꽤나 힘든 모양이에요. 전엔 나도 좀 거들었는데, 난 도저히 감당이 안 되더라고. 그래서 지금은 사다오 씨한테 전적으로 맡겨요. 어쨌거나 실내악 전문가니 말이죠.

무라카미 작년엔 오자와 씨가 수술하신 다음이라 프로그램에 참가 못 하셨잖습니까? 그 영향이 있을까요?

348

오자와 참가 못 했던 건 확실히 아쉽지만, 야마다 가즈키 씨가 어느 정도 내 역할을 대신해줬고, 아까도 말한 것처럼 내가 없어서 되레 좋은 영향을 미친 부분이 몇 개 있다고 생각해요. 이건 어디까지나 내 상상인데, 다들 이거 큰일났다고, 선생들도 물론 그렇겠지만 학생들도 '이렇게 되면 우리가 어떻게든 해야겠다' 싶어서 자립심이 강해졌다고 생각하거든. 그래서 평소엔 주는 과제곡을 그냥 받아서 했던 게, 올해는 자기들은 올해 이 곡을 하고 싶다고 희망을 표명하는 유닛이 몇 개 생긴 거죠. 베토벤이라든지 야나체크라든지 라벨이라든지. 이건 아주 좋은 경향이라고 생각하거든요. 그냥 수동적으로 따라만 하지 않는다는 게.

무라카미 특히 라벨을 연주한 그룹은 구성이 폴란드 사람 둘, 러시아 사람 하나, 비올라만 프랑스 사람인데요. 그런 편성의 유닛이 왜 일부러 라벨을 하느냐고 바이올린을 하는 아가타한테 물어봤거든요. 그랬더니 "도전해보고 싶었다"고 대답하더군요. 자기가 폴란드 사람이니까 시마노프스키를 한다든지 그런 게 아니라, 일부러 프랑스의 정수 같은 라벨을 해보고 싶었다고 말이죠.

오자와 호오, 그랬나요. 그런 건 하루키 씨라 들을 수 있었던 대답이에요. 우리가 물으면 그렇게 솔직하게 말해주지 않을걸요. 하루키 씨는 선생이 아니고 어쨌든 외부 사람이니까

349

본심을 말했겠죠.

무라카미 그 유닛은 정말 완벽하게 라벨 고유의 소리를 내서, 감탄해서 그만 물어보고 말았습니다.

오자와 그런 건 난 못 물어볼 말이고, 물었어도 대답해주지 않을 거예요.

무라카미 하지만 그런 의욕이 겉으로 표출되는 건 좋은 일이죠? 수준이 한 단계 높아졌다고 할지.

오자와 이런 식으로 가르치는 건 원래 내 직업이 아니란 말이죠. 여기서도, 오쿠시가에서도. 그래서 십오 년쯤 이 프로그램을 해온 지금도 우리는 거의 시행착오로 하고 있어요. 지금까지 줄곧 여기서 날마다 연습을 해왔지만, 여기는 이렇게 하면 된다 하는 정해진 방식이 있는 건 아니에요. 어떻게 하면 젊은 사람들한테 생각을 전달할 수 있을까, 그때그때 생각하면서 가르치죠. 하지만 그건 우리한테도 좋은 일이거든요. 그렇게 해서 원점으로 돌아갈 수 있으니까.

무라카미 오자와 씨나 다른 분들 같은 일류 프로도 지도하면서 배우는 게 있다는 말씀입니까?

오자와 네, 그래요. 하루키 씨는 어떻게 생각하나요? 이런 걸 보면서. 솔직히 의미가 있다고 생각해요?

무라카미 전 아주 중요한 일이고, 의미 있는 일이라고 생각합니다. 여러 나라에서 다양한 개성을 가진 젊은 연주자들이 모여서, 일류 현역 베테랑 연주자들에게 여러 중요한 걸 배우고 다함께 무대에 서서 청중 앞에서 연주하고, 그리고 또 원래 있던 곳으로 흩어져 갑니다. 이런 프로그램을 거친 사람들 중에서 미래의 훌륭한 연주자가 많이 자라나겠구나 싶어서 가슴이 후끈 달아오르더군요. 또 이런 사람들이 언젠가 동창회처럼 돌아오면 사이토 기넨 같은 슈퍼 오케스트라가 생길까 하는 꿈도 부풀었고요. 국적이니 파벌이니 그런 게 없는 대범한 연주단체가 언젠가 자발적으로 탄생하지 않을까 말이죠.

오자와 실은 말이죠, 이 악단으로 연주 여행을 좀더 널리 다녀보자는 이야기가 있어요. 매니저 입장에선 기껏 여기까지 유닛으로 연마했는데 좀더 폭 넓게 활동시키고 싶은 마음이 당연히 있거든. 이번엔 제네바하고 파리에서 발표회를 하지만, 그것만으로 끝나면 아까우니까 순회공연을 짜서 빈이라든지, 베를린, 도쿄, 뉴욕에서도 해보지 않겠느냐는 거죠. 하지만 전부 거절해요. 지금은 그렇게까지 할 필요성을 못 느끼니까요. 그렇지만 물론 가능성이 없는 건 아니고, 나중엔 어쩌면 그런 것도 생각할 수 있을지도 모르죠.

무라카미 그건 어려운 문제인데요. 그런 식으로 연주단체로 확립되면 결과적으로 교육이란 의미가 약간 옅어질지도 모르고 말이죠……. 그렇지만 이런 학생 오케스트라를 지도, 지

351

휘하는 건 오자와 씨가 예컨대 보스턴 심포니라든지 빈 필 같은 일류 오케스트라를 훈련시킬 때와 방식이 상당히 다르죠?

오자와 그야 다르죠. 관점도 다르고, 방식도 달라요. 우선 보스턴이나 빈 같은 프로의 경우는 대략 사흘 동안 한 콘서트에 할 곡을 전부 습득해야 할 때도 있어요. 스케줄이 꽉 차 있으니까. 하지만 이 오케스트라는 곡목이 한정되니까 한 곡, 한 곡 연습에 시간을 들일 수 있거든요. 지금 하는 연습도 말이죠, 벌써 꽤 깊은 데까지 파고들어서 하고 있답니다. 연습이란 건 하면 할수록 어려워져요.

무라카미 연습을 거듭할수록 해결해야 할 과제의 난이도가 점점 높아진다는 말씀이죠?

오자와 네, 그래요. 호흡이 맞아들어도 역시 연결이 잘 안 될 때도 있거든요. 소리의 뉘앙스가 약간 다르다든지, 리듬이 약간 안 맞는다든지. 그걸 시간을 들여서 하나하나 세세하게 다듬어갈 수 있어요. 그러니까 다음 날이면 연주가 한 단계 향상되어 있죠. 그럼 또 더 높은 단계를 추구하고. 그런 걸 하다 보면 나도 공부가 아주 많이 돼요.

무라카미 오자와 씨께 어떤 부분이 제일 공부가 될까요?

오자와 그게 말이죠, 내 가장 약한 부분이 나오거든.

무라카미 오자와 씨의 가장 약한 부분이라고요?

오자와 ……네. 내가 가진 약점 같은 게 결과적으로 나타난답니다.

무라카미 주▶그에 관해 이 뒤로 얼마 동안 생각했으나 결국 구체적인 건 한마디도 하지 않
으셨다.

무라카미 어떤 게 오자와 씨 약점인지 전 물론 알 수 없습니
다만, 한 가지 확실한 건 오케스트라가 내는 소리가 나날이
오자와 씨 소리가 돼간다는 겁니다. 그건 대단한 일이라고
생각하는데요. 그런 소리를 실물로 만들어낼 수 있다는 게.

오자와 그 정도로 다들 수준이 높다는 뜻이죠.

무라카미 개성과 방향성을 지닌, 존재감 있는 소리를 만들어
낸다는 건 대단히 수고스러운 일이군요. 이번에 지켜보면서
잘 알았습니다. 그런데 아까 현악 사중주를 경험하면 음악의
수준이 높아진다고 하셨는데, 구체적으로 어떤 식으로 높아
지는지요?

오자와 아주 단순하게 말하자면, 혼자 연주할 때에 비해 귀가
사방팔방으로 열리는 거예요. 이건 음악가한테 아주 중요한
일이랍니다. 물론 오케스트라도 그건 마찬가지예요. 다른 사
람이 하는 걸 귀 기울여 들어야 한다는 의미에선. 하지만 현
악 사중주는 악기들끼리 보다 친밀한 커뮤니케이션이 가능
하거든요. 자기가 연주하면서 다른 악기의 연주를 귀 기울여
들을 수 있어요. 지금 첼로가 좋은 걸 하는구나, 자기 소리가
비올라와 영 안 맞는다, 그런 걸 알 수 있어요. 또 연주자들끼

353

리 개인적으로 의견을 교환할 수 있고. 오케스트라는 그런 건 할 수 없단 말이죠. 사람도 너무 많고. 하지만 네 명뿐이면 직접 의견을 주고받을 수 있어요. 그런 간편함이 있어요. 그러니까 자연히 서로의 음악을 귀 기울여 들을 수 있게 되는 거예요. 그리고 그럼으로써 음악이 점점 발전하는 걸 똑똑히 알 수 있답니다. 즉, 실효가 있는 셈이죠. 그러면서 음악이 깊어져요.

무라카미 그건 잘 알겠습니다. 하지만 곁에서 보면 역시 다들 내가 제일 잘한다는 것처럼 당당한 표정으로 연주하거든요.

오자와 하하하, 네, 그런 건 있을지도 몰라요. 특히 여기 사람들은 그렇죠. 일본에선 좀 달라요.

무라카미 일본 사람은 그렇게까지 자신감을 노골적으로 드러내지 않는다는 말씀이죠. 오자와 씨는 오쿠시가와 스위스에서 비슷한 프로그램을 운영하고 계시는데, 지도법 같은 건 각각 미묘하게 다르겠군요.

오자와 글쎄요, 뭐, 일본인한테는 일본인의 좋은 점이 있어요. 단결이 잘 된다든지, 공부를 열심히 한다든지. 오쿠시가는 그런 게 좋은 방향으로 풀릴 때도 있고, 또 가끔은 아닐 때도 있어요. 일본은 자기를 노골적으로 주장하면 그 뭐냐…… 그런 말이 있죠? 곧잘 말하잖아요? 뭐였더라.

354 **무라카미** 모난 돌이 정 맞는다?

오자와 음, 그런 거. 그 비슷한 거. 아무튼 남 앞에서 튀는 짓, 쓸데없는 소리를 하면 안 돼요. 합의제를 유난스럽게 존중해요. 또 무슨 일이든 좌우지간 참고 봐요. 예를 들자면 아침에 오다큐 전철을 타면 엄청나게 사람이 많잖아요? 그런데 아무도 불평 한마디 하지 않죠. 다들 그냥 말없이 참아요. 그게 이런 프로그램의 경우 좋은 면도 있고, 별로 안 좋은 면도 있거든요. 지금 유럽에서 하고 있는 학생들을 도쿄로 데려가서 아침 8시 오다큐 전철에 태우면 다들 열 받아서 폭발할걸요(웃음). 이리 밀리고 저리 밀리고 하면 절대 안 참아요.

무라카미 상상이 됩니다(웃음).

오자와 아무튼 여기(유럽)에선 자기주장을 하는 게 당연한 일이에요. 자기주장을 안 하면 아무것도 안 되죠. 그런데 일본에선 다들 한참 생각하고 또 생각한 끝에 행동하거든. 아니면 생각하고 또 생각한 끝에 아무것도 안 하든지. 그런 차이는 있어요. 그럼 어느 쪽이 낫느냐고 하면 나도 잘 모르겠단 말이지. 다만 현악 사중주 경우엔 이쪽 방식이 좋군요. 서로 거침없이 의견을 교환하는 편이 좋은 결과가 나와요. 그러니까 일본에선 '눈치 보지 말고 해라' 하고 학생들한테 입이 닳도록 말하죠.

무라카미 자꾸 서로 눈치를 보는군요.

오자와 하루키 씨는 스위스에서 연습하는 동안 계속 지켜봤

355

잖아요? 만약 이 뒤 오쿠시가에서 연습하는 걸 보면 둘의 차이가 일목요연할 거예요. 하루만 있어도 바로 알걸요. 하지만 아쉽게도 올해는 지진도 있었고 해서 오쿠시가 아카데미를 못 열었어요. 그쪽도 하루키 씨가 반드시 봤으면 했는데.

무라카미 다음 기회를 고대하겠습니다. 하지만 유럽 학생들은 선생님한테 주의를 받아도 수긍할 수 없으면 대꾸하잖습니까? 제 생각은 다른데요, 전 이렇게 생각하는데요, 하고. 로버트 맨 선생님 같은, 말하자면 차원이 다른 사람 앞에서도 모르는 건 모르겠다고 말하죠. 일본 사람은 그런 게 쉽지 않을지도 모릅니다. 높으신 선생님께 젊은 학생이 말대답이라도 했다간 주위에서 싸늘한 눈초리로 흘겨볼 것 같죠. 무례한 녀석이다, 자기가 뭐라도 되는 줄 아나? 하고.

오자와 그렇겠죠.

무라카미 일본의 경우 그건 어느 분야에서나 대체로 마찬가지입니다. 작가의 세계도 비슷할지 모르죠. 일단 주위 사람들의 표정을 살피지 않으면 아무것도 못 하는 면이 존재합니다. 주위를 살피고 분위기를 파악해서, 그러고 나서 손을 들어 무난한 발언을 하는 겁니다. 그런 걸 하다 보면 중요한 부분에서 앞으로 나아가질 못해서 점점 상황이 갑갑해지는데 말이죠.

356 **오자와** 요새는 음악을 하는 젊은 사람들도, 제 발로 얼른 외

국으로 나가는 사람하고 기회가 있어도 안 나가고 일본에 남는 사람이 명확하게 나뉘는 면이 있어요. 예전엔 외국에 가고 싶어도 돈이 없어서 못 가는 경우가 많았죠. 요새는 마음만 먹으면 비교적 쉽게 갈 수 있는데 안 간다는 사람이 늘어난 것 같거든. 그런 경향은 있을지도 몰라요.

무라카미 오자와 씨는 아직 해외여행이 제한되던 시대에 돈이 있건 없건 좌우지간 일본을 뛰쳐나가셨는데요.

오자와 그렇죠. 그게 참 엉터리 같은 게, 심포니 오브 디 에어(전前 NBC 교향악단)란 오케스트라가 있었잖아요? 그걸 들었더니 안 되겠다, 일본에 있어봤자 소용없다, 외국에 가는 수밖에 없겠다 싶어서 못 참고 바로 뛰어나갔지 뭐예요.

무라카미 그런데 결국 한 바퀴 빙 돌아서 이번엔 일본으로 돌아와 젊은 사람들을 가르치고 싶다는 마음이 강해지셨군요.

오자와 그런 마음이 든 건 꽤 한참 지나서예요.

무라카미 오자와 씨가 일본으로 돌아와서 오자와 씨 나름의 방식으로 젊은 음악가들을 지도하는 걸, 그런 방법은 틀렸다, 그런 건 교육이라고 인정할 수 없다 하고 반발하는 교육 관계자도 있지 않습니까?

오자와 그건 뭐, 있겠죠. 그런 이야기도 가끔 들려요.

무라카미 학생들이 당황하는 경우는 없습니까? 지금까지 자기들이 빚아온 음악교육하고 워낙 다른 것 때문에?

오자와   그건 말이죠, 며칠 같이 먹고 자고 하다 보면 서로 허물이 없어져요. 음악을 하는 사람들끼리니까 자연스레 익숙해지죠. 음악 아카데미라는 게 정말 그렇거든. 같이 연습하는 사이에 점점 서로를 알게 돼요.

무라카미   이번에 이렇게 학생들의 음악이 나날이 진보, 심화되는 걸 보면서 정말 놀랐습니다. 생활을 같이했다고 할 정도는 아니지만, 매일 만나서 한 명, 한 명 이름을 익히고 연주를 봐온 만큼 그런 변모가 더욱더 강렬하게 실감났겠죠. 그래, 뛰어난 음악은 이런 식으로 만들어지는구나 싶어서 감탄했다고 할지, 감동했다고 할지.

오자와   정말 훌륭하죠. 젊은 사람들이 갖고 있는 힘이에요. 마지막 사흘 동안 얼마나 빠른 속도로 성장하는지, 매년 하는 나도 믿을 수 없을 정도랍니다. 이런 대단함은 실제로 목격하지 않으면 모를 거예요.

무라카미   네, 정말 귀중한 체험이었습니다. 작가인 저는 진짜 의미에서 개인업자지만, 이렇게 집단으로 예술을 만들어내는 걸 보고 나름대로 느끼는 바가 많았습니다. 재미있었어요.

358

—

오자와 세이지

음악을 좋아하는 친구는 많이 있지만, 하루키 씨는 정상의 범주를 한참 벗어났다. 클래식도, 재즈도 그렇다. 그는 그저 음악을 좋아하기만 하는 게 아니라 많이 알고 있다. 세세한 것도, 오래전 것도, 음악가에 관한 것도, 깜짝 놀랄 만큼. 음악회에도 가고, 재즈 라이브에도 가는 모양이다. 집에서 레코드도 듣는 모양이다. 내가 모르는 것도 많이 알아서 놀라게 된다.

우리 집에서 유일하게 글재주가 있는 딸 세이라가 하루키 씨 부인인 요코 씨와 아주 친한 사이라, 그 덕분에 하루키 씨와 안면이 생겼다.

그런 하루키 씨가 우리 음악 아카데미를 견학하러 왔다. 교토에서 매년 여는 소중한 아카데미다. 선생들과 학생들이 흥미진진하게 지켜보는 가운데, 하루키 씨와 둘이 교토의 밤거리로 나섰다. 내게도, 하루키 씨에게도 처음 있는 일이었다.

둘 다 처음 가는 폰토 정 골목길의 작은 술집(음식점)에서 둘 다 처음 하는 대화를 나누었다. 조금 전까지 했던 아카데미에 관

359

한 이야기와 어쨌거나 음악에 관한 이야기를 한 것 같다.

후일 집으로 돌아와 세이라에게 보고하자 "그렇게 음악 이야기가 재미있었으면 둘이서 그걸 기록으로 남기면 되잖아요?"라고 했지만, 그때는 그 말에 별로 무게를 두지 않았다. 식도암으로 큰 수술을 한 뒤 남아도는 시간을 주체 못 하던 차에 가나가와에 있는 무라카미 가로 온 가족이 초대받았다. 다른 사람들이 부엌에서 재잘재잘하는 동안 하루키 씨와 둘이 다른 방에서 하루키 씨의 애장 레코드를 들었다.

글렌 굴드와 우치다 미쓰코의 레코드였다. 글렌에 관한 추억이 새록새록 떠올랐다. 반세기가 지났는데도.

지금까지 매일 하는 음악에 바빠 생각지도 않았는데, 이것도 기억나고 저것도 기억났다. 옛날 생각이 나서 반가웠다. 지금까지 해보지 못한 경험이었다. 큰 수술도 나쁜 것만은 아니다. 하루키 씨 덕분에 카라얀 선생에 관한, 레니에 관한, 카네기홀에 관한, 맨해튼센터(지금은 어떻게 됐을까)에 관한 기억이 줄줄이 나왔다. 하루키 씨 덕에 그뒤 사나흘 추억에 잠겨 지냈다.

카네기홀에서 미쓰코 씨와 사이토 기넨이 협연하는 베토벤의 지휘는 아쉽게도 허리가 악화되는 바람에 시모노 (다쓰야) 씨에

360

게 넘겼다. 아, 아쉬워라. 다음번엔 꼭 할 거야, 미쓰코 씨.

　큰 병도 나쁜 것만은 아니다. 어쨌거나 시간이 남아돈다. 세이
라, 고맙다. 네 덕분에 하루키 씨를 만났어.
　하루키 씨, 고마워요. 하루키 씨 덕에 엄청난 양의 추억이 되살
아났어요. 게다가 뭔지 몰라도 아주 정직하게 말이 나오더군요.
요코 씨, 고마워요. 언제나 영양가 있는 간식을 테이블에 준비해
줘서.

　하루키 씨, 요코 씨, 스위스까지 와줘서 고마워요. 이 아카데미
를 알려면 실제로 봐야 한다고 전부터 늘 생각했답니다.

　올해 오쿠시가를 보여주지 못한 게 그저 아쉽군요. 내년에 기
필코.
　유럽과 동양 젊은 음악가의 차이가 있다면 우리 그 이야기를
합시다.

2011년 11월, 오자와 세이지

361

무라카미 하루키 잡문집
와다 마코토 X 안자이 미즈마루 그림 | 이영미 옮김

삼십 년 무라카미 하루키 문학의 집대성!
1979-2010년, 미발표 에세이, 미수록 단편소설 등 69편의 美文과 함께하는 하루키 월드로의 여행. 진지한 문학론에서부터 번역가로서의 감각적인 번역론, 음악애호가로서 들려주는 깊이 있는 재즈론 그리고 인생론과 독서론까지… 당신이 사랑하는 작가, 무라카미 하루키의 모든 것.

'무라카미 라디오' 시리즈
오하시 아유미 그림 | 권남희 옮김

저녁 무렵에 면도하기_첫번째 무라카미 라디오
채소의 기분, 바다표범의 키스_두번째 무라카미 라디오
샐러드를 좋아하는 사자_세번째 무라카미 라디오

소설보다 흥미로운 전설의 에세이 '무라카미 라디오' 완간!
인생에는 어느 정도 터무니없는 수수께끼와 유쾌한 오해가 필요한 게 아닐까? 밋밋한 삶 속에서 뜨거운 감자를 찾아내는 탁월한 시선. 천진난만하지만 가끔은 도발적인 무라카미 하루키의 솔직한 단상. 글에 취해본 적 있나요? 무라카미 라디오에 주파수를 맞춰보세요!

더 스크랩 1980년대를 추억하며
권남희 옮김

하루키가 스크랩한 소중한 1980년대의 나날
마이클 잭슨이 전세계 뮤직차트를 석권하고, 파랑 펩시와 빨강 코카콜라가 열띤 경쟁을 펼치고, 로키와 코만도가 테스토스테론을 마구 뿜어내던 그 시절 이야기. 작가적 근력과 재기 넘치는 순발력, 여유 있는 유연성까지… 서른다섯, 젊은 작가 하루키의 매력을 담뿍 담은 에세이.

도쿄기담집 블랙&화이트 055
양윤옥 옮김

'근면한 천재' 무라카미 하루키, 그 단편문학의 매혹!
아파트 24층과 26층 사이에서 홀연히 사라진 남편을 찾는 여자, 인생에서 만날 수 있는 세 명의 의미 있는 여자 가운데 한 명을 만날 남자… 평범한 등장인물들이 일상에서 맞닥뜨린 트릿한 순간 혹은 빛과 온기가 결락된 틈에서 포착해낸 불가사의하면서도 기묘하고, 있을 것 같지 않은 이야기를 담은 소설집.

옮긴이 **권영주**

서울대학교 외교학과를 졸업하고 동대학원에서 영문학을 전공했다. 무라카미 하루키의《애프터 다크》《잠(무라카미 하루키 단편 만화선8)》, 미쓰다 신조의 《미즈치처럼 가라앉는 것》을 비롯한 '도조 겐야' 시리즈, 온다 리쿠의《유지니아》《Q&A》, 그밖에 마쓰이에 마사시의《우아한지 어떤지 모르는》, 모리미 도미히코의《다다미 넉 장 반 세계일주》, 오가와 사토시의《거짓과 정전》등 다수의 일본소설은 물론《데이먼 러너언》《어두운 거울 속에》《프랜차이즈 저택 사건》《세 잔의 차》등 영미권 작품도 우리말로 소개하고 있다.

오자와 세이지 씨와 음악을 이야기하다

1판 1쇄 발행 2015년 1월 1일 **1판 7쇄 발행** 2024년 6월 1일
지은이 무라카미 하루키 오자와 세이지 **옮긴이** 권영주
펴낸이 박강휘
편집 장선정 쓰카구치 도모 **디자인** 정지현

발행처 김영사
주소 경기도 파주시 문발로 197(문발동) 우편번호 10881
등록 1979년 5월 17일(제406-2003-036호)
주문 및 문의 전화 031)955-3200 **팩스** 031)955-3111
편집부 전화 02)3668-3295 **팩스** 02)745-4827 **전자우편** literature@gimmyoung.com
블로그 blog.naver.com/viche_books **트위터** @vichebook
인스타그램 @drviche @viche_editors
ISBN 979-11-85014-70-8 03830 책값은 뒤표지에 있습니다.